AF274251

Mañana
seremos otro día

Susana Hornos

Mañana
seremos otro día

la esfera de los libros

Primera edición: febrero de 2025

Cualquier forma de reproducción, distribución, comunicación pública o transformación de esta obra solo puede ser realizada con la autorización de sus titulares, salvo excepción prevista por la ley. Diríjase a CEDRO (Centro Español de Derechos Reprográficos) si necesita fotocopiar o escanear algún fragmento de esta obra (*www.conlicencia.com*; 91 702 19 70 /93 272 04 47).

© Susana Fernández Abascal, 2025
© La Esfera de los Libros, S. L., 2025
Avenida de San Luis, 25
28033 Madrid
Tel. 91 443 50 00
www.esferalibros.com

ISBN: 978-84-1384-996-6
Depósito legal: M. 26.776-2024
Fotocomposición: Creative XML, S.L.U.
Impresión y encuadernación: Huertas
Impreso en España-*Printed in Spain*

A Almudena y Federico,
que todo el amor que me disteis,
continúe a través de mis palabras.

PRIMERA PARTE

1

VALENZA

(Ayuda, protección, favor, defensa,
auxilio, amparo, resguardo, privanza)

Gira la llave, es la oportunidad en la que toda opción de alejarse desaparece. Los segundos en los que el ritmo de su corazón se acelera, el momento en que duda si entrar. Ese deseo fugaz de cruzar la puerta y ver a su padre muerto, tan efímero como penetrante el arrepentimiento después. No lo está. La pestilencia que siente cuando da un paso más es la de la acumulación, no la de la muerte.

Le cuesta siempre unas náuseas adaptarse. Aparta un pequeño cartón con bebidas, una bolsa desechable de pastelería y un paquete de bolsas de basura a un costado. Va hacia la primera puerta donde está la cocina, carga una caja de cartón pesada, se dirige directo al frigorífico, como quien lo hace a diario, tira sin mirar algunos tarros, saca también de los estantes varios táperes con fechas, los coloca en la caja y los sustituye por unos nuevos, organiza meticulosamente todos los recipientes y cierra la puerta. Sale de nuevo al pasillo, coge las bolsas, mira a su alrededor; necesita acostumbrarse, que su cerebro golpee al corazón y borre una vez más la pregunta: «¿Cómo ha llegado a esto?».

Se tropieza con unas hileras de yogures colocadas en el suelo, cada una tenía diez o doce apilados, había seis por lo menos, una junto a la otra. No puede evitar preguntarse en qué momento del día el viejo sale fuera y hace la compra como un ciudadano común. Tomás siempre deja a su padre la comida necesaria para dos semanas; aun así, la mayoría de las veces, encuentra tarros o bebidas que no sabe cómo han llegado ahí. Su padre puede caminar, pero ¿qué posibilidad hay de que encuentre la cartera, la llave, baje al rellano, salga a la calle, llegue al ultramarinos más cercano dos esquinas más allá y regrese a casa? Pues lo hace.

Lo escucha rebudiar a lo lejos. El hombre sabe que cuando su hijo llega a casa, antes de acercarse a verlo, va a meter en esas grandes bolsas cuanto sea que se encuentre en el camino. Esta vez empieza por revistas de música que alguien tiró al contenedor, caretas rotas de plástico que un día fueron muñecos, dos cajas de pizza con el queso aún pegado en los bordes; así colocadas parecen pequeñas tiendas de campaña. Al levantarlas descubre huesos de fruta que pudo encontrar en una esquina, como si alguien se hubiera sentado a ver pasar la vida a fuer de comer un kilo de albaricoques para luego dejarlos en el rincón y que su padre los recolecte. Varios tablones astillados en el pasillo construyen casas de naipes, debajo del radiador inservible de la entrada, divisa varios dedales de esos que coleccionan las tías abuelas y cuando ellas mueren, alguien se deshace de ellos en un santiamén, sin importar los años que tardaron en atesorarlos.

Le llega un hedor mohoso de unos sacos de cemento húmedo; tampoco entiende cómo es posible que los apenas sesenta kilos de ese hombre y sus más de ochenta años hayan sido capaces de llegar a casa cargados con ellos. Hay muchos añicos de azulejos justo detrás. Los recoge con cuidado para no cortarse, los junta con el resto de residuos. Milagrosamente, uno de ellos está casi entero; le llaman la atención las bellotas dibujadas en él, le recuerdan al jabalí que habita en esa casa. Aparta la cerámica, la coloca junto a la puerta de entrada y sigue su labor de limpieza. Al animal se le escucha gruñir más fuerte. Tomás Reyes hijo decide abandonar la recogida y continuar más tarde, sabe que la impaciencia del senil es aún peor que su olor. Va a por la comida que había dejado a la entrada y recorre la casa, kilómetros de basura están amontonados en los metros de pasillo. No se ven las paredes.

Al fondo, en el salón que su padre convirtió en su habitación de día y noche, está él, también Tomás, el sexto de la dinastía, su figura paterna. De piel correosa, nada de su cuerpo que no sea su rostro o mano derecha ve la luz, siempre tapado con diferentes ropas como si todas ellas fueran una misma capa encubriendo una dignidad o un ladrón que no quiere ser aprehendido. Está contraído, su figura cuando está sentado no se diferencia apenas de la que tiene al incorporarse; quien otrora fuera de la misma altura que su hijo es en el presente un ser diminuto, casi transparente. Tomasín, a quien todos conocen fuera de esa vivienda por su apellido, contempla a su progenitor con casi compasión. Durante años, Reyes solo había tenido lugar para el rencor. Ahora que la enfermedad ha transformado a su figura paterna en un ser lastimado, no puede sino sentir caridad por ese hombre que tanto blandió la vara en el pasado para coger aceitunas, como para moler a palos a su vástago por desviado. Algo tiene el tiempo de benévolo porque ha dejado de recordar las palizas recibidas para centrarse solo en cómo lograr alimentarlo. Ahora lleva en la mano los dos cafés y varias ensaimadas, coloca todo como puede sobre el único atisbo de mesa que hay en un rincón. Sabe que su padre puede alcanzarla con apenas estirarse un poco. En el lateral, justo donde termina la sombra que el anciano produce, hay un enorme corcho colocado en la pared, a simple vista parece un cartón, al acercarse se distinguen un sinfín de hojas secas, cada una con su nombre. No recuerda cuándo comenzó su antecesor el único indicio racional de ese lugar: deltoides, elípticas, cordadas, lobuladas, ovadas, romboides. También están pegados con celo los nombres de los árboles y plantas característicos que tienen esa apariencia, con su nominación en latín perfectamente escrita, hasta el lugar de procedencia está apuntado. Un trabajo puntilloso de orfebre, que no de loco. Tomás, de apellido Reyes, las mira; habla de ellas para simplemente hablar de algo.

—Pasé cerca de la vieja carretera la semana pasada y le avisé a José que los encinos tenían roña, ya sabe que nunca hace caso, traeré alguna hoja para que las vea.

—¿Y a qué las vas a traer enfermas?, ¿a que traigan males a esta casa?

—No voy a traer las roñosas, padre.

—Vas tú a distinguir…

Tomasín no registra las palabras como humillación, solo piensa que es la forma de hablar de Tomás padre, la que tuvo siempre, la que el acomplejado primogénito sufrió en silencio durante más de cincuenta años hasta que un día, en vez de un torturador, vio a un anciano. Sus ataques ya no le herían, tan solo eran bufidos, al fin y al cabo eran las hipérboles en las que su padre se había criado, porque así fue el padre de su padre, y así había sido también la madre. Todos los chicos en la escuela contaban historias cariñosas de sus abuelas. Tomás nieto las imaginaba como serenas hadas de pieles arrugadas que acariciaban las caras de los niños; por eso no entendió el día que la suya le tiró la sopa hirviendo por llegar tarde de revolver la gallinaza o por qué le obligaba a ver cómo retorcía el pescuezo a los pollos para que se hiciera un hombre. La última imagen que tuvo de ella fue con doce años, ella estaba mojando el pan en agua, no le quedaban dientes y solo así podía comerlo. Se lo metió en la boca y unos segundos después se atragantó, hizo un ruido arenoso y seco y, luego, su cabeza cayó dentro del plato de caldo aún caliente; como ya estaba muerta, no le ardió la cara como al nieto años atrás. El abuelo y el padre del niño siempre le recriminaron por no haber ayudado a desahogarse a la pobre mujer. Así que a los gritos de siempre, se le unieron las acusaciones, el vareo y el cinturón. La mujer de Tomás, su madre, se fue el día después de morir su suegra. No sin antes haber tenido una pelea con su marido que su hijo no escuchó, afortunadamente.

—Pensarás que ahora me van a venir los palos a mí, harta estoy, que antes al menos repartíais entre ella y yo. Quédate ahora con esa mierdica que tienes por hijo y le mueles a golpes a él.

—Con la monserga otra vez, cuántas veces al día me dices que te vas a ir…y tan remilgado no será, que a madre la vio ahogarse y ponerse violeta y nada hizo para sacarle la nariz de los fideos. Bien fría que tuvo la sangre ese pazguato.

—De puro susto no pudo, te digo, que no sé a quién salió tan medroso y feo.

—Pues la única sangre segura es la tuya, a ver si no te metiste dentro de tu coño a todo el que se te puso por delante. ¡Viene ahora la puta a quejarse del cagao ese como si seguro fuera mío!

—Tuyo o de tu padre, mal parido. Que bien poco te importaba que el mierda de animal que te engendró me levantara la falda e hincara el miembro en el cuarto de los lamentos.

Después de aquello no dijo más porque ya su marido, con el derecho que daban las arras entonces, le había cruzado la cara con toda la fuerza posible y, como se suele decir, se la dejó del revés. A ella le costó mucho volverse esta vez, tanto que cuando la cara regresó a su sitio, Tomás marido ya se había ido a buscar algún trozo de pan duro que llevarse a la boca, que parecía no haber aprendido de cómo había muerto su madre y gustaba también de comer el pan todo mojado y con tufo a podrido. Salió y ni le importó que la esposa no le contestara. Tantas veces se peleaban como días salía el sol por la mañana. Aunque a la madrugada siguiente la que no salió fue ella, que esta vez se había ido de verdad. Cumplió. No volvió.

El crío quedó a expensas de toda una jauría de dos. Tomás padre y Tomás abuelo terminaron de criar al llorica de la única forma que les habían enseñado, a fuer de zurras y trompadas. Tomás, en cambio, aprendía al contrario: cuanto más le reventaban, menos ganas de ser como ellos le daban. Dicen que los victimarios fueron víctimas de chicos, pero también ocurre al revés, que a quien le hicieron sufrir mucho crece queriendo hacer lo opuesto.

Reyes rompió la tradición de la desmesura. Apenas hablaba. Pero no por dejar de lado el lenguaje del ladrido se había alimentado de otro diferente; casi todo en él era silencio. Tan callado era que quien lo conocía de nuevas y no sabía todo el rastro de familia que tenía detrás, pensaba que algo andaba mal en su cerebro y que era un pobre chico disminuido quien habitaba ese enorme cuerpo; luego les sorprendía su conocimiento de la tierra, de la historia, de arte, de plantas y se daban cuenta de que no era discapacidad, sino rareza. Tampoco el chico les avisaba de la equivocación, siempre prefirió callar y que lo dejaran en paz. Por eso, a nadie le extrañó que aunque Tomasín fue lo único bueno que creció en esa familia, era lo suyo que algo terminaría pasando, como así fue. Aún no había cumplido los dieciocho cuando mató a otro ser humano. De eso hace ya mucho tiempo, pagó con la sociedad lo que se supone fue lo justo por ser menor, pero cuarenta años más tarde él se siente todavía un asesino. No importa la enmienda ni el dolor, lo real es que el resultado de sus acciones acabó con un joven sin vida en sus brazos. Cincuenta años y no existe el perdón a uno mismo, porque no es justo que lo haya. No importa si mató por error, el fin fue el mismo que si lo hubiera hecho con todo el dolo del mundo en sus manos. Por eso ahora, cuando tiene delante a ese castrador, no cree que haya mucha diferencia entre el tirano y él.

Un amigo de su no infancia le dijo que la vida le había dado la revancha, que su padre estaba obligado ahora a pedir ayuda al ser que más despreció: a su propio hijo. Reyes sigue sin sentir ese alivio. Solo pena, toda la pena. Le habla de hojas y lo cuida, no porque sienta lástima por él, que por supuesto, sino porque guarda culpa para todas sus vidas. Cada tanto, intenta terminar con ellas para descansar, pero hay un pobre senil que depende de que él vaya a su casa dos domingos al mes, deje cajas de comida para varios días, vacíe todo lo más que pueda la basura de la semana, le meta dos comprimidos de Rivotril en el café, lo desvista, le limpie la suciedad pegada al cuerpo, se coloque la misma máscara que usa para fumigar, lo higienice evitando el vómito y le vuelva a colocar la inmundicia con la que viste para que no se percate de nada. Los dos saben lo que ocurre en esa casa los domingos, pero ni Tomás padre tiene fuerza alguna para pelear contra el Goliat que fue David, ni menos aún para estar consciente cuando su hijo le pasa las toallitas húmedas por su escroto para que no se le formen infecciones. Mejor perder el sentido y despertar cuando ya su sucesor se ha ido. Los dos hacen como que el otro no sabe. Uno puede seguir en la única demencia que conoce, y el otro insistiendo en estar con vida para cuidarle.

No todo es excremento en esa casa. Antes de drogarle, el hijo escucha el parte de las siete junto a su padre, le prepara además de las ensaimadas, una tostada de mantequilla, toman juntos los dos cafés fuertes del bar de la esquina, sin azúcar, sin leche, esa es la única parte donde sus vidas conectan, el café solo y amargo. Tomasín Reyes Mazón se sienta entonces en la ruinosa silla de madera de caoba, esa en la que durante años se sentó su madre a tejer, y ahí espera a que le hagan efecto las pastillas. La única añoranza que tiene de su madre es recordarla entre costuras. Le gusta quedarse ahí mientras siente que su progenitor comienza a hablar entre sueños. Se toma siempre un tiempo, ese en el que lo contempla casi dormido. Reyes lo mira y no puede evitar sentir clemencia.

* * *

«Aún hay personas que escriben», pensó la mujer cuando vio a la periodista recoger la pluma del suelo. Se fijó en ella, no llevaba móvil ni grabador, solo un cuaderno. Pudo registrar su cara mientras se percataba de la camisa de rayas mal planchada que llevaba puesta y del extravagante anillo color turquesa que confundía su personalidad, no tenían nada que ver con todo lo que esa reportera aparentaba ser: una mujer de otra época que seguramente llevaba años evitando asistir a ruedas de prensa con más de 35° de bochorno y transpiración. Pese al insólito calor para esas fechas, habían ido todos. Al fin y al cabo los había convocado ella. La que había sido, apenas un año atrás, la portada de todos los periódicos. Hace doce meses, la mujer a la que no dejaron ser anónima, había decidido dar una rueda de prensa para demostrar que estaba viva, la convocó en las mismas escalinatas del viejo hospital de provincia donde había estado ingresada, acompañada por el equipo médico que le había salvado la vida tras sufrir la violación y tortura de una manada. Durante aquellas semanas todos sus vecinos o familiares fueron perseguidos para conseguir información sobre ella.

—¿Por qué iba sola? —preguntaba la pseudoescritora venida a presentadora—. Bueno, a ver, que hoy ya se acabó eso de que las parejas tengan que ir de la mano a todas horas, solo digo que si ella hubiera estado con su marido al regresar a casa, no hubiera pasado por el tormento que vivió con esta banda de… de animales, porque no les puedo llamar otra cosa…

—También —decía otra monaguilla de la no periodista—, es verdad que se casaron, me dicen mis fuentes, hace ya doce años y sabemos que los días pasan y las parejas se resienten.

—¿Sus padres viven? A mí, mis fuentes me dicen que sí, y tampoco los hemos visto.

—No, el padre murió hace años y la madre está internada con alzheimer en un hospital.

—¿Y no la cuida ella? Que no digo que deba, claro, pero como es trabajadora social, bueno, no sé…

—Perdona, mi madre está con esa enfermedad y la tuve que internar, es muy doloroso, pero es la única forma de que esté bien cuidada conforme a su condición —gime una de las bichas con la lágrima cayéndole por un costado.

—Disculpa, sé que es muy duro, pero bueno, tú eres periodista Mari, ella, quieras que no, por el trabajo que tiene, de una forma u otra, conocimiento para cuidar a su madre seguro que posee. Los medios opinaron y dictaminaron cómo era su matrimonio, sus amigos, su familia, su tribu, sus decisiones, sus horas de trabajo, sus miedos, su ceño, su caminar, su vestir, sus primos lejanos, su infancia, su maestra de bachiller, su lencería, su primer novio, su afán de superación, sus ganas de ser conocida, sus deseos de que aquello ocurriera, su aburrimiento, su sufrimiento, su decoro, su no maternidad, su miedo a conducir, su dicha, su codicia, sus colores favoritos, sus caprichos, su desdén, su descaro. Aseveraron que lo hacían por el bien de la información, que la gente en sus casas estaba necesitando saber lo que había ocurrido, que la audiencia estaba jaleando a gritos «¡Queremos que destripéis a la víctima!».

Ella no se enteró. Todo ese tiempo estuvo sedada en un coma inducido que los médicos habían determinado para salvarle varios órganos en riesgo. Solo lo supo su compañero de vida, su sostén, su cómplice, con quien decidió no tener hijos porque se querían solos, con quien reformó un apartamento en ruinas para crear un hogar, con quien tomó la más dura de las decisiones de internar a su madre, quien se queda los viernes en casa preparando la comida de la semana porque su esposa odia cocinar y le pide a la mujer que ama que por favor salga y se divierta con sus amigos y se libere un poco de ser trabajadora social entre semana y la hija de una mujer con demencia cada día del año, quien la contempla desnuda en silencio cada mañana sin que ella se dé cuenta porque aún no puede creer la fortuna que tiene de que tanta belleza exista. Aunque él es incapaz de asimilar lo que escucha en los medios, no apaga la televisión. El desconcierto es como la ansiedad, te pide más; las víctimas son solo eso, hambre para hoy y hambre para mañana. Él ruega y hace por que el amor de su vida pueda permanecer al margen, que no se entere, que una capa de paz cubra todo y cuando sus heridas físicas pasen a ser cicatrices, el mantillo se haya secado y convertido en abono para otra tierra.

No había reyertas significativas entre ellos antes de que todo ocurriera. Y todo, masticaba él, es el eufemismo de lo salvaje, de lo no humano, quiere creer que no hay hombre que siendo hombre pueda hacer algo así a una mujer. Cierto es que contemplas la historia, las guerras, los mitos, el arte, la prensa, las biblias y, a cada instante, ese todo ocurre, de nada sirve negarles la cualidad de humanos, caminan entre nosotros como si lo fueran y tienen derecho a la vida como si les perteneciera. Al parecer también a ser ignorados, pasaron las semanas y a nadie importaba quiénes eran ellos o su paradero. Una vez más, todo estaba en manos de la memoria de su mujer, que meses más tarde permanecía en blanco.

—Dudamos mucho que recuerdes algún día. No estamos hablando de emociones que nuestra psique oculta para evitar el dolor, es química, lo que te obligaron a tomar antes no va a permitirte hacerlo, quizá alguna imagen, algo borroso, el antes de la agresión, pero no mucho más.

Durante meses el matrimonio no dejó de recibir cartas sinceras y morbosas, cariñosas y llenas de miedo, «Tienes que seguir intentándolo», le insistían, «si no una borregada de monstruos seguirá libre». ¿Cómo iba a estar tranquilo un ciudadano mientras ella no recordara? Él piensa que muchas de las personas que la contactaban, tuvieron más lástima por su no memoria que por la agresión. La compasión se trocó también en cargo de conciencia. «¿No quieres delatarlos porque es alguien que conoces?», condescendían otros. Él había tenido que mentir y decirle que la gente había dejado de escribir, muchas son las mentiras que pueden ser piadosas.

Un año después, ella había decidido volver a las mismas escaleras del hospital. Su voz entre temblorosa y desaparecida, su cabello, más corto, crecía cimarrón y libre, su memoria no había regresado, pero su cuerpo hablaba por ella.

Como nunca antes había sido valiente ni brava, lo que hacía para no venirse abajo en los peores momentos era lo que su madre le había enseñado: fijarse en los detalles. Por ejemplo, se detenía en ellos cuando tenía que ir a una de sus revisiones y una ráfaga de dolor le removía fuerte sus intestinos porque el recuerdo que no tenía regresaba como ácido a su garganta. Clavaba los ojos en el diminuto y extraño cuadro de un búho en el recibidor o en la silla que cojeaba en la sala de espera, y se preguntaba si el setentón que se acababa de sentar en ella, iba a tener la paciencia de conseguir un trocito de papel, doblarlo y colocarlo debajo con cuidado para no balancearse. Cualquier insignificancia evitaba que se arrojara al abismo al que cada día había querido lanzarse desde la agresión.

Hoy, delante de los periodistas, no había podido dejar de mirar la pegatina de Spiderman que tenía en su termo el corresponsal que estaba justo enfrente. Al fijar su vista en ella, sus manos dejaron de temblar. Mientras todos estaban a la espera de un nuevo titular, su cerebro se bifurcó una vez más para ayudarse, una parte de ella hablaba segura sobre la superación y el tiempo y la otra, por dentro, no paraba de preguntarse: «¿Qué hace un ser aparentemente serio con un superhéroe pegado en su café?, seguro que se lo ha regalado su hijo, ¿y si yo fuera una heroína?», y se vio a sí misma vestida en mallas negras con una capa roja. Su mente seguía jugando y riéndose para ser capaz de mantenerse en pie en esos escalones demasiado pretenciosos para una ciudad donde todo era llano, fronterizo y sin remate. Un año más tarde, el edificio seguía aparentando ser alguien y ella ser una víctima devenida en resiliente.

Ella juzga que doce meses atrás solo el morbo y la curiosidad los había atraído hasta allí. Hoy se pregunta por qué han vuelto. El azul estridente del anillo de plástico sigue dando vueltas en sus ojos, «¿por qué lleva algo tan feo?, tiene que ser el regalo envenenado de alguien, ¿cómo una periodista de la vieja escuela va a tener tan mal gusto?». Su voz se encarga de responder las preguntas de la prensa mientras su pensamiento las sobrevuela. Al terminar, todos sus músculos se relajan, la prensa no se ha dado cuenta de su agonía. Ha sido capaz de dar un discurso coherente, de ofrecer todas las palabras aguerridas que los medios esperaban para, a la mañana siguiente, poder replicar todos el mismo titular, esta vez en la cuarta o sexta página. La noticia de portada fue un año atrás. La mujer sin recuerdos, Carmen Sigüenza. Ha sido persuasiva, ha emocionado, arengado a todos, ha sido servil a lo que se esperaba de ella, ha estado tentada de hablarles incluso de perdón, al final no lo ha hecho.

No está segura de por qué la prensa ha vuelto a reunirse alrededor de ella. Hace un año estaban ansiosos, intrigados por esa mujer que había sufrido durante tres, quizás cuatro o diez horas, atrocidades a manos de no se sabe cuántos hombres, había sobrevivido y decidido salir a contarlo, pese a no recordar nada. Hoy en cambio, les puede la molestia y cierto desagrado porque después de tanto tiempo, no haya nadie preso ni encausado, todo porque la aclamada Martirio, de nombre Carmen, continúa sin haber podido aportar nada que ayude a los investigadores.

Ella sí sabe por qué ha decidido volver. Cerca de cumplirse el año de aquel todo, habiendo hecho cuanto estuvo en su mano para rehacerse y no habiendo sido capaz, Carmen se había preguntado: «¿Querrán ellos saber si he empezado a recordar? Si realizo una rueda de prensa, ¿no tendría todo el sentido que ellos, ya sea por curiosos o temerosos, se acercaran?, y si acuden, ¿tan estúpidamente majadero puede ser mi cerebro que, cuando ellos se planten enfrente de mí, no los voy a reconocer?».

Más importante que condenar a los culpables, es Jonás. El agujero negro de la amnesia había ido creciendo entre ambos, un velo invisible, oscuro y devastador; después vinieron los largos silencios, implacables, inmanejables. Ella está segura de que aún hay salvación para su matrimonio, que el amor no lo cura todo, pero sí la fe capaz de mover la montaña que se ha elevado entre los dos.

En el turno de los periodistas, la mujer del anillo le pregunta lo que todos quieren saber: si ha podido recordar algo. Justo entonces, Carmen deja a un lado los detalles para llevar a cabo su plan con mucho cuidado: primero, una leve sonrisa, no irónica, apenas de salvación, de un atisbo de esperanza; después se toma unos segundos, como si estuviera dudando para ganar tiempo, son los que aprovecha para repasar, una y otra vez, cada uno de los rostros delante de ella.

—Por motivos policiales, no debería responder a eso, seguro que lo entendéis —contesta mientras sigue examinando a cámara lenta y uno por uno a todos los presentes.

Le retrucan.

—Eso significa que algo sí ha recordado, ¿verdad, Carmen?

—Disculpad, no puedo decir más.

Responde a la vez que sigue rastreando muy despacio. Algún gesto, contrariedad, nerviosismo, tiene que descubrir en la mirada de alguien, seguro que hay un agresor incapaz del disimulo, al menos uno de ellos tiene que estar ahí y ella lo va a recordar. Nada. Ni esos flashes de los que hablan, ni una silueta, además, tatuaje, algo que haya dejado un rastro que seguir. Sus manos comienzan a temblar de nuevo, pide disculpas, todos entienden que se quiera ir, tampoco necesitan mucho más de ella. A la vez que se gira para irse, Carmen los escruta por última vez. Nada. Baja las escaleras. Detrás de ella un manto de lava la sigue, como si fuera la cola de un vestido que nadie puede evitar pisar.

2

REPLEGARSE

*(Recogerse o encerrarse en sí mismo,
alejarse, refugiarse o apartarse
en la propia intimidad)*

Cuando deja atrás a su padre se siente como si saliera de una letrina mugrienta. Lleva las dos ventanas abiertas de su Land Rover Santana para que la corriente se lo lleve todo. No ha visto nunca ratas en la casa, pero recoge sus rastros por todo el suelo. Reyes está convencido de que se esconden cuando llega él, de que seguro tienen una relación cordial con su padre que con él no desean. Cuando sale de ahí los domingos, presiente que lo siguen, como si él fuera el flautista que las fuera a llevar a la tierra soñada y ellas hubieran decidido abandonar esas paredes por muy vistas para salir tras él y montarse en su todoterreno; cuántas veces no lo habrá soñado en esos duermevelas de la ruta. Se despierta sobresaltado escuchándolas roer. No hay nada, solo el agotamiento de un hijo cansado, incapaz y egoísta.

Hoy se ha desviado por otro de esos caminos comarcales que aún quedan. Tiene que comenzar un nuevo trabajo en una zona donde suele trabajar varias veces al año. Antes de recibir instrucciones del paisano que, por amigo y por comisionista, siempre hace de intermediario, buscará un sitio en la carretera donde la ebriedad o las vituallas le despinten las imágenes que aún carga. O el sexo. Tomasín había dejado de ser enclenque y aguado, no necesita pagar por tenerlo, solo cuando le puede más el ansia de olvido que el deseo mismo, prefiere costeárselo y que sea cuanto antes. No hoy.

El lugar es como lo son todos los de ese tipo, con una puerta de madera de castaño que apenas deja ver lo que hay dentro, suelos de terrazo y ristras de ajos colgando por las esquinas, y un olor rancio a oliva y queso curado. Hay cazuelitas en la barra y pan de hogaza sobre la encimera. Sillas pesadas con asiento de paja de arroz. Reyes se sienta nada más entrar; con apenas un gesto, hace que el chico cariacontecido que está detrás de la barra, despabile y vaya directo a él. Solo quiere el plato del día, pero dos raciones, y vino, uno de la zona que no sea necesario abrir una botella. El camarero ya espabilado hace bien su trabajo y se nota que lleva de mozo los mismos años que el lugar y que posiblemente no importe que salga a estudiar o no, ya que heredará de su padre y su madre la tasca y alguna tierra más que venga de lejos. Sale de dentro un señor bajito, algo grueso que no orondo, lleva un mandil que parece haber vivido varios siglos, y atisbando al comensal vocifera hacia él.

—Mire que las lentejas se acabaron, pero me queda de ayer un puchero que le va a gustar.

Accede al cambio con un gesto, igual le da. El dueño grita hacia dentro:

—¡Paca!, ponlo a calentar. —Luego mira a su alrededor y comprueba si todo lo demás está en orden.

Tomás va a girarse hacia el vino ya servido, suerte que no lo hace, justo en ese momento, antes de desaparecer por el escalón que lleva a la cocina, el hombre mira un segundo al hijo y con su manaza agrietada y seca, le toca la cabeza y le sacude el pelo cariñosamente, apenas un segundo, después entra. Reyes se ha quedado absorto mirando a los dos. El vino se aquieta en su boca mientras añora el afecto de un padre que no va a tener jamás.

El futuro dueño de la venta no ha podido evitar ver cómo a ese cliente se le han empañado los ojos antes de beber su vaso de golpe, le parece que ese hombre va a necesitar más copas que las del menú, se adelanta, quita el corcho a la botella que sí había abierto y sin que el otro diga nada, se la coloca junto a la olla que ya está trayendo su madre.

—Sírvase a gusto.

Y, como mandan las buenas costumbres, se la dejan en la mesa con un plato caliente para que el forastero rebañe lo que necesite. Reyes sonríe parco, no sabe que madre e hijo le han visto la emoción en la cara, de haberse dado cuenta, habría huido despavorido del lugar. Paca le pregunta al marido en la cocina, si ese no es el que anda poniendo sistemas de riego en algunos campos, que le parece que sí y cuando termine le va a preguntar, que sus primos han heredado unos secarrales de una tía y estaban buscando darles mejor rendimiento, que capaz que este sepa si eso se puede hacer.

Mientras la familia habla de él, Tomás se alivia con el sabor de la morcilla y el laurel. Los imagina a todos tiempo atrás, ella preñada y pasada de cuentas, sirviendo huevos revueltos y lengua en vinagreta, su marido bromeando con dos camioneros que todos los jueves se plantan ahí, que si va a ser hembra y no varón como les han dicho, «que un hombre no se hace de rogar tanto», los otros que «a ver quién va a cocinar mientras la Paca pare y alimenta a la criatura», todo entre carcajadas; han pasado tres años y el churumbel, que salió chico, ya va por las mesas agarrado a las faldas de la madre y ese padre que sí es bueno, cuando ya no tiene clientela, lo ha puesto sobre sus rodillas y le hace creer al niño que se va a caer y él grita y ríe a la vez sin saber qué hacer primero; ya está cerca de ser adolescente y aunque son edades que no se soportan y ningún padre merece, los tres se quedan jugando a las cartas por la noche, con apenas una vieja lámpara de pie que tienen al fondo del salón. Cuando hace mucho frío, se les suma alguno de los clientes habituales, en vez de ir a buscar un motel de carretera, pasa la noche al abrigo de ellos en un jergón que ponen en un cuarto que hace las veces de despensa, fresquera y habitación de invitados.

Paca no sabe si salir a preguntar a Tomás Reyes sobre el riego y el goteo, lo ve tan ensimismado que va a esperar al café. Con lo que ha comido, está segura que pedirá uno doble y un licor. Ese corre siempre por cuenta de la casa.

Ha decidido no tomar postre, va a pedir un orujo para engañarse y hacer mejor la digestión, no va a seguir viaje ahora, prefiere descansar una hora en la camioneta y dejarse de nostalgias de la vida que no tuvo.

—No sé cómo ha podido comerse todo y seguir respirando. Porque respira usted, ¿verdad?

La mujer que le está hablando lleva un buen rato observándolo desde el otro lado del restaurante. Tan en su mundo estaba él, que cuando ella se apartó el pelo en un coqueto gesto y levantó su copa de vino para brindar en el aire con él, lo hizo sola. Tiene quizás los sesenta, prieta en carnes, voz gruesa, ojos de lechuza, también bellos, come sola desde hace siete años, no pasa desapercibida porque las mujeres que comen solas en los bares de carretera no pueden. Como Tomás no la había visto, ella, que tiene carácter y ganas, ha decidido ir directamente a su mesa, no se ha tomado a mal que él no le haya respondido porque tiene la inteligencia de diferenciar a un huidizo de un desatento. A los dueños no les preocupa que ella se haya plantado delante de él, saben que no es una perendeca, solo libre y solitaria.

—Respiro —le contesta mirando hacia arriba, porque ella sigue de pie.

Sin esperar más respuesta, ella se deja llevar por la mirada herida de ese apuesto hombre y se sienta junto a él.

—Paca seguro nos convida ahora a un chupito.

Tanto conoce la mujer el lugar que ya está viniendo el hijo con dos botellas y dos copas.

—Orujo o crema de whisky.

—Orujo. —Elige Tomás y orujo dice ella. Al gesto de Laura, que su nombre es ese, esta vez sí, los dos brindan.

—Ya lo había visto alguna vez por la zona.

—Es posible. Tomás Reyes. Un gusto.

Se dan la mano como lo hacen los hombres, Tomás no puede evitar fijarse en la dureza de las de ella, ásperas como de haber luchado en una guerra vieja, de cuando no había armas. A ella, que ama los hombres observadores, no le molesta haber sentido los ojos de él clavados en sus grietas.

—Reparto leña. De la de verdad —le aclara, para no tener que explicar más.

—Disculpe, no quería ser descortés.

—Si me dices eso, es que no sabes lo que es la descortesía, señor con apellido de otra época.

—El apellido engaña.

—No siempre, el mío es Pastor, Laura Pastor, no es mi trabajo, pero fue el de mi padre, mi abuelo también lo era, y hasta mi bisabuelo. Todos me llaman Pastora, aunque no lo sea.

—Y usted no quiso seguir la tradición.

—Ya lo creo que quise, pero nací en los tiempos donde los padres tenían miedo de que sus hijas se echaran solas al monte. Créame, aun con el frío de la dehesa o esos días en los que el estómago te quema, da mucho miedo estar ahí fuera tan sola, aun así pienso que hubiera sido bueno tener los dos, el apellido y el oficio.

Tomás no permanece ajeno a la avidez con la que ella se ha servido dos chupitos más en lo poco que llevan de charla, y se da cuenta de que esa mujer se siente tan sola entre las personas como si estuviera junto al rebaño. Cuando ella le acaricia la cara, él no lo ve venir. Por un instante quedan mirándose en silencio. Todo lo que él sabe de riegos no lo sabe de mujeres, ya que nunca ha estado con una ni es su deseo, pero no la conoce tanto como para explicarle que siente mucho que ella no sea

28

un hombre, que entonces sí la llevaría lejos y le haría el amor hasta que anocheciera. Algo en la mente le ha debido leer ella porque al oído le ruega, tras otro trago, que salga, que no necesita sexo.

—Solo quédate un ratito a mi lado, nada más.

No espera a que él conteste y sale.

La dueña del garito ha ido a llevar la cuenta al forastero y a sacarse las dudas. Lo hace rauda, pues piensa que él estará deseoso de salir corriendo detrás de la Pastora para desahogarse. Nada le importa eso a ella, nada más lejos de la realidad tampoco.

—Usted es el que va instalando el riego ese que se necesita poca agua, ¿no?

—Por goteo, yo soy uno, hay más.

—Tengo unos primos que quieren ver si podría ser la solución a unas tierras llecas que han heredado.

—Que me llamen, voy a estar por la zona un tiempo.

Ya Tomás le ha apuntado su teléfono en la misma nota, ha dejado el dinero y se ha ido apurado. La mujer le agradece con el gesto y aún más agradece la propina, que piensa que ha sido por la alegría con la que no contaba, de poder gozar después de comer sin esperarlo, no sabe que cuando su padre atusó a su hijo el pelo, Reyes pudo por un momento esperanzarse que ¿por qué no?, entre la demencia de uno y la perseverancia de otro, quizás, uno de esos domingos, Tomás Reyes Barrachina se quede mirando al mierdica de su hijo y aunque no lo diga piense «siento no haberlo hecho mejor».

Ha seguido a la mujer, no es posible perderse, ha buscado el camión con los troncos cortados y se ha metido a la cabina por el lado del copiloto. Laura, entre la ebriedad y el deseo, gira la cara hacia él, sin dejar de apoyarla en el asiento.

Los rostros de los dos están casi juntos. Ella acerca su mano a la entrepierna de él, sospecha que ese hombre bello no la va a penetrar, pero quiere intentarlo. Cuando él, lleno de dulzura, se la aparta, a ella no le importa, el sopor y la mirada de ese hombre son tan agradables, que se deja estar.

—¿No te molesta que lo intente yo sola?

Con esa mirada que sonríe, él le hace saber que lo que ella quiera, estará bien. Ella se relaja.

—Solo necesito que me mires a los ojos, no hagas nada más —le pide.

Laura lleva un pantalón gris de gabardina con la cintura fruncida. Despacio y muy relajada desliza su mano dentro, por un momento cierra los ojos, cuando parece que todo va a ocurrir, comienzan a caerle lágrimas oxidadas que le corroen la piel; piensa Tomás que dentro de ella hay hierro y tierra empobrecida, no de las dehesas, sino de algún jaral. Reyes le pasa un brazo por detrás de su cuello, ella se deja abrazar y llora hasta que se queda dormida.

Él se recuesta también. Sueña con el chico del bar que ahora tiene su misma cara, su padre le toca la cabeza con cariño. De pronto recibe un fuerte cabezazo. Tomás se despierta sobresaltado. Ella sigue adormecida. La observa y se relaja. Retira muy despacio su brazo para no despertarla y sale de la cabina. Va hacia su camioneta, se da cuenta de que aquel lugar está rodeado de jara y arranca varias hojas: «Estrechas y lanceoladas», escribirá en un papel; las llevará en su próxima visita.

* * *

A Carmen le extraña que no haya tres vueltas dadas cuando abre la puerta, su marido siempre deja acorazada la casa cuando no están. Él no había podido acompañarla a la rueda de prensa, tenía una urgencia en el trabajo, un chico se ha suicidado. Jonás no es nadie apenas en todo ese conglomerado de psicólogos, pedagogos, maestros que tratan de reunirse y hacer algo cuando ya nada se puede.

30

—Se pudo antes, pero es tarde —se amarga Jonás—. No es culpa de ellos, que también, ni de los padres, que también, ni de los compañeros, que también, es solo esa sensibilidad —se lamenta a su mujer—, la buscan a su alrededor y no está, cuando por fin la encuentran, está en alguien que, como a ellos, les da vergüenza mostrarla. Hay que brindar por la vida siempre, pero ¿y si a alguien le asusta celebrarla?, ¿y si solo necesitan estar en ella y no llenarla de gritos ni de desnudos ni de música alta ni de feroces anuncios ni de reguetón ni de ser el mejor ni de jugar al fútbol ni de llenarse de filtros ni de ser feo ni gordo ni de familia normal?, ¿y si esa persona paga con su vida el precio de la tristeza y de ser un desclasado?

Carmen imagina que en el discurso de Jonás estarán sonando palabras parecidas a estas que repite siempre.

—No es justo que digas que es un discurso, es tu corazón quien habla —le insiste siempre Carmen a Jonás.

Nada puede haber mejor en el mundo que ser su compañera de vida, tanto lo ama como dolor tiene.

Hoy, él se había disculpado por no poder acompañarla a la rueda de prensa, tenía que estar con los padres y los compañeros del alumno. ¡Qué agotada está de no ser ya una causa suficiente para él! Ella presiente que su marido sigue avergonzado. No haber estado con ella aquel día cruel lo desazona, no haber sido el primero en socorrerla, no haber intuido nada, como una madre que siente que algo le ha pasado a su criatura con solo cerrar los ojos. Ese día se fue a la cama sin imaginar por un segundo que ella podía estar en peligro, a las seis de la mañana, cuando no la sintió acostada junto a él, había empezado a preocuparse, pero unos minutos más tarde le había vencido el sueño, era sábado, había estado cocinando hasta las dos, solo reaccionó cuando lo llamaron de la residencia.

—Jonás, Carmen no ha venido hoy a la visita de los sábados del logopeda. Siempre acompaña a su madre, ya sabes lo mal que lo pasa cada vez que le hacen probar alimentos; es raro que no nos haya avisado.

Solo entonces se dio cuenta de que era inimaginable que su mujer hubiera olvidado esa cita. El logopeda había accedido a ir los sábados a primera hora para que ella pudiera acompañarla. Llamó a la policía, no parecieron tomárselo en serio, pero apenas una hora después sonó el teléfono. Tenía que reconocer a alguien que había aparecido con una descripción parecida a la de su mujer.

—¿Un cadáver?

—Alguien que está muy malherido, no sabemos si sobrevivirá.

Desde ese día, ha tratado de recordar cómo llegó al hospital, qué le dijeron por teléfono. Quizás fue en un taxi, no sabe.

Sí, era ella.

No, no estaba muerta.

Hasta que no pasaron tres días no supieron decirle si estaba delante de un cuerpo inerte o no, al principio nadie se la juega, nadie apuesta. Después tampoco te dan esperanzas, pero al menos, a las 72 horas, algo que pensaban que podía ocurrir no ocurrió y el casi cadáver pasó a ser un paciente en estado terminal, y luego muy grave, y luego terminal, y luego grave y luego, una sobreviviente. No porque su mujer luchará más que otros. Nadie lucha contra la gravedad, unos pueden y otros no. Algo tan nimio como un virus hospitalario, un enfermero mal instruido, una arritmia en el peor momento se los lleva, no hay dios ni religión que combatan eso. Lo logró gracias a un equipo de médicos que no la vieron como a un número ni un protocolo que cumplir. Hoy, un año más tarde, ella no tiene bazo ni vesícula, tiene menos movilidad de un brazo y ningún órgano femenino, pero nada de su día a día tiene que ver físicamente con aquella agresión, lo otro, lo emocional, no puede saberlo. Desde entonces, su mujer es un espejismo. Jonás comenzó a mirarla y a tocarla hace unos meses con tanto miedo como amor. Solo con rozarla, ella se convertía en ese oasis en el desierto que al mirarlo desaparece. Carmen no quería odiar a los hombres, pero él era uno de ellos. Cuando ella pudo regresar a casa no dejaron de abrazarse, sin deseo, eran la culpa y el miedo, el terror y la confusión, el asco y la afrenta asiéndose y no sabía ninguno cómo convertirlo en un sentimiento que sirviera para ambos, que los uniera. Llevaban años trabajando en asesorar a su alrededor a débiles y desterrados, pero no sabían cómo enfrentarse a tanta violación, porque no fue una, no fueron varias, fueron todas las violaciones. Insisten e insisten en quererse aunque ya no saben tocarse, ni hablarse, ni darse placer. Ha pasado un año, no pueden más de respeto ni de silencio, pero no están sabiendo amarse más.

Cuando ella gira y gira la llave da por hecho que él se olvidó de cerrar, lo cual es raro pero más extraño sería aún que él estuviera en casa, él, que no había podido acompañarla por algo tan grave como es la muerte de un chico, más raro aún que la televisión estuviera puesta, más aún que él estuviera delante de ella viendo la repetición de la rueda de prensa de Carmen.

—¿Estás aquí…?

—Me dijeron que no fuera. Los padres no querían verme.

—¿No pensarán que tú puedes tener la culpa…?

—Soy su tutor.

La pregunta que ella tenía dentro era otra. «¿Por qué no has venido a estar conmigo cuando te lo dijeron?».

—Has sido muy clara en tus respuestas.

—Me han preguntado por ti. Por nosotros.

—Lo he visto. Gracias por lo que dijiste.

Ella no puede con lo no dicho, porque eso está siendo esta charla, un sinfín de lugares comunes que nada tiene que ver con el aquí y ahora. Sin decir nada más, va hacia el extraño mueble de la entrada, es un viejo bargueño de imprenta recuperado, está lleno de cajones pequeños, les pareció tan diferente a todo cuando lo compraron, que no lo pensaron. Uno no se da cuenta cuando algo es bello, si podrá ser útil después. Carmen los abre y cierra en busca de cual contiene sus abanicos. Cada vez lo hace con más ritmo y desafío. Se siente tan herida que solo el golpe seco de cada cajón al cerrarse le hace sentirse bien. Está tan absorta en el enojo que no se ha dado cuenta de que Jonás ha avanzado hacia ella, la ha rodeado suavemente y le ha sujetado las manos por las muñecas, sin más fuerza que la que hace una mariposa al posarse.

—Perdón, sé que querías que estuviera.

—No era cierto lo del niño.

—Lo era, pero no me habían pedido que fuera. Seguro que ya no te acuerdas de él, apenas me acuerdo yo.

Ella no lo dice aunque lo piensa, «pobre niño, ni su tutor lo recuerda», pero ahora no quiere desviarse por donde no toca. Él no la acompañó porque no quiso y ha preferido verla a través de la pantalla. La mujer no lo comprende y aun así se deja abrazar por él, con ese cobijo que su compañero sabe dar, como el de un árbol que ofrece sombra y musgo para que te acurruques en él un mediodía de agosto.

—Me has dejado sola. —No lo mira mientras sigue hablándole—. Mejor así, si ellos hubieran ido, te hubieran reconocido, te hubieran podido seguir. Es mejor que me haya presentado yo sola.

—¿Ellos?, ¿pensaste en algún momento que iban a ir a la rueda de prensa?

Carmen toma la fuerza necesaria solo para darse la vuelta.

—Es lo que quería.

—¿Por eso has dicho a los periodistas que no podías contar nada respecto a tu memoria?, ¿no has pensado en el peligro de decir algo así?

—No han ido, no te preocupes. Tú no has sido el único en no presentarte.

Cuando todo eso sale por su boca no es con gritos ni con enfado, solo con una carga de decepción como la del país que abandonó a sus colonias, la amiga que se enamoró de tu novio, o el hijo que abandonó a su padre cuando ya no tuvo dineros que sacar de él. Aunque habían sacrificado algo tan esencial como la intimidad entre ellos, al menos hasta hoy habían mantenido el coraje. Encuentra por fin los abanicos y agarra uno, estar con sus órganos vacíos convirtió el día a día en la misma rutina de la menopausia, calores que vienen sin buscarlos, a veces molestos, a veces imperceptibles; tener el abanico cerca le gusta, aunque ahora no lo abre por eso, lo hace solo para que el aire le llegue, para no desmayarse del duelo de aceptar que su presentimiento de estos meses está ahí, que va a perderlo también a él.

—Necesito una ducha —le dice mientras sale hacia el baño con la corriente de aire; se va arrastrando el largo manto anochecido, más pesado por toda la decepción que lo cubre ahora.

Jonás recuerda cuando de pequeño iba con su hermana Eva a cazar mariposas, llevaban una red y un recipiente de vidrio, cuando por fin conseguían una, intentaban por todos los medios ponerle el frasco encima. Si eran capaces de la proeza, les excitaba observar esos primeros instantes donde podían tenerla delante, cuando el insecto aleteaba desesperado para conseguir zafarse de ahí y, justo entonces, los hermanos podían ver más de cerca los colores y el polvo que caía de las alas, y siempre a tiempo, antes de que se ahogara, lo levantaban y a duras penas el insecto conseguía volver a volar. Los dos quedaban maravillados de la gesta. Un primo les dijo un día que en realidad las mariposas apenas sobrevivían después, que ese polvo que cae es como matarlas, él nunca se lo creyó, porque de ser así, se habría dado cuenta de que su hermana y él habían torturado a los pobres animales por el mero placer de verlas más de cerca, si eso era cierto, no quería saberlo.

Escucha el correr del agua en el baño, empuja la puerta, no sabe el qué pero quiere decirle algo, Carmen ha cerrado por dentro. Es la primera vez. La mujer que ama le tiene la misma desconfianza que se le tiene a los desconocidos.

No se ha puesto velas ni aromas. Solo el agua muy caliente. El vapor del espejo le devuelve la imagen que necesita para no perder la cordura. Él y ella. Su piel negra y su piel blanca. Carmen cierra los ojos y recuerda las veces que frente a ese espejo han hecho el amor, se toca pensando en ellas. Es peregrino que tras siglos de mestizaje ese contraste la excite tanto. Ella, que ya no sabe cómo tocar a un hombre, sabe cómo seducirlo en sueños. Recuerda la vez que él le preguntó: «¿Te molesta?», su negro acababa de chupar una de sus cicatrices, la más fina, la que tiene justo encima del deltoides, la había causado algo filoso y fino, la policía aún no ha descubierto con qué la pudieron hacer, es el motivo de que haya perdido movilidad en ese brazo, le avisaron que quizás podría impedirle realizar algunas actividades como conducir; con la aversión que siempre tuvo, no le importó, por fuera apenas se le notaba, como todo lo demás. Carmen le había rogado a Jonás que sí, que siguiera, por favor. Él siguió pasando la lengua suavemente por la cicatriz, con mucha delicadeza, se fue dejando llevar, a ella le excitaba su triunfo. Aquellos animales no pensaron que las huellas que le imprimieron en el cuerpo pudieran ser un día carne de deseo. Pues sí. Tenía derecho a la revancha. Jonás no quiso pararse a pensar en ese momento, lo hizo después; se dio cuenta que había sentido morbo al lamer la herida que habían grabado en la piel de su mujer para causarle dolor. Vomitó. Durante días fue incapaz de comer. No pudo volver a tocarla. Carmen se deja recordar en el vaho la imagen de él lamiéndole la hura de su carne unos meses atrás, lamenta no ser un perro o una paria a la que traten como un animal para al menos poder tener un poco de calor humano. El reflejo se transforma en una figura carnal y claroscura, con las almas saliéndose por los ojos y un orgasmo silencioso que le hace llorar por la vejez que les arrancaron. Porque ella quería ser viejita con Jonás, verse arrugar y desmemoriarse juntos. Eso también acaba de irse. Carmen no va a ser capaz de tomar la decisión hoy, pero cuando se instala la separación en el cuerpo, es difícil volver al punto de partida.

Mientras ella sigue en el baño, Jonás ha vuelto a poner la televisión, están volviendo a pasar la rueda de prensa.

—Por motivos policiales, no debería responder a eso, seguro que lo entendéis.

Escucharla de nuevo le estremece. Cuando en la pantalla de la televisión ella sale escaleras abajo, él no ve la lava negra siguiéndola lentamente, solo recuerda a su hermana gritar: «¡Mirá, he cazado otra!».

3

PENDIENTE

(El que pende, gravita, suspende,
cuelga, inclina, cerne, oscila o cae)

Carmen está a primera hora en la residencia. Su madre lleva ahí tres años. Se pasa cada mañana antes de ir al trabajo. El día anterior lo había anulado por la rueda de prensa.

Cuando llega, su mami está aseada y vestida. Es como si a una princesa de un cuento la hubieran dejado envejecer. Bonita, ojos con todo el azul posible, el pelo ha sido carcomido por el tiempo, pero el blanco se ha dejado llevar, por eso crece encima de las comisuras, cerca de los párpados, pasas la mano por la cara y sientes ese vello como cuando tienes un melocotón entre tus manos. A Carmen le gusta rozar sus carrillos con los de ella.

—Hooooolaaa bonitaaaaa —le acaricia.

La mujer la mira con dulzura, como si su vida hubiera sido solo una historia de magos y duendes y repite:

—Hoooolaaaaa.

Carmen no necesita más. Hubiera querido hablar con ella, una de esas charlas donde acababan siempre discutiendo, el «¡tú qué sabrás!» de una, o de la otra, hubiera sido el final de la pendencia. Hace ya siete años que eso dejó de ser posible. Durante cuatro intentó cuidarla sola. Hace tres no tuvo más remedio que depositarla ahí.

—La has internado —le reprende Jonás—, no digas depositado.

Es cierto, no es un objeto, no es una palabra justa, pero a ella le gusta emplear las que le brotan, no las racionales.

Aprender el diálogo del demente no fue lo más difícil. Descubrió que cada vez nombran más lo trivial: la comida, o el sol de la mañana. Lo que es un misterio para ella, es traducir lo que su corazón necesita compartir, en lo que intuye que su madre va a entender. Tiene que evitarle todo lo que pueda causar dolor o rareza porque la altera, tiene que contar lo que arde como si no ardiera, lo que está dañado, como si repararlo fuera sencillo, le relata su día a la enferma con el mismo entusiasmo que se cuenta una luna de miel continua.

Con los ojos llenos de nada, Fernanda le señala la bola de cristal de la estantería.

—El maaarrrr.

—Ya voy, mamá.

Carmen coge la bola de cristal, dentro no hay pinos, ni cabañas en un bosque, está solo el Principito con su rosa y su serpiente. Cuando comenzó a trabajar en los Servicios Sociales consiguió que una madre recuperara a su hija. Nadie apostaba por ella, solo una trabajadora ingenua y novata. Aquella madre había comenzado un pequeño negocio donde, entre otras cosas, hacía bolas de cristal; aunque vendía todas, el costo no daba para beneficios, con lo cual se puso a limpiar casas y con eso pudieron mantenerse ella y su niña. Lo que Carmen sabía, es que para esa chica, crear aquellos mundos mágicos en bolas de cristal había sido el primer paso para salir adelante. Trata de recordar su nombre, no puede, son muchas las veces que se pregunta si el tiempo hará con su cabeza lo mismo que ha hecho con la de su madre, cada olvido la aterra, pero prefiere no pensar. Agita la bola, el cristal se llena de estrellas tan diminutas como copos de nieve que cubren los cabellos rubios del Principito, su capa, su serpiente que sonríe y un firmamento azul y estrellado. Fernanda se queda prendida, cuando terminan de caer le hace un gesto a la hija, quiere más. Ella la agita de nuevo y su madre sonríe y abre la boca, da palmas como si nunca lo hubiera visto antes.

—El maaaarrrr —exclama y palmea.

—Te voy a llevar pronto, vas a ver.

—¡Fernanda, pero qué bonito!, a ver, hazlo tú ahora.

Es uno de los enfermeros de la planta, Mario, conoce a la anciana desde que la ingresaron. La noche que Carmen tuvo que tomar la decisión de dejarla, él estaba ahí. El sanitario recuerda su llanto en la oscuridad tratando de que no la viera nadie. A él le había conmovido, ni siquiera una mujer que trabaja en Servicios Sociales está preparada para internar a una madre. No había otra, escaparse, herirse, quemarse, todo forma parte del día a día de alguien a quien el alzheimer ya le ocupa más lugar en su cerebro y en sus intestinos que su propia vida. Mario le había dado un vaso de leche caliente a la hija sin que se lo pidiera, le había puesto en la mano uno de esos medicamentos que un enfermero tiene siempre por si acaso y le había dicho: «Tómate todo, ve a casa y duerme, vuelve mañana». Carmen obedeció como una pupila que hacía todo lo que la monja le dijera por miedo al cartabón.

Cuando regresó por la mañana, su madre estaba vestida con la misma bata lila que ella les había dejado, también llevaba las zapatillas con borreguito por dentro y la habían repeinado; estaba sentada en la esquina de la habitación en una silla que hacía las veces de butacón. Ella esperaba encontrarla alterada o triste. Estaba tranquila. Reconoció a su hija esta vez, señaló hacia la ventana y sonrió: «El mar». No, no se veía desde ahí, estaba a cientos de kilómetros, casi tres horas en coche, quizás menos, pero algo había al fondo de ese paisaje de matas y dolomías en el que la anciana descubría olas y océanos. Pasaba horas junto a esa ventana. Carmen miraba fijo hacia donde ella lo hacía, por momentos, le parecía ver el mar viniendo hacia ella como el bosque de Birnam, se sentía como Lady Macbeth con las manos manchadas de sangre por dejarla ahí.

Ahora está en el despacho de Petra, la fisiatra; la última en llegar ha sido la coordinadora del centro. Extraña mujer, aunque es la que dirige todo, nunca está en su oficina con todos los títulos colocados detrás, al contrario, es ella la que va recorriendo las salas y las habitaciones como si anduviera buscando a alguien. No es de extrañar que parte de la burocracia vaya siempre retrasada y, a la vez, Carmen agradece que prefiera mezclarse en esa jauría de ancianos, hijos, enfermeros, nietos y logopedas.

—¿Recibiste mi recado?

Antes de que pueda contestar, la directora le entrega un sobre a Carmen y, sin tomar aire, continúa hablando.

—No importa, ten, ya no pudimos hacer nada más, el Ayuntamiento lo pasó a judicial y blablablá, mira a ver, ya sé que te llamará hoy tu jefe, pero antes de que me manden a otra, por favor, si puedes ir tú pasado mañana, es aquí, necesitamos a alguien de Servicios Sociales, quiero humanos junto al hombre, miedito me da a quién van a mandar del juzgado, ten cuidado, afable no es. ¿Tu mami? Ayer no quiso arroz con leche, pero comió lentejas, así que no me preocupo. No te iba a hablar de esto, bueno sí, te vi en las noticias, no te pensaba preguntar, pero dime, ¿has empezado a recordar? Es lo que entendí. Por favor, no dejes de ir a terapia. Lo que necesites, dime. Si tienes alguna duda con eso, con lo de este señor, dime. En dos días. Tengo que irme. Por cierto, Petra, creo que sí, es un esguince, ya me dices. Bueno, chao, os dejo.

Las dos mujeres están acostumbradas a esa señora que abre y cierra puertas en la residencia. Carmen se queda mirando el sobre, preguntándose quién será el nuevo inquilino y, sobre todo, dónde piensan instalarlo.

—Pensé que no quedaban habitaciones.

—El viejito de Treviño partió ayer, el que los hermanos le habían robado todo cuando la guerra y ahora en cambio estaban todo el día viniéndole a ver, ¿sabes quién te digo?

41

—La culpa, mira tú qué buen compañero es, que va siempre con uno.

—Lo único que no le pudieron robar, se lo ha dejado a una parroquia de allí, espera a que se enteren. No les dijo nada en vida, por joder. Hizo bien.

Las dos se quedan mirando al ventanal, el despacho da al patio, desde ahí la profesional puede verlos a todos, muchas veces corre las pesadas cortinas ya amarillentas de viejas para no sentirse observada; le quedan dos años para jubilarse y se ha prometido que se va a mudar a una casa en donde su habitación no tenga ninguna ventana. En cambio, cuando está con alguien no le importa contemplar a los ancianos perdidos como hormigas a las que han cortado el camino. A la casi jubilada le ha dado por acordarse de lo que le enseñó su primo: «Cuando quieras terminar con una invasión, les cambias las migas por granos de arroz, ellas, obedientes, las van a bajar al hormiguero sin saber que el paso se va a cegar con los granos y que van a cavar su propia tumba». Observa de nuevo a los viejitos preguntándose si ellos saben que ese casi jardín que habitan cada día es un gran sarcófago y que poco a poco no quedará ninguno, por mucho que vengan otros a sustituirlos. Petra no lo dice, pero muchas veces piensa si no sería más justo dejarles granos de arroz a todos y terminar cuanto antes.

—Veo a mi madre más pequeñita.

Las palabras de la trabajadora social sacan a la fisiatra de sus depravaciones.

—Y cada día más, hasta que se consumen.

—Me gustaría llevarla un día al mar, antes de que se vaya del todo.

—Con su estado no te lo van a permitir…, ya sabes.

Mario ha entrado. Carmen enseguida le sonríe, no puede olvidar que en la noche más triste él estuvo ahí. En ese momento se escucha un chillido de animal, como los cabritos cuando están juntos y berrean como bebés. Los tres se giran hacia el patio. Elio, la mujer que tiene más arrugas y los ojos más llorosos, es la que ha gritado. Alfredo, tan alegre como perturbado, está abriendo los brazos en alto, ríe muchísimo. Ella los levanta también, ríe más —es mucho más raro que ella lo haga—, los dos gritan y corren el uno hacia el otro. Comienzan a abrazarse y carcajearse juntos. No pueden desternillarse más. Dan saltitos a la vez. Tanta es la borrachera de amor que se van los dos al suelo y, en vez de asustarse, giran juntos mientras continúan riéndose como dos hienas amorosas y ridículas. Los demás los han rodeado, nadie parece preocupado. Desde la oficina los seis ojos conmovidos de ternura se han asustado en un mismo acorde. Mario ha salido corriendo para ayudar. Carmen y Petra se han cogido la mano. No pueden hablar. No saben qué han visto, pero sienten que han sido testigos de la vida. Que si un día tienen un amigo así, no importará la locura ni la cercanía a la tumba. El enfermero ya los está levantando, en realidad no del todo, Elio y Alfredo se han encaramado a él y es imposible no abrazarse a ellos y reírse con ellos.

—Llévatela donde te dé la gana.

Carmen suelta la mano a su compañera para volver a coger el sobre.

—Te veo en dos días.

—¿Es verdad que has recordado algo?

—Cuídate.

* * *

Reyes no deja de buscar algo mientras conduce, ninguna prudencia hay en ello, finalmente se da cuenta de que lo que busca ha quedado en un extremo del asiento del copiloto. El azulejo con las bellotas se ha salvado, bien podría haberse hecho trizas aplastado entre el freno de mano y varias de las cajas metálicas que siempre apila como puede en ese costado. Prefiere abrir la guantera y colocarlo dentro con cuidado.

La oficina de Julián está como esperaba, el cartel de *Welcome* dice *Wolceme*. El hombre lo compró en una feria, son letras de madera de colores, al venir separadas en el paquete, se convenció así mismo que las había colgado igual que el artesano las tenía colocadas en lo alto de su puesto. Nadie le ha corregido nunca del error, a no muchos kilómetros de ahí habrá quienes hablen en inglés y se defiendan en francés también, pero aún están en tierra de secano con el mar a una hora. Ahí se sabe de semillas o de injertos, de cosechas o de tractores. Tomás ya no repara en las letras, sino en la cantidad de polvo y mugre de ese absurdo pórtico que la nave tiene en la entrada. Lo compró la hija adolescente del dueño, dos columnas que imitan dos capiteles romanos con sus volutas y todo, hasta un ángel traía, que se hizo trizas en un descuido al sacarlo del camión, Tomás siempre ha pensado que fue queriendo, que a Julián ese querubín le pareció que iba a ser el hazmerreír de la zona, y mejor pasar un mal rato delante de su hija unos minutos, a que después te llamen por cualquier mote grosero en vez de Julián, que es como se le conoce en varios kilómetros alrededor.

Llamar oficina a esa especie de almacén podría ser exagerado, pero el hombre tiene todo organizado como si estuviera en un despacho de la NASA. Albaranes, direcciones, dibujos de sus dos hijas, deudas pendientes, la caja fuerte a la vista, que no se entiende cómo, pero nadie ha intentado robar nunca. Varios animales disecados hacen hincapié en el poco gusto de esa familia, no solo porque haya una pobre perdiz o un zorro encima de una balda, es que además te recibe un pato que el taxidermista debió de acabar tras beberse un botella de anís o al regresar de la boda de algún primo, tiene cada ojo de un color y un ala sin apenas plumaje que, según dice el dueño no se le ha caído, sino que vino así.

—Antes de que me digas que no —comienza a hablar el hombre en cuanto Reyes entra—, fíjate en el lugar, que yo sé que cuando no pagan la mitad por adelantado, me dices que no, pero me han dejado, además del importe para todo tu material, como la mitad de la mitad aparte y me dijeron que puedes quedarte en el cuarto pegado a la casa, que es como un almacén y tiene un retrete que no está mal, incluso si quieres entrar a la cocina no es un problema, que ellos hasta que no pasen un par de meses no se van a poder organizar para irse a vivir allí, así te dan tiempo a que tú termines y que ya en diez días te pagan lo que queda de la mitad y después el resto. ¿Cómo lo ves? —remata. Todo de sopetón y sin perder tiempo, como le gusta armar siempre la timba.

Antes de lo que sea que Julián es ahora, fue tratante de ganado. Hoy organiza pequeñas transacciones de unos y otros, vende algún campo que se entera por aquí o por allá, un par de camiones con merinos, consigue papel de viña…, lo que se tercia, está siempre al quite de cualquier detalle; ve la esquela en el periódico de uno y sabe que tenía lindes con otro que conoce y se da cuenta de que si se lo dice al de al lado, capaz pueden sacar tajada todos. De todo se entera, a nadie roba, aunque de todos come. A Reyes le viene bien, así él no tiene que hacerse tarjetas ni anunciarse en páginas de agricultores. Haciendo bien su trabajo y viviendo con no demasiado, tiene asegurada cama y techo, ahorra un poco y come lo que le gusta; tener una casa a la que llamar hogar no lo quiso nunca.

Habiendo escuchado todo lo dicho a bocajarro, más o menos entiende por dónde va Julián, pero hay que tener cuidado siempre con el mensajero.

—Empecemos de nuevo. Cuéntame primero qué quieren y dónde están.

—Ah, es cierto, que al final no te conté nada aún, que son una de esas parejitas que con la pandemia ahora quiere vivir en el campo y, como justo murió un tío abuelo de ella y le quedaron unas hectáreas con una finquita, se van a meter a la aventura de poner huerta y conservas, y no sé si dijo algo de vinos, ¿o de lácteos?, que la niña dice que se acuerda mucho de lo bien que lo pasaba con los conejos y las cabras de su tío. Ya verás, ya, que tenga que levantarse a las cinco de la mañana, pero oye, a ti eso ni te va ni te viene, lo que quiere es que le armes todo el circuito, eso que haces tú para el riego por goteo, porque ha leído que aquí a veces hay problema con el agua y que además quiere que sea todo ecológico. —Le viene una carcajada tan grande que se le escapa un aire—. ¡Ya vas a ver cuando le tenga que poner veneno a los tomates!, pero eso, lo dicho, que a ti ni te va ni te viene. Aquí tienes la dirección, pero espera, que me ha pasado una cosa ella, que ahora te comparten desde el *guasa* el camino y todo, que te lo paso ahora también a ti... Dinero, lo de siempre, ¿*tamos* bien así?, ¿le digo que sí?

Reyes se ha sentado en la endiablada silla de cáñamo para servirse una cerveza fría y despejar el orujo. Una de las patas está a punto de sucumbir, algún día se va a ir para atrás con todo su peso mientras lo escucha, está seguro de que Julián lo hace adrede para ver quién se cae primero, que es un hombre simple a la hora de pasarlo bien, y con ese susto que un día le dé un cliente va a poder troncharse por un mes. Por eso el dueño nunca se sienta. A la vez que te instruye y trata de espantar alguna mosca, no deja de otear hacia el asiento, por si ese día, por fin, pasa lo que tiene que pasar. No se cae Tomás, al contrario, ha escuchado la historia y ya iba a decir que no, que se vayan a tomar viento si no pagan en tiempo y forma, cuando, sin querer, se ha puesto en el lugar de esa pareja: no se recuerda habiendo tenido un proyecto de vida con el que arrancar al alba, y piensa para sí, que si alguna vez estuviera en esas, qué bueno sería que alguien a su alrededor le pudiera echar una mano. No barrunta más y dice que sí. Termina de un trago la cerveza y le deja una moneda sobre una mesa a modo de barra que hay en un costado.

—Me vas a dejar a deber un cuarto.

—¿Que las has puesto más caras o qué?

—Amigo, la vida, ¿qué quieres?, a donde va ella, tengo que ir yo.

—Diles a ellos que sí. Marcho, que aún me queda un rato.

Tomás Reyes le contesta mientras le deja otra moneda, esta vez, en la mismísima mano. Sale con un gesto de adiós a medio acabar.

—Qué pocas palabras se le caen a este siempre.

Lo ve irse y se queda contento, no había pensado en subir la cerveza pero, si los que van a quejarse lo van a hacer con tan poca voz como el que acaba de irse, para qué dudar.

Cuando Tomás llega a la casa atardece, ha pasado un monte bajo con eucaliptus, como le marcaron, varios campos de girasoles que nadie ha cosechado ese año, unas cuantas fanegas que bien parecen estar en barbecho y, por fin, el campo de cebada que linda con el que él tenía que encontrar. Ha cogido una vieja llave donde le habían dicho y ha abierto una de esas puertas de alambre que se colocan en los caminos de heredades y cortijos, no importa si pertenecen a grandes terratenientes o a pequeños labradores.

Al entrar, el hogar de leña sorprende a Tomás, y decide que, si tienen un sofá dentro, no piensa hacer caso de las indicaciones ni dormir junto a un retrete, no va a coger nada que no sea suyo, ni necesita un cuarto con un buen colchón, pero otra cosa es seguir las manías de la gente de ciudad que ponen a dormir a los perros dentro de la casa y a las personas mejor fuera. Le ha sorprendido la chimenea por lo grande que es, las ha visto así en alguna torre aragonesa, masías catalanas o cortijos de pudientes, pero no es común en ese tipo de casa de campo. Se fija en los azulejos alrededor de ella y piensa que el tío abuelo de la chica debía descender de Lugo. Tomás está seguro de que mucha de la cerámica de ahí es de Sargadelos o cerca. Hasta el mango para atizar la leña. No mira mucho más, pues quiere dejar las cuatro cosas, descargar el material e ir a lo que le está pidiendo el deseo.

Termina de bajar la última caja donde guarda los codos y los manguitos de unión. Ha apilado toda la cacharrería para ponerse a trabajar a primera hora de la mañana. Decide no ir a echar un vistazo al trabajo a esas horas, mal va a poder plantear la faena sin apenas luz. Además tiene más prisa por otra cosa.

Cuando va a arrancar, se acuerda del azulejo de las bellotas, abre la guantera y, al cogerlo con prisa, se raja el dedo, apenas nada, justo en la punta del índice. «¡Hay que joderse!», piensa, lo deja de nuevo y busca un trapo viejo que siempre tiene tirado por algún lado, se aprieta apenas unos segundos y sale directo a un polígono que conoce apenas a unos treinta kilómetros; con suerte, el gerente será el último en salir, como siempre, y aún estará ahí, entre aperos, sacos de construcción y herramientas de ferretería.

La nave es inmensa, sin los fluorescentes encendidos, todo el material asusta, parece que en cualquier momento vayan a aparecer por algún lado zombies con fresadoras dispuestos a salpicar todo el espacio de sangre y ojos. Una noche, Nicolás casi lo mata del susto. Ese día era más tarde, Reyes le había avisado que iba a ir, no como hoy que se ha acercado sin decirle nada. Cuando entró, la puerta la habían dejado entreabierta, estaba todo oscuro como hoy, la luz de su oficina que queda al fondo estaba dada, fue directo hacia allí como un adolescente al que le han metido un papel en el bolsillo para encontrarse a la salida de la escuela; tantas ganas tenía, que cuando el gerente apareció en mitad de una de las góndolas con un taladro encendido, lo primero que hizo su instinto fue sacar una navaja y desenfundar, fue tan veloz que Nicolás soltó sin apagar la herramienta que siguió sonando mientras caía al suelo; le costó unos segundos reaccionar y correr hacia el enchufe para desconectarla.

—¿Estás loco? ¡Podría haberte matado! —Reyes le retó como a un chaval, para algo le doblaba la edad.

Todavía asustados, no pudieron llegar a la oficina. Ahí mismo hicieron el amor como dos chiquillos, sin modales, sin luz, sin comodidad, sin tiempo.

Desde esa tarde se pasa cuando está por la zona, pero nunca le llama antes. Si está, bien, si no se marcha a dormir y se masturba antes.

Tomás prefiere en el baño y cerrar la puerta, pero como siempre, Nicolás consigue que lo hagan en su despacho, no lo dice aunque los dos lo saben, tener las fotos de su esposa ahí delante le da un morbo innecesario, molesto para Reyes, pero es lo que tiene un amante de carretera casi treinta años más joven, que tiene el ardor de un caballo y el corazón de su bosta. Nicolás se ríe del estúpido vendaje en su dedo, mientras le masturba, decide parar y curarlo. Tomás no quiere, pero por algo ese inconsciente niño de papá ha llegado a gerente, es meticuloso y efectivo como nadie, no soporta ver nada a medio terminar, por eso, desde los dieciséis años que se puso a trabajar, a sus jefes les encantó lo dispuesto que era, por eso con veintipico ya había ahorrado para un piso y se había casado con su novia del pueblo, por eso con menos de treinta, y ya gerente, no se plantea ni por un momento andar diciendo que a él le gustan los hombres, y por eso ha dejado el placer unos minutos para echar agua oxigenada en el estúpido corte y ponerle un pequeño vendaje.

—Justito en la puntita te fuiste a cortar.

—Justito ahí.

—En la puntita.

Se ríen como niños de la gansada. El teléfono de Reyes suena, Nicolás se lo quita de la mano, va hacia él, lo besa mirando el retrato de su mujer, busca que ese placer se le quede agarrado en la piel para luego ser capaz de sentir algo así con ella. Tomás lo hace como si hubiera sentido fuego dentro de la otra boca y su propia saliva fuera lo único que pudiera apagarlo y mantenerlo vivo. Se besan como si la vida no les fuera a entregar más goce que esa noche, como si necesitaran un orgasmo abisal y estridente, como esos gritos en los manicomios que comienzan como risas y aullidos y son solo el síntoma de la demencia. Tomás se pregunta si un día terminará como su padre, si todo el placer que se da en vida, no será el preámbulo de la locura. Por eso gime y disfruta de su adorable farsante que ni le hace preguntas ni le expresa deseos.

Cuando regresa a la casa, la noche se ha hecho con toda la luz, la luna nueva no ayuda. Aún huele a semen, le gusta. Aparca en un costado. Sale, da apenas cuatro pasos y cae al suelo.

Al despertarse sigue oliendo a sexo, es aún de noche, está tirado en el suelo, no sabe qué ha pasado, no bebió, no tomó drogas, su dedo sigue sangrando, apenas un hilillo, con la excitación se le había caído la tirita, recuerda el día que a su abuela le cauterizaron la punta del dedo, se lo había cortado partiendo chorizo, antes de eso se le había desplomado a la nuera en la cocina, por un momento a su madre se le cruzó dejarla ahí. Les habían explicado que eso ocurría porque los dedos tienen muchas terminaciones nerviosas. Tomás no puede creerlo, «¡qué estupidez más grande, con qué cosa tan tonta suceden los accidentes!», se espabila y va hacia dentro riéndose de sí mismo. Se lava, ahora sí, se aprieta bien y espera a que pare la sangre.

Acomoda el sofá y mira su teléfono, seis llamadas perdidas, todas de un desconocido. «Los primos de la mujer de la fonda», supone, no tiene ganas de responder a esa gente. Meterse en familias nunca es bueno. Los últimos primos para los que trabajó fueron gente mala y eso a Reyes no le agrada. No quiere saber nada de las personas para las que trabaja, pero eso no quita que sí le importe si son canallas. En aquella familia Hernán eran todos labradores, estaban en un lío de herencias por una tía de todos ellos, al final acordaron qué era para cada uno, el más pequeño, el decente, le dijo a sus primos, que como él tenía mejor pasar en ese momento, podía adelantar a todos los gastos y los impuestos, que luego ya le pagarían, todo pagó y nadie luego le reembolsó nada. Ahora todos son linderos y vecinos. Reyes pasa a veces por delante de sus jardines y fincas. Al más joven siempre lo ve solo, ha rodeado su terreno de arbustos de espino, los demás han puesto muchos rosales y piscinas de lona, juegan juntos a la brisca a media tarde. Alguna vez Tomás no tiene más remedio que acudir por alguna pequeña reparación, le han ofrecido entrar para tomarse algo y sumarse a la partida; él tiene preparada siempre alguna excusa para irse cuanto antes. Al despedirse divisa a algunos de los buitres acostados, otros están sirviéndose una jarra fría, escucha el graznido de cada uno, hay dos yendo hacia la cocina que cacarean, él busca cómo alejarse de la carroña para dejar su zumbido lejos. Si presta atención, mientras arranca el motor, escucha el chasquido de sus picos contra los huesos, sabe que pronto armarán un pequeño torbellino juntos.

No piensa atender a los familiares de Paca. Ya son las diez, en esas tierras es como si fueran las tres de la mañana en otros lares.

Deja abierta una rendija de la ventana. Hace un poco de lumbre. Se echa en el sofá y abandona a sus ojos para que se mezan con los colores que produce el fuego en la cerámica, una paz le viene desde dentro, como si en algún momento de la vida, esa casa de dos desconocidos pudiera haber sido su hogar.

4

DESARROPAR

*(Despojar, quitar, separar
o apartar la ropa)*

«De eso no se vuelve», reflexiona Carmen. Llevaba varias horas en la casa de Tomás Reyes Barrachina, por el piso habían pasado los de judiciales, después había recibido apoyo de la policía, llamado a una ambulancia, ahora la está ayudando otra compañera y no sabe si se acercará alguien de la residencia para revisar los enseres personales. Mientras escucha los aspavientos de la otra trabajadora, sigue entre los deshechos y la inmundicia tratando de encontrar papeles o utensilios indispensables para el anciano, al cual han tenido que sedar para poder llevárselo.

Lo primero que había hecho Carmen dos días atrás, había sido revisar rigurosamente el expediente administrativo, se habían cumplido todos los pasos. Habían transcurrido más de dos años desde que se comenzó el Procedimiento Administrativo de inspección, fue la primera vez que intentaron acceder a su vivienda, por supuesto nunca se había recibido respuesta a ninguna de las advertencias ni a las denuncias de los vecinos. El señor Reyes había ignorado todo. No abrió una sola de las cartas y hacía tiempo que el teléfono lo tenía cortado, no por impago, directamente el cable estaba arrancado. Meses más tarde, tras agotar los plazos, el ayuntamiento debería haber entrado a limpiar aquello, tampoco se había obtenido consentimiento ni bramido alguno del dueño de la casa, por lo que tuvieron que poner en marcha los entresijos judiciales. En todo ese tiempo, averiguaron que había un hijo, cuando acudían le preguntaban por él desde el descansillo; Tomás no solo apaleó a su primogénito de pequeño, sino que lo negó de adulto. Tantas veces les ladró que no tenía ninguno, que llegaron a creer que, o había fallecido, o se había ido del país y no les constaba. Una vez se hizo presente el Juzgado correspondiente, habían podido dar con los pocos datos que había de Tomás Reyes Mazón.

Carmen les rogó que dieran con él, a veces no es que empleen el menor esfuerzo es que disponen de los mínimos medios. Le han asegurado que han llamado una y otra vez. Hay un hijo por ahí que ha abandonado a su padre, «de eso no se vuelve», piensa.

Ella había vivido muy de cerca el caso de un hombre de más de cincuenta años, su padre había entrado en coma por una estúpida caída; la forma que tuvo el hijo de huir de la enfermedad fue irse a hacer el Camino de Santiago, alegaba que iba a aprovechar y pedir por él; en los siguientes siete meses, solo fue capaz de ir dos veces al hospital a verlo, apenas se quedaba unos minutos, quizá por la vergüenza que le daba lo que había hecho o simplemente por desamor. Cuando el padre murió, ni estuvo ni se le esperaba. Tras enterrarlo, comenzó a atacar a médicos y familiares, cuanto más crecía su culpa, más necesidad tenía de calumniarlos y vociferar, un día se tomó dos botes de rivotril con una botella de coñac, se la había regalado su padre años atrás, nunca la bebió, detestaba todo lo francés por una antigua novia que tuvo.

—De eso nunca se vuelve. —Fue lo último que Carmen le había dicho a su hermano cuando le recriminó por dejarla sola durante los últimos meses de vida de su padre. Fue ella quien lo encontró, estaba sobre la cama tumbado, todavía agarraba el álbum de fotos familiar que llevaba meses buscando por la casa de sus padres, en la mano tenía una nota escrita para ella: «Tenías razón, hermanita».

Carmen se acuerda de su hermano Gerardo mientras recorre el lugar, la pestilencia es tal, que con cada paso batalla con sus ganas de vomitar. Cuando entra al salón, o lo que le parece que es el salón, ve el corcho con la colección de hojas, se acerca, le cuesta creer lo que ve, todo está detallado con una letra armoniosa. «La demencia no escribe así, no tiene líneas rectas», razona.

—¡Por favor!, que esto lo dejen tal cual y veamos cómo podemos llevárselo a la habitación.

—Lo van a tirar.

—Si te ocupas personalmente, ¿también?

Solo escucha el resoplido. Detesta mendigar lo obvio en su trabajo. Se queda mirándolas, «¿cómo han llegado estas hojas aquí?». No sabe nada de flora, pero no puede creer que en el barrio haya conseguido toda esa variedad. Camina por la casa, esta vez con un objetivo claro, buscar indicios de otra persona que no sea la bestia que dos enfermeros acaban de llevarse.

—Hete aquí. —Siempre usa la vieja expresión de su madre cuando da con un hallazgo. Al abrir la puerta del frigorífico ha visto la comida apilada. Cada fiambrera tiene una fecha puesta. No sabe si de caducidad o de cuando se las trajeron, lo que está claro es que no ha podido ser el señor Reyes el que se ha surtido así. Manda un mensaje para que de nuevo intenten localizar al hijo. Dadas las quejas recibidas, le extraña que algún vecino sea el duende. No puede evitar curiosear, hay legumbres de todo tipo, lentejas, garbanzos, encuentra borrajas en otra, sin patatas, quien ha organizado todo con tanto cuidado debe saber que el almidón y el frío no se llevan bien y conoce además una verdura que en gran parte del país desconocen.

La funcionaria comienza a hacer lo que su hermano y ella hacían de pequeños: seguir las pistas. Su madre había escrito, sin jamás publicarlos, tres libros de detectives; disfrutaba tanto de su labor de maestra que no parecía importarle pasar horas escribiendo esas páginas que solo sus dos mocosos disfrutaban. Si no tenían muchos deberes, los fines de semana jugaban a ser Poirot, primero leían un capítulo, luego la madre les hacía preguntas, cada uno de ellos tenía una pizarra, apuntaban las pistas que creían más importantes y, a medida que continuaban leyendo, los dos iban atreviéndose a decir el nombre del asesino, si fallaban, durante dos semanas no podían decir ninguno, así que no valía arriesgarse porque sí, tenían que tener alguna sospecha clara. Otra de las reglas de su madre era que había que decir tanto el criminal como las causas. «Más importante que los hechos son los motivos», solía decir. Con los años y ya huérfana de hermano, la única hija no podía evitar seguir jugando sin darse cuenta. Cuando tu madre te ha regalado el placer de la imaginación, qué menos que dejarse llevar por ella.

Alguna vez era consciente, como ahora, de que su cabeza comenzaba a atar cabos y cuerdas sin que el trabajo se lo requiriera. «¿A quién puede importar si la persona que cuida a este hombre sabe de guisos y condimentos, si lo hace por dinero o por humanidad?». No cree que Tomás Reyes Barrachina pueda salir ya de la residencia pública donde ahora mismo seguirá en sedación. Muy pronto, los servicios del ayuntamiento limpiarán todo y no quedará rastro de la locura que ha habitado esa vivienda. Después le pasarán el cargo al hombre, que, aunque él ni lo sepa ni le importe, seguro que alguna pensión tiene y anda cobrando. Ese piso es mucho más grande de lo que parece. Era tanto el basurero que justo ahora se percata de que además de esa sala donde el viejo construyó su hogar, hay dos habitaciones más. La cocina donde el fantasma deja las vituallas es enorme, pese a su antigüedad, seguro que la van a malvender, alguien va a demoler muros y pedir más de ochocientos euros al mes, o incluso más. Si no tuviera un marido y su propia casa, se podría quedar ahí, lejos de todo, emplear por fin los ahorros que arrastra desde que murió su padre y le queman en el banco desde que su hermano se mató. Pero Fernanda, que, antes de perder su naturaleza, había sido tan sabia, le advirtió siempre: «No huyas hacia adelante, los problemas se irán contigo».

No había visto muchas encimeras como esa, de las de mármol de antes, ruega porque cuando lleguen a destripar la casa, alguien se dé cuenta del valor que tiene, no solo de dinero sino de historia. Con mucho cuidado aparta latas, cartones, fruta enmohecida, bolsas llenas sin saber de qué, una olla de barro y varias cazuelas sucias, tres comederos para gatos que no ha visto, dos tazas llenas de arroz y un envase de lejía. Le ha venido el impulso de ver si el mármol tiene rajaduras o se mantiene ileso.

—Que vale, que sí, que podemos llevar el corcho ese con las hojas.

—Gracias, enseguida estoy.

«Con un poquito de ganas se soluciona todo», rezonga Carmen a la vez que siente que algo roza su mano. Se había quitado unos segundos antes los guantes de látex para curiosear los recipientes, su mano se ha apartado sin que el cerebro diera la orden, por puro instinto, se queda quieta y pide que no sea lo que está imaginando; la rata la mira bien chulesca, le trae sin cuidado quién tiene enfrente, antes de que ella pueda siquiera gritar, el roedor se ha precipitado hacia la otra esquina de la cocina y ha desaparecido de su vista. A Carmen se le ha cerrado la glotis y el estómago se le ha hecho un amasijo, va corriendo al baño, la putrefacción se ha decantado en fetidez en ese cubículo, el olor a orín es insoportable, no puede evitar vomitar. Tiene el control suficiente para no tocar la tapa del inodoro ni las paredes y el reflejo de sacarse un jersey fino que lleva y limpiarse con él sin tratar de buscar una toalla en ese infecto lugar, no hay agua, va a salir corriendo cuando alguien le toca la espalda. Esta vez sí, su propio chillido la desgañita. Mario se asusta más que ella.

—Perdón, perdón, perdón, ¿estás bien?

—Salgamos de aquí, por favor.

Los dos trabajadores se han sentado en el rellano, Carmen se ha bebido tres botellines de agua que el enfermero llevaba en el coche.

—¿Qué haces aquí?

—Me he escapado, cuando me han contado cómo estaba el hombre, he pensado que mejor venir a almorzar contigo y echarte una mano.

—Gracias, pero vámonos antes de que te echen en falta, no he visto medicamentos, ni jeringas ni nada… —Sin terminar la frase se viene abajo, no quiere hacerlo, pero no puede dominarse—. Estoy bien.

—Mira que tienes callo tú en esto, voy a echar un último vistazo.

—Trae mi mochila porfa, te espero.

—¿Estás bien?

—Que sí, ve.

Nada está bien y lo sabe. Acaba de dejar el piso de un hombre que durante años ha vivido entre sus propios desechos, al que su mente le ha salvado de saberse un ser repugnante y abyecto para la sociedad. Se pregunta si ese pobre anciano fue un día un padre de familia feliz como lo parecía el suyo, si tuvo unos padres que lo quisieron como la quisieron a ella, en qué momento la polea que unía a ese hombre con lo racional se le había cortado.

Le aterra pensar que un día ella pueda heredar ese lugar de sombras de su madre. Cuando presencia demencias de otros, se pregunta quién cuidará de ella si un día la enfermedad se hospeda en su cerebro. Aunque la casi huérfana no tuvo hijos por decisión propia, ha entendido, ya tarde, que las generaciones pasadas no solo traían criaturas al mundo para quererlos o que araran el campo, sino para que cuidaran a los padres cuando estuvieran mayores, que era una ley de vida que se rompió por todos los lados: los hijos que abandonan a sus padres, los padres que deciden no traerlos al mundo. Nadie va a cuidar de ella, y quien lo haga no será alguien con quien haya tenido un pasado o una vida, será un desconocido.

—No te pregunto más, pero no te veo bien. —Como tantas veces Mario trae al mundo real a su agorera amiga.

—Pues lo estoy, ¿me acercas?

—¿Para qué si no estoy aquí?

Justo a Mario no podía irle con quejas. Cuando se conocieron en la residencia y cogieron confianza, el enfermero le había hablado de su familia. Carmen había querido saber más y le siguió preguntando. Estaba casi segura de que su caso lo había llevado ella. Así era. Esas proles donde todo ha sido mal parido menos algún hijo, el resto olvidable, sin amor ni compasión por nada. En este caso, el hijo pródigo para la sociedad, que no para los suyos, era Mario. Eran cinco hermanos, ahora tres en realidad, los dos mayores murieron de sobredosis, la única hermana, tras años de salir adelante, había sucumbido también a la droga, a Carmen le hubiera gustado mentir en el expediente y recomendar la posibilidad de una rehabilitación, pero era demasiado peligrosa para sus dos hijos. Había sido uno de sus primeros trabajos, quitarle a una madre sus dos criaturas, no lo hizo directamente, pero usó todo cuanto estuvo en su mano para que sucediera. El enfermero nunca se lo recriminó. «Quiero más a mis sobrinos que a mi hermana», le espetó. «Alguien tiene que velar por ellos». Carmen lo cree cuando le dice esas cosas. Cada tanto, mientras ella lee a su madre en voz alta, él aprovecha para acompañarla, a veces él pasa el rato tejiendo, le enseñó una abuela paterna. «La primera vez que me pilló mi padre, me cruzó la cara en cuatro, la oreja derecha me sangró y casi pierdo el sentido, si se la hubiera devuelto y lo hubiera matado de una colleja, eso que nos hubiéramos ahorrado», lo dice tan tranquilo mientras hace una vuelta toda del derecho.

—Estoy bien, deja de preocuparte, puro asco, solo eso, ¿me acercas?

—Claro.

Los dos se montan en la furgoneta con el logo de la residencia. Justo cuando van a montarse, hay algo que todavía él no le ha preguntado.

—¿Es verdad que has empezado a recordar?

—Arranca, por favor.

* * *

Los rescoldos ya no le daban calor, aun así quiso quedarse mirándolos. Le gusta escuchar ese silbido de las ascuas cuando su cuerpo está espantando el sueño, sabe que toca comenzar a trabajar, pero se queda unos minutos más resistiéndose. No está remoloneando, solo equilibrando su vida por todas las veces que fue sacado de la cama a golpe de bastón. Es justo que ahora se conceda todo el tiempo que le quitaron. Con la luz del día se fija en lo acogedor que es ese casi cortijo. Descuidado, quizás sin gusto, exceso de colores en un rincón, de paredes rajadas en otro, varios tazones desportillados sobre una balda, suelo de barro, el goteo de alguna filtración cercana y, aun así, todo ese despropósito junto es de una serenidad jubilosa para él. El día anterior, Tomás pudo comprar varios productos imprescindibles para ahora hacerse un largo café de puchero y tomárselo despacio antes de arrancar la jornada.

Aún sale humo de su taza cuando Tomás abre el postigo y la luz le sorprende, «¿qué hora será?», es temprano, pero por los motivos que sea, el alba le parece más escandalosa que otras mañanas. Decide abrir la puerta y al ver ese campo casi queriendo amanecer, entiende la decisión de la pareja, «¡cuánto gozo inabarcable!». Hay otras casas no muy lejos, delante tiene solo las hectáreas de la heredera, así que todo lo que ven sus ojos está limpio de gentes, le planta cara una albizia enorme en mitad de un prado donde las amapolas y la manzanilla bailan a su ritmo, a un costado las ruinas de lo que posiblemente haya sido un palomar y, en lo alto, un cielo que perturba de tanta tonalidad y formas. «Tomás Reyes, podrías quedarte aquí más de una vida», se le pasa por la cabeza mientras se sienta en un viejo cubo de zinc al que da la vuelta. Se queda terminando el café sin otra cosa útil que respirar. Le sorprende un extraño olor a mar, sabe que es imposible por la distancia, aun así, algún almizcle salino tiene la zona que parece vayan a aparecer gaviotas por el poniente. Son grullas, no muy lejos hay un pantano donde descansan antes de marchar para el noroeste. Tomás sabe que es un privilegiado viendo esa enorme bandada cruzar delante de él, permanece conmovido ante ese regalo que acaban de hacerle. Recuerda a esa familia de la fonda, cuántas veces habrán desayunado juntos viendo amaneceres así sin saber la fortuna que tienen, qué envidia y qué bello que esa imagen se le acabe de colar sin esperarlo.

Saca de la caja del todoterreno la rueda de medir, se ha enganchado con una bolsa de nylon que está a medio cerrar, lamenta no haber sido más precavido y que los libros que tiene dentro se estén llenando de hollín y polvo. A unos los ha ido incorporando por el gusto de leer que le quedó del reformatorio, a otros se había propuesto volver y terminar lo que comenzó: su curso de instalador de sistemas de riego por goteo. Le hubiera gustado estudiar el grado de ingeniería agrícola, pero ni siquiera pudo empezar, con trece años había comenzado a trabajar y todo lo que vino después jamás estuvo relacionado con la educación, solo con conseguir el dinero suficiente para irse de casa. Cuando intentó apuntarse le dijeron que imposible sin estudios previos, «lógico», se dijo a sí mismo. Cuando dos años después descubrió ese grado en el que estaba permitido apuntarse sin haber cursado nada antes, se dispuso a ello; no contó con la disciplina diaria que se necesitaba y fue incapaz de seguir, no por ello quiso desprenderse de los manuales ni del material que recibió al matricularse. El campo ya no es ese lugar donde se miraba al cielo y se sabía si iba a llover, su odómetro ya está obsoleto frente a una estación manual y un GPS, los tractores llevan aire acondicionado y un dron te puede ayudar a detectar una plaga. Hubo un tiempo en que quiso ponerse al día, que algo tangible como aprender y trabajar en lo que le gustaba, le anclara a la tierra, además de cuidar a su padre.

En las noches busca soñar, tener imágenes de esas que te embriagan el cuerpo, como un ron a media noche, o una persona a la que asirse en los ensueños. No es necesario el amor, no se plantea un hombre que lo ame en tierras donde todavía no está permitido, solo la intimidad sin culpa y hasta sin sexo. Lejos queda ya eso. La única vez que sintió ese roce humano, él era menor y el otro se convirtió en cadáver. A veces, antes de que oscurezca, siente que son dos, que alguien le toca, que le ha dicho alguna estupidez al oído y él se ha reído, pero ese limbo dura poco. Entonces entreabre los ojos, busca la luna a través de la ventana, imagina que afuera los conejos están tranquilos, los grillos solo molestan a quien los quiera oír, el rocío se sostiene sobre la hierba, ululan criaturas que desconoce, solo así la paz le vuelve. Se pregunta esas noches, si cuando Tomás padre falte, el campo será suficiente para mantenerlo vivo. O ni eso.

Cada vez se complica más lidiar en su trabajo sin entrar en el sistema. Facturas si te contratan, ser autónomo o asalariado, cada paso en la vida laboral le exige estar en el mundo real, por eso tiene ahora varios Julianes por los caminos que pueden darle trabajo sin colgarle un eslabón al cuello. No le importa pagar impuestos o cánones, lo que se negó fue a formar parte de un inventario. Un registro de personas a partir del cual pierdes tu libertad de ser un paria. Aprendió que confiar en las personas, en las leyes, los amigos, los protocolos, las audiencias, te pierde. Prefirió su propio quebranto y el aislamiento para no volverse un depredador para los demás. Ya había matado una vez. Cuanto mayor es el remordimiento que se acumula, menos ganas de herir gente se tiene.

Ha pasado la rueda por varias fanegas. Se ha dado cuenta de que los del material se han olvidado de los purificadores, responsabilidad de él por no revisarlo todo antes de que Julián lo abrumase con datos en aquel pórtico de la gloria. Está todo sudado. Cuando va a llamarlo, ve de nuevo llamadas perdidas, supone que es otra vez la familia de Paca. Es extraño que tengan tanta necesidad de un presupuesto, más si la tierra viene de herencia, sin tenerla que habérsela ganado. Resopla. Prefiere llamar a Julián, como siempre, no contesta a la primera, cuando va a insistir, el teléfono suena de nuevo. Esta vez atiende para saber qué quieren.

—¿Tomás Reyes Mazón?

—¿Quién es?

—¿Es usted Tomás Reyes Mazón?

—No intentes venderme nada…

—Necesito saber si es usted Tomás Reyes Mazón.

El preámbulo es demasiado imperativo para un vendedor.

—Soy yo.

—¿Es usted el hijo de Tomás Reyes Barrachina?

Siempre esperó esa llamada. Sabía que en cualquier momento podía darse o quizás nunca. Las bestias como su padre son como animales milenarios, podía llevar vivo doscientos cincuenta millones de años como las cucarachas o haber revivido durante quinientos millones como la medusa inmortal. Por mucho tiempo que lleve esperando la noticia, nunca fue consciente hasta este momento, en el que su latido se había desenfrenado, de que su padre no tenía ningún derecho a irse así.

—Sí, yo soy.

—Le llamo de los Servicios Sociales del Ayuntamiento, su padre ha ingresado hace tres horas en estado…

—¿Ha fallecido?

—No, está sedado, tiene deshidratación, infección de orina y una afección severa de corazón, pero...

—¿Le han sacado de su casa?

—Llevamos mucho tiempo intentando contactar con...

—¿Le han sacado de su casa?

—Le pedimos que por favor, si es posible, venga para que le informemos del procedimiento que se hará...

—Páseme la dirección.

Tras apuntarla, Tomás colgó. Recobró aire suficiente para respirar, pudo mantenerse en pie.

«Si todavía no había llegado su extinción, ¿qué sentido tenía que lo hubieran sacado de su vertedero?».

Amontonó todas las herramientas, no quiso correr, no había nada que pudiera hacer. Avisó a Julián de que se iba a retrasar un par de días. Unos minutos más tarde, el comerciante le contestó que la pareja le había respondido que no se preocupara. Le pidió que le tuviera preparados los depuradores en cuarenta y ocho horas, posiblemente es lo que iba a tardar. Quizás menos.

Los días que pasaba con su padre, abrigaban algo de venganza, Reyes percibía la humillación que le suponía depender del hijo. Nunca dijo gracias por la comida, pero cada domingo se encontraba los recipientes vacíos, ni gracias por añadir nuevas variedades a su colección de hojas, ni por estar, ni por no haber intentado matarle, por no haber puesto raticida en su comida, por no inflingirle degradantes heridas aprovechando que el clonazepam le hubiera impedido defenderse, o por no haberle orinado encima como él hizo cuando Reyes era chico; tras encontrarle una revista de hombres en su cuarto, se la había quitado sin decirle nada y, a media noche, se había puesto en la esquina de la cama y comenzó a mearle en la cara a la par que gritaba: «Maricón de mierda, la próxima vez te cago encima», bien pudo todo este tiempo haber esperado lo mismo.

Decidió hacer el camino de vuelta sin desvíos, conduciendo por autovías sin el placer del paisaje. El trayecto hacia la residencia se dilataba cada vez más, como si la distancia que lo separara fuera una raya en el tiempo donde un jocoso destino, estuviera tirando de los dos polos opuestos haciendo que cada vez fuera más larga. Su cuerpo empezó a moverse intranquilo, le rozaba el asiento, parpadeaba continuamente. Estar cerca de la ciudad siempre le producía tiricia. Hoy más.

Le hubiera gustado que solo fuera desagradable, que tuviera aspecto de prisión, pero todo en ese esperpento de edificio donde la sociedad encierra viejos, era aún más cruel. Como un viejo ministerio de los años setenta que albergara personas y no oficinas. Celdas pensadas para que no hiciera falta el control por parte del enemigo, los propios cubículos creados hacían las veces de presidio.

Entra. Es insultante el intento de humanizar el recibidor. Dos cuadros, con flores sin identificar, en azul y rosa pastel. Sillones de sky demasiado bajos para cualquier espera. Una mesa cuadrada de vidrio en una esquina llena de ejemplares del *Muy interesante* y revistas de subastas con un pequeño jarrón donde alguien había colocado un ramo de rosas de plástico. Seis focos de luz fría. Detrás de un mostrador celeste, una mujer de unos sesenta años, pelo mal cortado y un intento de ropa casual, le sonríe tan cansada que por un momento a Tomás le parece lo único humano de ese lugar. No quiere discutir, solo terminar con todo y que le permitan llevarse a su padre de vuelta.

La basura es escandalosa, pero fue su padre quien eligió vivir así, ¿quién era el Estado para decidir por él? La amabilidad de la recepcionista desaparece en cuanto él se presenta y dice su nombre. Reyes recibe el juicio de su mirada: «Eres el desalmado que ha abandonado a su padre», no intenta explicarse, ni su pasado ni su niñez le importan a la mujer cuya amabilidad ha quedado atrás. Comienza enumerándole el lamentable estado en el que encontraron a su padre y todas las complicaciones físicas y mentales que parecen haber descubierto como si les hubiera importado alguna vez. Después tiene que leer y revisar un sinfín de papeles antes de que, por fin, le dejen pasar a verlo. «¿Tan difícil era haber comenzado por ahí?». Lo único que quiere es que le indique por dónde llegar.

Una mujer ha salido del pasillo que da al preámbulo de la cárcel hospitalaria y ha ido directa a la recepción. Otra vez le hacen esperar. Otra cosa que Tomás detesta de la civilización: el cuchicheo. Que la gente hable susurrando le gusta, que no hablen también, que griten y canten lo puede hasta entender, pero no ese silabeo. Las dos hablan por lo bajo en un tono apenas perceptible y, a juzgar por la resolución que han tomado sus cuerpos, es evidente que hablan de él.

—¿Señor Reyes?, mi nombre es Carmen Sigüenza, aunque no trabajo aquí, he estado en el equipo de los servicios sociales que ha decidido el ingreso de su padre, podemos citarle para explicarle todo el proceso mañana a primera hora, pero imagino que ahora querrá verlo. Puedo acompañarle si quiere.

—Solo indíqueme.

—No, voy con usted.

Hay algo en esa extraña y férrea cortesía que le deja claro que no permiten que vaya solo. Al menos no hay censura en su mirada, cuando llegan, ella tan solo gira sobre sí misma y lo hace pasar.

—Es aquí, está sedado, no va a poder hablar con él.

—¿Puedo verlo a solas?

Es la primera vez que la siente dudar.

—Cuando salga, pida en recepción que le den el teléfono de mi despacho. Tenemos que ver cómo seguir con su padre, señor Reyes.

—Lo único que tenemos que ver, es qué día lo van a sacar de aquí, señora Sigüenza.

—No son así las cosas.

—No me importa cómo son, es mi padre y es mi decisión que no esté aquí.

—Es tarde para que su decisión sea la única que importe, vi la comida que había en su casa, quizás usted piensa que lo ha cuidado, pero no voy a enumerarle, seguro ya lo han hecho, el estado en el que lo encontramos.

—¿Y cómo lo van a cuidar ustedes?, ¿drogándolo veinticuatro horas?, ¿cree que van a poder hacerlo de otra forma?

—Por favor, esta no es una discusión que podamos tener en un pasillo, con toda la información de que disponemos y su colaboración, podremos tomar la resolución que más convenga a la salud de su padre.

Tomás entra en la habitación sin contestarle, ella forma parte de ese protocolo infame donde los enfermos tienen que encajar y si es posible, no molestar. Esposarlos y tirar la llave. «Como si algo hubiera en la tierra capaz de contener la demencia de un mal bicho», su padre no fue siempre un perturbado, tan solo una alimaña.

Al entrar se desconcierta. Nunca lo había visto así: débil. Incluso cuando lo droga los domingos para limpiarle, se mantiene alerta a la espera de que el endriago lo ataque en cualquier momento. En esa cama, rodeado de cables e higiene, quien fue una medusa inmortal en el mar, es solo el pez efímero de un acuario.

5

CARNAZA

*(Cara de la piel que ha estado
en contacto con la carne
y opuesta a la flor)*

Ella hubiera preferido que Tomás se hubiese marchado con un golpe en la puerta o con insolencia; les hubiera dado más la razón a ellos. Si Carmen tenía algo claro es que habían tomado la decisión correcta. En cuanto Reyes salió de su despacho, los compañeros se le habían acercado como gallinas cluecas a punto de empollar, molestas y ruidosas. «¡Qué bien le has respondido, siempre tan firme, señora Sigüenza!», palmaditas y hojarasca. Ella en cambio se inventó que tenía otra cita de trabajo para salir corriendo de ahí y no pavonearse entre informes y análisis de la gran hazaña: haber ingresado a un enfermo de Diógenes en una residencia cuando su estado de salud ya estaba deteriorado a todos los niveles cognitivos y físicos, cuando todos saben que debería haber sido ayudado años atrás por un sistema cuyos protocolos solo pretenden dejarnos tranquilos.

—Ni nos hemos sobrepasado, ni lo hemos dejado solo —había concluido ella.

—No, ahora solo esperarán a que muera pronto para que no les suponga ningún gasto más. —Algo así les había respondido el hijo, con tanta templanza y seguridad, que ella supo en ese mismo momento que los dos pensaban igual, pero estaban en diferente lado de la balanza.

No había medios, nunca los hubo, ni para ayudar a los vecinos, ni al demente, ni a su familia. Ella no cree que ese hijo sea el ser mostrenco y sin alma que el resto ha pintado en un lienzo conveniente, no olvida aquella colección de hojas ni la comida en el frigorífico; nadie se ha tomado el tiempo de preguntarle por qué, por qué lo había abandonado, por qué no avisó, por qué no había colaborado con la Administración, por qué no se sentía culpable. Ella tampoco lo ha hecho. Su séquito, los guardianes del aplauso y la autoridad que la contrata y vigila, le habían transmitido en román paladino sus quehaceres:

—No tienes tiempo para el entorno del paciente, toma nota, datos, recaba información, no se puede ayudar a todos. La asistencia pública debe ser para el marginado como la bala que se extrae de un disparo, una vez sacada la volcamos en un platillo, analizamos solo el proyectil, el brazo puede curarse o gangrenarse, pero eso ya no nos incumbe.

Diáfano. Doloroso. De esa forma se lo había explicado su jefe siete años atrás. Ella se había adaptado a trabajar así hasta que ha llegado ese hijo del Diógenes y le ha puesto todo patas arriba.

No había sido su primer enfrentamiento. Constantemente su despacho está lleno de familiares buscando salidas, ayuda o simplemente lavar culpas. Ella ha aprendido a analizar sus gestos y sus respuestas; intenta, por encima de todo, encontrar al impostor o al héroe. De un lado están los que alardean de haber estado siempre, los que se quejan por cada decisión y se hacen los acorralados; del otro, los que no han cesado de ayudar, de entregarse en cuerpo ya sin alma, esos son ejecutados semana tras semana. Por eso recuerda que solo puede limpiar la sangre de la bala y analizarla, que curar no va a ser posible.

Esas dos últimas semanas en su despacho, los sentenciados habían formado una procesión mayor que la que ella era capaz de sostener, aun así había resistido en pie, no por altruismo, es la salida que encontró hace tiempo para no llorarse más. Los de su alrededor piensan que es una devota del desamparado y de su salvación. No, solo lo es de la suya propia. Cuanto más está con los demás, menos se acuerda de sí misma. Nadie parece darse cuenta. Excepto su marido. Y el hombre que acaba de salir del cuarto apenas hace cinco minutos. Tomás Reyes Mazón la ha mirado de la misma forma en que Jonás la ve. La mujer que ayuda a todos para no ocuparse de sí misma. La farsante.

Él no ha estado a la defensiva, peor, era como si conociese de antemano cada una de sus respuestas. Tomás Reyes no ha perdido el tiempo en escuchar o criticar, tan solo la ha acechado, «pensarás, farisea, que no sé que estás en este trabajo para sentirte una libertadora, para no ocuparte de ti ni de tu matrimonio, creerás que no sé que desde hace un año perdiste la capacidad de sentir compasión por nadie, ¿a quién pretendes engañar, estafadora?». Todo eso que Carmen no ha oído, ha imaginado que salía de su boca. Al final, ha ensartado eso de que ahora solo iban a dejarlo morir. Incluso esas palabras, habían salido de Tomás sin cólera, apenas la aceptación.

Nada más terminar la reunión, Carmen se ha dirigido al ascensor y ha apretado el botón del sótano. Hay un baño al que casi nadie va, un extraño aseo que se les ocurrió ubicar más cerca de los coches que de las personas. El olor a alquitrán es muy fuerte y los servicios de limpieza apenas pasan cada dos semanas, es perfecto para ella. Encontró su lugar en el mundo meses atrás, pocos días después de regresar de su convalecencia. En ese retrete puede llorar sin explicar nada a nadie. Sus ataques de pánico, sus intentos de suicidio sin llevar a cabo, las llamadas que no hace a la madre que el alzheimer ha convertido en fósil, todo pasa en esas cuatro paredes separadas entre sí por no mucho más de metro y medio. «¿Cómo iba vestida esa noche?», fue lo primero que se había recriminado un año atrás al abrir los ojos en el hospital. Se sabía atractiva y a veces le gustaba ponerse faldas con botas altas, como si los sesenta hubieran vuelto y ella aún tuviera dieciocho años. «¿Había salido así?, ¿o fue otro de mis días anodinos con mucha prisa, donde agarro lo primero que pillo?». No había podido saberlo hasta ver las fotos de la policía: llevaba un simple vaquero, ni siquiera ajustado, y una camisa blanca que le había comprado Jonás hacía un par de años, le gustaba por sencilla y cómoda. Ella le rogaba que nada de presentes el día de San Valentín, pero él no podía evitar ser romántico. La camisa nunca apareció. Los pantalones, una calle sin asfaltar más adelante, las dos piernas estaban anudadas a un árbol, como el lazo de un regalo, ahí tampoco encontraron huellas ni ADN. Todo ese calidoscopio de dudas aparece cada vez que baja al garaje y se encierra en el baño.

Con su psicóloga había aprendido a algo tan sencillo como respirar. Tomó aire y dejó que a Tomás Reyes y a su enfermo padre se los llevara la exhalación. Subió andando para que no la vieran y se extrañaran de que no estuviera en la otra reunión que se había inventado. Tras dejar el sótano, su teléfono empezó a sonar. Varias llamadas perdidas. Jonás. Vio también su mensaje escrito, fue directa a leerlo para no tener que llamar ni soportar unos minutos de esa incomodidad en la que ambos se habían instalado. «Te ha llamado varias veces Silva, por favor, contéstale». Las llamadas no eran solo de su marido, sino también del policía encargado de su caso. Cuando dio la rueda de prensa no le había pedido autorización.

—Carmen, ya sabes por qué te llamo, ¿verdad?

—Puedo ir en una hora.

—Está bien.

Cuando pasó por la oficina para recoger su bolso, ya nadie se acordaba de que un hombre con síndrome de Diógenes había sido sacado de su casa tres años más tarde de iniciado el proceso. Todos estaban preocupados por un amigo invisible que iban a organizar por San Juan, «¿quién organiza esa clase de juegos en esa fecha?, ¿no era en Año Nuevo?». Le había tocado el más ponedor de huevos, supo al momento lo que le iba a regalar, un

CD de Nino Bravo, todos los viernes, cuando son las cinco canta a voz en grito: «Libre, como el sol cuando amanece, yo soy libre, como el mar...». Qué fácil algunas naturalezas humanas. Qué injusta era la suya propia. Pocas personas trabajan tantas horas y con tanta entrega como en esa oficina de ella y, aun así, para Carmen eran un rebaño de aves galliformes, «¿quién soy para creerme más que ellos?». Una víctima. Eso te da el privilegio de sentirte superior, se lo concedieron sin pedirlo. Pero ahí estaba.

—¿Es verdad?

—¿Qué?

—¿Has empezado a recordar?

—No dije eso.

—Lo insinuaste en la rueda de prensa que diste sin decirnos nada.

—¿Estoy segura aquí?

—¿Aquí?

—Usted mismo dijo que no entendía que tuvieran tanta información.

—Nunca dije que saliera de aquí. Carmen, ¿recuerdas algo?

—No.

Silva la vigila como hace siempre, apenas se llevan siete, quizás diez años, pero él sigue viéndola como si fuera una niña a la que han encerrado dentro de un escobero. Al principio, a Carmen esa mirada le hizo bien, necesitaba ese hombre entre condescendiente y paternal que le atusaba el pelo con la mano. Al pasar los meses, comenzó a molestarle, ella estaba intentando ser de nuevo ella, la mujer, no la víctima, pero él la ha seguido tratando como una hija que hace novillos para escaparse al cine.

—Igual ni te han escuchado porque están a miles de kilómetros.

—Están aquí.

—No vamos a volver a discutir lo mismo. No sé qué pretendías si no es verdad.

—Pensé que iban a estar entre los periodistas.

—¿Cómo?, ¿habías hecho algún anuncio o alguna difusión..., «algo», diciendo que ibas a hablar?

—No, solo avisé a los dos o tres que siguieron el caso.

—¿Y ellos cómo iban a saberlo entonces?

A los ladrones y a los asesinos se les termina cogiendo por algo ridículo que pasaron por alto, a ella la podían llevar presa también, «¿cómo no pensé en algo tan tonto?».

—¿Estás yendo aún a la psicóloga?

Tarde o temprano todo se resuelve así entre ellos, él habla del trauma y ella lo convence de que la fase de querer tomarse un frasco de pastillas ha quedado atrás. Esta vez no tiene ganas de dejarlo tranquilo.

—Me está esperando Jonás.

No saber quiénes fueron y la convicción de que son vecinos ha sido su marejada mayor. Quizás el hijo del taller de al lado, o el licenciado al que recriminó en prácticas que no estaba hecho para ese trabajo, o la cuadrilla que la ve coger el periódico cada mañana a las 7 mientras ellos esperan al autobús que los lleva a clase. El inspector tiene la convicción de que esa ciudad es tan mediocre como pequeña, que fueron gente de paso. Ella no.

—¿Todavía estáis juntos?

En el momento que ha soltado la frase, el inspector se ha llenado de vergüenza, esas son preguntas que no hay que hacer nunca y él lo sabe; las que hieren y más victimizan al que ya ha pasado por todo. Nadie explica a las víctimas que el verdadero dolor llega después, cuando se caen todos los naipes. Cuántas parejas ha visto destruidas, cuántos suicidios, cuántas depresiones crónicas o neurosis que arrancaron unos meses después de una agresión y hoy son enfermedades. Por eso se arrepiente, pero ya es tarde. Carmen lo mira y en el reflejo de su ojos ve a un caballo cojo: «¿Tú también me vas a sacrificar?».

Se va sin decirle nada. Y para él es aún peor.

* * *

Reyes había ido directo al coche. Lo había dejado bien aparcado en esa ciudad de mierda, pero, antes de ir a ver a su padre y largarse de ahí, necesitaba calmarse. Después de que Javi muriera asesinado por él hace más de cuarenta y cinco años, él había aprendido a controlar la ira en el centro de menores. Ahora la ve venir. No va a dejar que un grupo de pajarracos sean los que le desarmen.

Sentado en ese despacho solo había visto cuervos apiñados esperando para comer sus gusanos, como si él fuera un bicho al que picotear y llevárselo de alimento antes de continuar graznando.

—Hemos llevado la paz a una comunidad de vecinos y vamos a ser inflexibles con aquellos familiares, hijo en este caso, que han guiado a un pobre anciano a perder su dignidad y su salud.

Por un momento la noche anterior, en aquel pasillo, había tenido la percepción de que en esa trabajadora social había un corazón que la apartaba de ser como el resto. No. Ella era peor. Reyes se pregunta qué es eso que le ha molestado tanto de esa mujer que más parecía dolida que enfadada. No habían sido todos los datos y análisis enumerados en orden, al fin y al cabo, de eso se había encargado el carroñero que estaba a su derecha. Había sido la insistencia en buscar su iris y sonsacarle, ¿el qué? Ha habido un momento en el que uno de los cuervos ha enumerado los estragos que habían producido la reclusión y el abandono en el paciente, ha tenido que admitir que estaba deshidratado, pero no desnutrido y que no había escaras ni heridas en su dermis. El tipo no había podido ocultar su sorpresa, casi su decepción. En ese momento, había sentido el roce de los ojos de Carmen, había sido apenas un instante, ni siquiera unos míseros segundos: «¿Quién eres?, ¿qué te hizo?, ¿por qué?». Justo entonces, había tomado conciencia de que lo que ella tenía era compasión, no por Tomás padre, sino por él. No recordaba que nadie le hubiera acorralado con ese sentimiento.

Les ha advertido de que lo iban a dejar morir si lo mantenían en esa residencia, que si a ellos no les importaba, a él tampoco. Ha preguntado cómo eran las visitas y le han entregado un papel. Lo ha cogido sin levantar la vista para no cruzarse de nuevo con ella.

Antes de marcharse, ha decidido volver a ver a su padre.

La primera vez que vio en ese lugar al animal herido fue la higiene lo que le desencajó. Había sido como ver el día de su comunión, todo repeinado y prolijo, al crío que solo viste jugar con uñas y dientes en el barro. Tanto se hace la vista a la suciedad como se acostumbra a la desinfección. Esta segunda vez, el impacto es otro.

Contempla el suero que lo alimenta y el monitor donde se leen todos los signos vitales: el corazón, su ritmo cardiaco, su presión arterial y la saturación. Mientras su padre sigue en ese estado sedado y contenible, él no puede dejar de examinar ese aparato. Le admira que no haya explotado, que continúe esa cadencia, no puede creer que proceda de ese cuerpo. Tomás padre da una sacudida suave con la cabeza sin abrir los ojos, el hijo sonríe, por un momento el corazón en miniatura de la pantalla se ha acelerado; eso tiene más sentido. Cuando ha girado el cuello, se ha percatado de que le habían cortado el pelo. Ese acicalamiento también lo había hecho él durante años, pero seguro nadie había reparado en ello. Posiblemente lo habían hecho para introducir el catéter que tiene cerca del cuello. Tomás está convencido de que en los hospitales se cometen las mismas carnicerías que en las granjas. A veces, hay que eliminar en las vacas de primer parto un pezón adicional, se tira fuerte de él, se procede a la ablación con la mejor tijera, se pasa el yodo, días después se pone negro, se cae, y todo sigue, son heridas para curar. Se pregunta si también habrá veterinarios, controles y leyes que detecten el maltrato en los humanos, los cortes y laceraciones para insertarles fluidos y drogas suficientes, muchas veces para salvar vidas, otras tantas para estirarlas callada y dolosamente. Se fija en que, aunque el esquileo no ha sido muy fino, a su padre le han quitado el vellón. Le pasa la mano esperando sentir las cerdas picudas sobre el gollete, en cambio le descoloca acariciar pelusa, no guarda ningún recuerdo del anciano ni cuando era joven ni cuando lo ha bañado de viejo, que tenga que ver con la suavidad. No puede evitar la curiosidad, sus dedos soban un poco más, a sabiendas de que la sedación de su padre va para largo y no va a dar coces. Lo mira. Ahora, con esa casi amable efigie y ese pelo jabonoso y tierno, su padre le recuerda al caloyo que tras parirlo la oveja y pasar el primer susto, todavía toma débil el calostro de la madre y luego duerme calmo para recuperarse y comenzar lo que le toque ser en la vida. Pero Tomás Reyes progenitor no arranca su supervivencia ahora, no será fuerzas lo que reúna en la noche.

El hijo está tan seguro de que su padre va a morirse anclado ahí, como de que el que está en esa cama ya no es su padre. Decide sentarse en la silla que hay a un lado. Puede salir un poco más tarde, la carretera siempre le va a esperar.

—Les pregunté, creo que la vía en el cuello no era necesaria, pero no me gusta meterme donde no me llaman… —Disculpe, estaba usted dormido. Lo he asustado.

La voz de Carmen lo ha sacado de sus extrañas ensoñaciones. Escuchaba gritos de bebé, estaba en una jaula de vidrios no espejados, pero finos como láminas de gelatina, los ha ido abriendo con mucho cuidado de no romperlos, los alaridos no tenían desconsuelo, su eco rebotaba por todas las galerías, por fin le había parecido reconocer de dónde venía el espanto, cuando ha corrido hacia el lugar solo había un rebaño de cabritos mirándole con las mandíbulas abiertas sin emitir sonido, pisoteaban las placentas de sus madres esparcidas en el suelo, «vienen de ahí» se había dicho en sueños, entonces había visto a una de las paridas en el suelo con un feto aún anudado a ella y el cordón umbilical enroscado, había corrido para intentar desanudarlo, justo en ese momento le había despertado Carmen.

—Lo siento, debí llamar.

Tomás no entiende por qué esa mujer una vez más persiste en acecharlo. De nuevo esa molesta y cálida voz le confunde:

—Mejor lo dejo, descanse.

Tomás farfulla algo inaudible como respuesta.

—Usted no lo piensa, pero vamos a intentar que su padre mejore, señor Mazón.

Y sin más, desaparece. «¿Para qué ha estado aquí?».

Decide que cogerá el coche una hora más tarde, habrá menos tráfico. Se recuesta empujando sus nalgas un poco más hacia adelante, con la espalda más atrás; justo cuando va a apoyar la cabeza, la ve. La colección de su padre de hojas secas está sujeta con algo de riesgo sobre una balda de tablerillo que hay encima de un radiador. La examina como si la viera por primera vez, así colocada parece el trabajo expuesto de fin de curso de un chico porque ha ganado el primer premio.

Se da cuenta de que faltan las lanceoladas del muérdago. Su padre le pedía que las apartara siempre de su vista, que esas eran para amantes cobardicas. «¿Qué son esos melindres de colocarse debajo de una rama para sacarle el beso a una hembra? Si se tienen ganas, se la rodea, se le mete el badajo y los dientes si hace falta. Vas a ver qué pronto va a empezar con gemidos y a pedir más». Eso fue lo que forzó Tomás padre a hacer a su hijo cuando se dio cuenta de que en esa casa había que eliminar el olor a bujarrones.

Una tarde, le ordenó que lo acompañara a buscar al veterinario por una mula que andaba medio tuerta. «Como si algún mal bicho le hubiera entrado a los ojos», le gruñó. Le extrañó que lo acompañara para una labor para la que tampoco era necesario saber tanto. Aunque bien sabía el chaval que bobo era, porque hartas veces le llamaban así en su casa. Cuando se disponían a entrar a la vivienda por la parte trasera, la hija del albéitar volvía como cada atardecer de recoger los huevos del corral.

—Ven aquí —le exigió su padre.

La chica se acercó con la docilidad de la que acostumbra, escupió primero al suelo y se fue para un rincón. Sin mediar palabra, Tomás bestia agarró al hijo por detrás de la cintura y le hizo rodear a la criatura.

—Empieza metiéndole la lengua ya, si no quieres que la destripe aquí mismo.

Ella no tenía mirada de chica porque se la habían quitado hace años. Cada semana el veterinario entraba de noche donde la hija para desquitarse de la viudez y el mal olor de las cuadras. Un día, al verla agacharse para revolver la paja, le vinieron ganas. Ahí mismo la avasalló sin darse cuenta de que por el camino venía uno de los hombres que más asqueaban en aquellos parajes. El señor Reyes solo caía bien a los borrachos porque les gustaba reír sus bravuconadas o a algún hacendado porque sabían que siempre andaba dispuesto a hacer el trabajo sucio. El violador de hijas supo que estaba perdido al verlo ir hacia él. Así fue el acuerdo:

—Yo me callo, nadie se entera de a quién metes en tu cama, pero cuando alguna apetencia me venga, yo también tengo derecho, que no va a ser todas las semanas, pero alguna vez.

Ella escuchó el trato.

—Menos cuando esté sangrando.

El chico sabía que su entonces joven padre, era muy capaz de hincar en las tripas de ella la navaja podadora que siempre llevaba en el bolsillo derecho del pantalón. Por eso cerró los ojos, muy bajito pidió perdón, le pareció escuchar que ella le decía: «No te preocupes», o quizás con el tiempo, su memoria cambió algunos detalles para sobrevivir al recuerdo. Comenzó a sentir la excitación del padre que permanecía presionando sus músculos para obligarle a magrearle también los pechos, su aliento estaba tan cerca que lo confundía con su propia respiración. El mismo engendro le abrió su bragueta y le sacó su adolescente miembro que comenzó a estar duro a su pesar, lloraba mocos mientras la penetraba y sentía la mano del padre acompañando con dos dedos su propia erección. Ella, como un viejo muñeco de trapo, apoyó su cara sobre la suya con mucha delicadeza.

—No te preocupes. —Volvió a escuchar y esta vez estaba seguro de que se lo dijo.

Ha entrado una enfermera muy bajita. No pide disculpas.

—Vengo a lavarlo, ¿le puedo pedir que salga?

Estaba tan empeñado en odiar ese lugar, que esa voz amable y tranquila le ha desencajado de nuevo. Ni esperaba el cariño de esa joven ni menos aún cuál ha sido su propia respuesta.

—¿Me deja unos minutos más con él? Tengo que regresar al trabajo y tardaré en volver.

—Por supuesto, no se preocupe, mientras, puedo bañar a «su vecina» —bromea—, avíseme y ya está. ¿Ve este botón que hay aquí?, si yo no puedo, podrá alguna de mis compañeras. Buenas noches.

Intenta por primera vez la fe, no la del rezo, sino en las personas, creer que es posible que a su padre lo traten con afecto y cuidado. Que hay un mundo donde la gente buena existe. Que quizás estar ahí va a transmutar al leviatán en hombre.

Tomás sonríe solo de pensarlo.

En ese momento la percibe. La siente. Todos los vasos sanguíneos de los ojos de su padre se han despertado. La mirada. Respira hondo y muy despacio gira la cabeza. Ahí está la aberración vigilándolo. Es tanto el asco que su padre siente por él que no necesita decir nada para abatirlo como a una torcaz. Tomás padre ha juzgado y sentenciado esa estúpida sonrisa de su hijo. La bestia sigue sin hablar, solo abre las branquias para absorber aire mientras los ojos glaucos abiertos como los de un pez sin párpados lo observan asqueados y fijos.

Tomás hijo va a hablar, preguntarle cómo se siente, pero no puede. Se levanta y huye.

6

ANUBLAR

*(Privar de la luz, claridad y reducir
el esplendor de algo y oscurecer
y ocultar el cielo con la nube
o de la luz del sol o de la luna)*

Cuando comenzó a estudiar el grado había descubierto una librería de viejo. Por cinco euros podías llevarte tres. Recuerda que está apenas a unas manzanas de donde ha aparcado, reconoce los lugares: el ultramarinos de la esquina con toldos rojos y blancos donde aún ponen bocadillos para llevar y el local del tatuador que sigue con la enorme foto de su carnoso y pigmentado cuerpo expuesta en el escaparate. Enseguida se encuentra con la pequeña iglesia de barrio y el olor a lantana que bordea su entrada. Sigue caminando. Ahí enfrente está el cartel: «Llévate cinco, paga tres».

Admiraba a todo aquel ejército de escritores imaginando escenas épicas o de terror, romances o dialécticas imposibles. Donde más tiempo pasaba era en las biografías y en las novelas históricas, en esas vidas que alguien decidió que merecían la pena ser contadas. En aquella época de estudiante, para portar su tesoro, cada vez que iba le daba diez euros a la mujer en silla de ruedas que regentaba el negocio. No los leía todos, si llevaba más de veinte páginas y no tenía deseos de seguir, no se sentía culpable, paraba y los abandonaba, como quien deja al amante de años que un día te pide que os caséis; al terminar o no, iba a las bibliotecas públicas de los pueblos por los que andaba y regalaba casi todos los libros. En algunas lo conocían y le saludaban en cuanto entraba: «¿Qué traes hoy?».

La señora paralítica no está hoy. A Tomás le da miedo preguntar y hace bien, apenas tres semanas atrás una infección inesperada se la había llevado. Curiosamente, un sobrino que tenía, un parásito, sin oficio ni beneficio, ni ganas ni tertulia, había pedido a la familia que le dejaran seguir con la librería. Se lo tenía callado. Silenciamos la pasión como quien silencia una canción que suena muy alto. Tuvo que morir su tía para poder decir que esas tardes de los viernes, cuando ella y su madre lo dejaban de librero para irse a tomar juntas un chocolate, significaban todo lo que para él era la felicidad.

Reyes primero va directo a los de ciencia y, sin pararse mucho, selecciona dos. Después comienza la búsqueda despacio, se detiene frente a un título, no puede evitar acordarse de Laura Pastor, *Trashumancia y libertad*, por Milagros Cespedes —*cómo elegí mi felicidad*—, dice en letra pequeña. «Estaría bien regalárselo», piensa Tomás mientras recuerda las lágrimas de aquella mujer que quiso ser pastora y los usos no le dejaron. Nunca había comprado un libro para otra persona. Daba los que ya no iba a leer, no es lo mismo tener a alguien presente y decirle: «Estas páginas son para ti». Lo huele. De pronto piensa que a esa mujer podría no agradarle la mezcla de humedad y tinta, ella que se había criado con el olor que dejan los árboles tras su muerte, era lícito que aquel aroma lo sintiera como un trampantojo, que le ofendiera ese uso intelectual y no el calor ofrecido por un bosque en su resurrección. Se sorprende a sí mismo en su prejuicio, en estar en ese mismo momento creyendo que porque alguien viva entre trigos y hogueras no puede ser también amante de la lectura.

Busca los otros dos libros para completar el fardo de cinco. Apenas unos centímetros a su derecha, hay otra ristra colocada en vertical, de esas en las que vas pasando deprisa de uno en uno hasta que un título te llama más la atención. *Caridad: madre, víctima o loca.* El prólogo comenzaba: «¿Fue la madre de Ramón Mercader la verdadera asesina de Trotski?», enseguida recuerda la charla con Manuel Hernán, el primo pequeño de los buitres le había contado la historia de Caridad Mercader en una larga y seca tarde de verano. No le había dado muchos detalles, ni siquiera le había quedado claro si el otro admiraba a esa mujer o la detestaba. «Un ejemplo de paradoja y producto de una época», le había aseverado. Lo aparta. Apenas diez libros más y agarra el que iba a ser el quinto del lote *Abrazar a los árboles. Cómo ser feliz en tu longevidad.* Reyes no puede evitar una silenciosa carcajada. ¿Quién es él para no dar una oportunidad a ese ensayo? Cuando va a pagar, el sobrino se apresura a ofrecerle:

—Si también le gusta hacer yoga, esta compañera da las clases al aire libre, al final hacemos un círculo unidos alrededor de un viejo roble que hay en el parque. Tenga, por si le interesa.

Tomás lo agradece con tanto entusiasmo como incredulidad. Lee la tarjeta: «Cómo ser tu propio espíritu libre. Clases de yoga en la naturaleza». El mundo de la ciudad le conmueve a veces.

Coloca los libros en la parte de atrás, no quiere que se mezclen con todo el zafarrancho que hay en el asiento de al lado. Había decidido una cosa, llevarlos a los que ya consideraba sus dueños. Mejor gastar un día en entregarlos y no en intentar volver al hospital. Le había dicho a Julián que empezaría un par de días más tarde, así que tenía tiempo. Vuelve a la carretera para llegar pronto a la casa que no es suya. Qué lejos queda su padre.

* * *

La trabajadora social y el enfermero conversan en una esquina de la cama como quienes están en los asientos contiguos de un autobús.

—¿No te parece pronto para hacer bufandas?

—Es ganchillo.

—Hijo, vales para todo.

—Le estoy haciendo unas puntillitas para las toallas a la directora, se casa la hija, ¿te lo puedes creer?

—¿Y por qué no se va a casar si tiene ganas?

—Si lo que no tenía era novio hasta hace veinticuatro horas.

—El mar… —les interrumpe Fernanda.

La anciana está harta de que esos dos seres entrometidos continúen piando en su habitación, la una con cara de petunia mustia ha estado muchas vueltas de reloj leyéndole rimas y extrañas palabras y el otro se parece a un chico algo torpe que trata de tocarle los pechos por las mañanas con la excusa de que quiere limpiarla, es tan igual a él, que quizás sea la misma persona. Ella prefiere ignorarlos y mirar hacia otro lado. Hay un océano anubarrado que se está acercando hacia ella «eres tan gris como lo eran los ojos de mi madre cuando me frotaba cebolla en el pecho para que se me fuera la tos, no me asustas», le reta en silencio. Se relaja sabiendo que esas olas van a traer a su madre de vuelta. Sigue el ruido de pájaros en la habitación. Ella siente las manos de su mamá Menchu muy cerca, trasueña y escucha las chicharras cada vez más alto. Un día, cuando llueva por fin, va a poder volver a pisar los charcos con ella, se salpicarán las dos de barro y cuando no puedan parar más de reír, su mamá le susurrará bajito al oído:

—No se lo cuentes a tu padre.

Y no le dirá nada, porque las dos estarán ya juntas, lejos de ese callejón y de ese cuarto con esos dos desconocidos, lejos de ese mundo en el que no estar maniatada, es cada vez una tarea más difícil.

—Qué pena que no puedas llevártela un día. —Mario ha visto una vez más la cara de culpa en Carmen.

—Petra dice que lo haga sin permiso.

—Ella no manda, se te caería el pelo si lo haces.

La hija que heredó el nombre de su abuela, lo sabe, pero por un momento decirlo en voz alta le hace pensar que es posible, como esas películas americanas donde los sueños se cumplen antes de que llegue un tornado y se lo lleve todo. Su madre está cada vez más pequeñita, las infecciones son cada vez más continuas, su corazón aunque no más chiquito sí está más débil, lo mejor es que muera pronto y no le pase como a otros pacientes que escucha gemir durante días, semanas. A esas habitaciones no vuelve, no es su trabajo. Está convencida de que la distanasia gana la partida cada día, aun así se pregunta: «¿Quienes somos nosotros para decidir si una persona que sigue siendo tallo, raíces, hojas, flor y fruto no tiene el mismo derecho que una planta a vivir, a que la reguemos y le hablemos despacito para que el sol del día la empape mejor?».

Carmen se había prometido que el dolor de su madre marcaría el límite. Hasta unos días atrás la anciana se reponía siempre con una sonrisa, como cuando has visto caer delante de ti a un chiquillo, se ha echado a llorar, pero sabes que en apenas unos segundos va a reírse y olvidarse del rasguño que se ha hecho en la rodilla. Pero desde hace dos semanas, Fernanda había comenzado a ahogarse. La hija se pregunta cómo hacer para ser ella, mujer joven aún, fuerte y cuerda, la que sufra esa carencia de aire, ese dolor, que sea su cuerpo quien lo padezca y no esa cálida mujer que nada hizo al mundo sino envejecer.

Carmen cree que será un cálculo sencillo de averiguar solo con observar su grado de deterioro y el parte diario. Se convence de que se va a dar cuenta, será cuando comience a dejarle marcadas las uñas por el miedo o cuando su mirada le ruegue: «Sácame de aquí». Ese día será el basta.

—Déjenme llevármela —le rogará a los médicos—. Seré una estatua que no sufre y un bestiario de cien brazos para sujetarla.

Se niega a convertirse en otro enemigo impasible, uno más en los pasillos eternos, como aquellos que encienden la luz omnipresente y dolosa a las cinco de la mañana aunque su madre duerma, es cambio de turno y necesitan ver bien. «¡Qué poco les importan esos seres apilados encima de las camas!», o aquellos que cambian las sábanas sin ver el vértigo y la angustia que tiene su madre cuando al girarla de golpe, siente que la están lanzando a un abismo. Está segura de que los corazones de esos ancianos sufren heridas debido al pánico, y entre los terrores de uno y los bledos de otros, los desahuciados se postran más y decimos que es la demencia, o la vejez, pero nadie habla de la hostilidad.

* * *

Se había levantado temprano, la casa de la pareja seguía dándole los buenos días con mucha amabilidad, como si le preguntara: «¿Te sientes a gusto? Si necesitas algo, solo tienes que decirlo». Ese café de puchero mientras veía amanecer apoyado en el dintel, era un privilegio que los dioses habían permitido entregar a un hombre común como él. Se sentía el elegido.

Cogió los libros, ni siquiera los metió en bolsas, primero era mejor dirigirse al nido de buitres. Las casas de la carroña y el engañado estaban pared con pared por uno de los laterales; en cambio, a los portones de las entradas les separaba media hectárea y un camino, las cuadras colindaban a través de un viejo cobertizo y de un prado que más bien era un baldío. Fue a una hora prudente, pasó apenas en primera por el camino que era inevitable cruzar si quería llegar a donde Manuel, el primo al que habían robado. Sabía que los perros se alertarían y no quería saludar a las rapaces. Con mucha suavidad y tiento llegó a la bifurcación. Vio el viejo Citroën al fondo y la casualidad quiso que justo Manuel estuviera a unos pasos. Reyes lo recordaba mucho más viejo, como si hubiera pasado un tiempo de vuelta atrás y no hacia adelante. Apenas hacía unos meses de la última vez que se habían visto, no hacía tanto que la familia había reventado por los cuatro costados de la herencia, la traición avejenta los cuerpos desde bien adentro, lo que se ve desde afuera son pieles y cuencas hundidas, pelo que se cae y uñas rotas, ciertos temblores que ocasiona la falta de sueño y la taquicardia, sonido ronco porque la voz no quiere salir del cuerpo y queda a medio camino. La decepción es un desproporcionado huracán de fealdad metido en un reloj de arena. Manuel tenía su edad de nuevo, el pelo le había crecido y se lo peinaba para atrás, pero desprolijo, la ropa seguía sin planchar, pero se le acomodaba a los huesos y las mejillas estaban doradas como de pasar tiempo bajo el sol por trabajo o por ganas.

Tan pronto como el conductor tocó el claxon, el nuevo Manuel reconoció su Land Rover y lo saludó. Gesto grande, alegre y sorprendido. Esas gentes que, aunque uno ve cada tanto, sientes como amigas. El campo atrae esos maridajes. La casa de Manuel tenía las paredes vacías excepto una donde solo había fotos. «Me viene bien recordar que un día fuimos familia, por eso los tengo a todos aquí», el resto estaba lleno de muebles que él mismo hacía, algo toscos, pero tremendamente confortables, mucha madera y lana de *mohair*, en una mesa al fondo un ajedrez abierto, barajas y varios juegos de mesa a un costado. «¿Con quién jugará?», se preguntó Tomás, algo averiguó por su gesto el otro que se apuró a explicarle:

—No te rías, pero Antonio, el segundo de mis primos, me entregó un día el dinero en secreto sin que los otros se enteraran. «Estuvimos mal», se lamentó. Yo sé que su hermana, la Yolanda, es la más arpía y mala, que ella le comió la cabeza. Ahora un par de veces a la semana, cuando dice que se está echando la siesta, pasa por el camino de atrás del prado para que no le huelan los perros y nos echamos alguna partida. ¿Y tú?, ¿a saludar solo?

—Y a esto. —Entonces, Tomás sacó el libro de su bolsillo de atrás.

Cuando el primo de los buitres vio el libro sobre Caridad Mercader se quedó callado, esos silencios que surgen de los de secano. No acostumbra Manuel a que nadie le haga regalos, sí unas manzanas rezagadas, una sandía cuando ya es época, unos huevos de codorniz de la dueña de un criadero cercano, no uno para el que haya sido necesario entrar en una tienda, decidir y pagar. Todavía era más inesperado para él que una persona hubiera recordado una charla de tanto tiempo atrás. Supone que simplemente, aquel día que improvisaron un arroz caldoso regado con aguardiente de cereza, Tomás se había quedado con sus dudas y pensamientos sobre la madre de Mercader. Por un momento, de haber sido educado en normalidad y no como un hombre de aquellos, le hubieran caído lágrimas de emoción, pero hay cosas que hay que evitar siempre.

—Vamos, que te tomas un café y parto un poco de pan y cecina.

Tomás iba a rehuir la invitación, pero si algo sabía es que no puedes decir que no a un ofrecimiento así en tierras donde se vive de cosechas, lluvias y sol. Es ofender siglos de hospitalidad.

Al embutido se le unieron unos patés de cerdo, un queso muy curado en romero y unos torreznos fríos con toda su grasa. Manuel acomodó todo en unas tablas de madera, Reyes pensaba que iban a comerlo ahí mismo junto a la vieja cocina de gas y la leñera, en cambio Manuel, siguió pasillo adelante y le gritó:

—Coge la bota, cuidado con el escalón.

Obedeció, no recordaba esa otra salida de la casa. Ahí mismo, apenas pasando un rellano, el primo se había armado un pedazo de paraíso, una vieja higuera daba sombra al fondo, el azahar venía del otro lado, a los pies de dos limoneros habían plantado lavanda, una hilera de rosales de varios colores estaba más cerca, casi a los pies de Tomás, un par de tumbonas parecían hechas a mano también por el dueño, pero le contó que fue un conocido francés quien se las mandó, uno de sus primos lo había dejado en la estacada con un cargamento de trigo —al parecer se crea una extraña fraternidad entre los que han sido engañados por los mismos estafadores—, los asientos tenían la robustez y gusto de los franceses. Como frontera crecían los arbustos de duranta. Ninguno de sus familiares cuando pasaba por fuera, podía imaginar que detrás de los setos espinados corría ese remanso como agua de lluvia almacenada que va yéndose despacio y sin alaraca. Medio apartada estaba una piscina, había bastantes por la zona, pero Tomás no pudo evitar reírse al ver el trampolín, eso sí que era extraño.

—Echa otro trago, verás que pronto te vas a tirar por él. Tres metros de profundidad les pedí que cavaran. El día que me dé la gana, me meto para el cuerpo lo que se me tercie, me tiro y me quedo abajo, pero entre tanto a divertirse. Bueno, el queso, qué me dices, ¿a qué sí? Los hace Cecilio, el pastor ese que está por cumplir cien años, pero ahora las nietas ya saben hacerlos también, veremos, yo confío en que sí, pero veremos, ¿leíste el libro?

—No, lo he traído para ti, lo vi ayer.

—A ver, a ver cómo lo cuentan. Yo creo que a los de aquí y los de allá, a todos les ha dado recelo siempre hablar de ella. Lo empiezo esta misma noche.

Apenas una hora más tarde, el anfitrión tenía razón, era raro acomodar ese almuerzo solo con café. Con el calor y la garnacha, han decidido subirse al tablón, no para matarse porque ninguno sabe del otro que varias veces lo ha pensado. Manuel para refrescarse, Tomás para intentarlo por primera vez. Desconoce esa sensación nueva de adrenalina, juego y temblor en todos sus músculos, trastabilla, pero solo acierta a reírse, no lo piensa más y se tira. El golpe suena como si una ballena se hubiera sumergido en el pequeño riachuelo de una aldea, desproporcionado y absurdo. En el borde, el dueño del lugar se queda por un momento preocupado, apenas un instante, enseguida el cetáceo ha salido a la superficie con los pulmones llenos de agua y la boca de risa; es contagiosa, los dos ríen como si el mundo pudiera ser solo eso, la chiquillada de dos adultos sin más afán que pasarlo bien, un momento donde nada preocupa ni ensombrece, donde todo el perfume de la vida es floral y alegre, donde el mañana puede ser en varios meses o segundos porque no ha habido nada mejor que saltar sin pensar, que ser torpe y caerse.

Los dos hombres están boca abajo agradecidos al buen hacer del gabacho que le regaló las hamacas. Manuel lleva un tiempo hablando de Trotski, Reyes sigue sin tener claro si este hombre siente compasión o aversión por la madre de su asesino, no quiere formular la pregunta, no es la política un terreno del que quiera saber nada, aunque ahora lamenta no haber leído el libro sobre Caridad Mercader antes de regalárselo y haber salido de dudas de quién diantres era esa mujer.

Se ha quedado dormido, las gotas que le han despertado vienen de la piscina de nuevo, no había sentido a Manuel tirarse al agua, pero ahí estaba, nadando a braza, coordinado y armónico, un labrador que nade así será otra de las rarezas del día, además del trampolín. «Es una pena —barrunta Reyes— que sigas extrañando a la novia que nunca se casó contigo». Se imagina yendo a visitar más esa casa, dormir el alcohol a media mañana, hablar de rusos o mexicanos para después abrazarse debajo de la higuera y despertarse cuando ya el aire de azahar traiga el fresco de la noche y sea mejor entrar. No podrá ser. Si intentara rozarle la cara siquiera, no volverían a pasar un rato juntos, podría sin más echarle del edén; si además le diera asco, Manuel sería capaz de coger las bridas que tiene colgadas junto a la puerta de la entrada y azotarle como a un perro que te ha mordido en sueños y lo crees culpable. Es mejor dejar que los pensamientos se atoren entre el sopor y las fragancias y despedirse. Le dice adiós desde la orilla como si hubiera un mar embravecido entre los dos. El otro intenta convencerlo de que se quede un rato más o de que por lo menos le deje acompañarlo a la salida. Reyes ya se ha terminado de abrochar su camisa de rayas, «no debería haberme puesto esta hoy», se lamenta, la lanilla es un imán para el sol y pica, afortunadamente el pantalón además de amplio es de algodón y el calzoncillo todavía se siente húmedo. Como no puede evitarlo, recoge varios de los enseres que habían quedado junto a ellos: la vieja tabla de madera con los bordes resbalosos a causa de la grasa, un par de navajas con el mango de plástico negro imitando madera con el nombre de la frutería del primer pueblo pasando la rotonda, y unos trapos viejos que no sabe Reyes cómo se han atrevido a limpiarse la boca con ellos. Apila y entra para dentro, justo antes se vuelve de nuevo hacia la piscina, simula y hace gesto de adiós, pero quería ver por última vez el cuerpo de ese hombre tosco y bello que está girando ahora en la esquina con elegancia, como si no se hubiera criado unos kilómetros al este de ese lugar, sino en un barrio de las afuera de Toronto, celebrando la zambullida del oso polar en Año Nuevo.

*　*　*

La realidad es que Carmen sabe que una vez que metió a su madre en la espiral de cuidados «de forma personalizada» —como rezaba el reclamo—, aceptó de antemano un sistema implacable. Ahora toca quedarse, aguantar todos hasta el final. Ella, la senil, en primera línea de batalla.

Fernanda está harta de esa tarada con ojos de mascota que la mira siempre. Como un perro adiestrado, parece tener miedo a mearse encima o a ladrar con fuerza. Hay veces que esos aullidos molestos de pequinés le dan pena, «pobre animalillo, tan dócil, tan predecible», se compadece mientras le acaricia el hocico y el animal se calma, así el chucho la deja en paz y puede volver a dormir tranquila.

A Carmen le emocionan esos crepúsculos donde su madre le acaricia la mejilla con apenas tres dedos de la mano y le sonríe. Ha despedido el día con ella, la ha arropado en ese intercambio en el tiempo donde es la hija la que cubre con la colcha a su progenitora y le da un beso en la frente de buenas noches.

«¿Eres madre cuando tus ojos se cierran?, ¿cuando duermes estará vivo mi hermano?, ¿sabrán tus imágenes nocturnas que tuviste una hija que peleó mucho por la vida, por la familia, por todos y no logró nada?, ¿o tu enfermedad te persigue también de noche?».

Quiere creer que el cerebro, esa parte de los humanos que con los años se empequeñece, como todo lo demás, no puede ser manejado por la demencia, que algo tiene que haber durante el sueño que consiga que mande más que su enemigo. Un espacio donde ellas se reencuentran y tejen juntas, donde su madre reconoce a los personajes que ella misma creó en sus libros, porque Carmen está segura de que esos protagonistas eran ella y su hermano, que su madre no se había ido lejos para imaginarlos, que había echado mano de aquellos dos críos que habían crecido a las corridas en su propia casa, con peleas de gallos los lunes antes de ir al colegio, chocolate con churros los viernes a la tarde o vinilos de Kortatu los domingos al mediodía, únicos ratos donde ella y su hermano Gerardo dejaban de discutir para tocar juntos como dos locos las cuerdas de una guitarra imaginaria.

Cierra la puerta de la habitación y lo recuerda a él, al que por egoísta mereció suicidarse, se pregunta si cuando se desgañitaban cantando juntos, su hermano ya era ese ser insolidario que fue de adulto. Si cuando somos niños solo se nos ve blancos y puros, como cuando mezclamos con fuerza los colores primarios y todo lo vemos como nieve virgen. Después crecemos y vienen los límites y el miedo a rascar y sacar a la superficie quiénes somos de verdad. Ella misma ha terminado siendo como Gerardo, colocando a una madre en una jaula; él simplemente huyó primero.

«¿Qué me hace diferente de mi hermano?, ¿qué me hace mejor que el hijo de ese señor que sacaron de su casa hace dos días?».

Después de todo, su madre es sencilla para vivir, hay demencias amables y hay Diógenes. Le cuesta creer que Tomás Reyes Barrachina sea tan oscuro que no merezca el cuidado de su hijo. Tan solo no puede dejarse a un moribundo, decide ir a verlo.

* * *

Tomás se ha llevado consigo el perfume de los rosales a la fonda de Paca. Ha pensado que la mejor forma de entregarle el libro a Laura es dejarselo ahí. Cuando entra, mira primero por si se da una de esas casualidades y la leñadora estuviera tomándose un orujo en alguna mesa junto a otro camionero perdido. Pero no. La dueña lo recuerda. En estos horarios de sobremesa tardía es donde más tiempo tiene para dejarse estar en un rincón mientras su marido y su hijo terminan de llevar todo a la cocina.

—Perdone, cerramos unas horas hasta la tarde, pero un café le preparo.

—Ni se levante, no es necesario, solo quería dejarle, si no le importa, un libro para que se lo den a la mujer que anda con el camión de leña, Laura Pastor, no sé dónde encontrarla y me pareció que era clienta de ustedes.

—¿Y por qué no se lo da usted en un rato? Cerramos porque se ha graduado mi hijo y vamos a dar un vino esta noche, apenas unos quesos, un poco de embutido y unas tartas de membrillo, quédese, además vendrán algunos de mis primos y le podrán preguntar, que al final se me cayó vino donde apunté su teléfono y no hubo forma de descifrar qué puse.

Era extraño que Reyes dijera que sí a ese tipo de convites, pero había recibido mucha lisonja y placer al presenciar el momento en el que Manuel se había emocionado al ver el libro. Elegir aquellos ejemplares, y no otros, de entre todo el rosario de historias benditas, fue un acto inconsciente sin esperar satisfacción a cambio, y claro, ahora quiere más de ese deleite y le parece que tan narcisista no será querer estar ahí cuando Laura reciba el presente.

Se ha quedado. Lo que para Paca eran apenas unos quesos, en realidad son cuantiosos platos de viandas para una población entera. Le conmueve ese orgullo pueblerino de graduar al hijo. No sospechaban, estimaba Reyes, que es probable que lo fueran a convertir en un individuo adiestrado, complaciente con los mandamases, con miedo a salirse de la norma, con vergüenza de reconocer que llevaba desde los siete años sirviendo comidas, que mirará a su madre como si cocinar dieciséis horas diarias no fuera suficiente orgullo, un sujeto sin verbo, sin el silencio de los sábados a la madrugada porque ahora va a sostener que es mejor estar bebiendo cerveza junto a un futbolín que en el pequeño patio trasero del mesón donde sus padres y él, ya de madrugada y cuando todos los viajantes se han ido, se quedan sin hablar mirando las estrellas; la única bombilla que funcionaba ahí explotó una noche de San Juan, su padre se había dado cuenta de que era mucho mejor el cielo cuando no había luces artificiales que te cegaran el infinito y sus constelaciones. Como aún no lo saben, celebran.

—¿Para mí?, ¿qué te ha hecho creer que a mí me interesa la trashumancia?

Tomás piensa que se lo merece por haber esperado algo a cambio, algo tan magnánimo como un rostro agradecido, sorprendido y complaciente. Pero ya Laura se está riendo.

—Es que no puedo creer que recuerdes algo de aquella charla. Yo ni me acuerdo de tu nombre.

—Reyes, Tomás Reyes. Claro que sí. Lo pasé muy bien, me acuerdo perfectamente de ese día.

Ella muda la risa a un tono quedo y aguardentoso.

—No. Ninguno de los dos recuerda nada.

La pastora es ahora un ser agrio y nefasto, sus cuencas hundidas en un odio indisimulado. Tomás no había tenido el reflejo de intuir su vergüenza, la de la mujer que se palpaba el sexo mientras deseaba que un ser cualquiera la abrazara.

Qué mal recordar con cariño momentos que son patéticos para seres ajenos, qué torpeza no haber tenido en cuenta la herrumbre de esos ojos aquel día. Tomás había pensado egoístamente en lo conmovido que él la había mirado mientras ella se había ido quedando dormida. Él había borrado su súplica, ella no.

Ahora Laura se carcajea como si el mañana no lo hubiera ni se le esperara.

—No es para tanto, oiga. Gracias por el libro, lo leeré cuando tenga ganas, vaya a emborracharse y olvide, olvide siempre.

* * *

Carmen camina en silencio por los pasillos. Es la hora donde los familiares se han ido y los sanitarios se recogen juntos en la sala común, es el rato que tienen antes de comenzar la ronda de medicación y cenas. En apenas unos minutos regresará a los corredores el olor a lavanda, glutamato y azufre, pero aún dispone de ese hueco para la calma. Al abrir la puerta escucha los sonidos de varias máquinas, ha aprendido a detectar la gravedad de unos y otros según cuántas alertas y pitidos gotean de los aparatos junto a la cama, también del tipo de respiración que sale de los cuerpos cuando duermen. Tomás Reyes Barrachina es ahora una sombra casi delicada, si se compara con aquella fiera que rescataron en su casa. La respiración no es la de un desahuciado, puede ser que mejore, que se estabilice, que pueda regresar a su domicilio y que su hijo Tomás vaya a visitarlo y la vida les permita despedirse con un mejor adiós.

Sigue dormido. Girado hacia la pared, el cuadro de las hojas sigue donde ella lo colocó, girado hacia la pared, continúa resultándole curioso, no puede evitar detenerse una vez más en todos los datos que hay apuntados y con cuánto esmero. Carmen nota de pronto el aire más denso, se gira hacia el anciano, ha abierto los ojos. Siente perforar los suyos.

—¿Necesita algo?

Él parece querer moverse.

—¿Quiere que pida ayuda para que pueda cambiar de postura?

En la mesita hay un pequeño vaso con una pajita. Carmen sabe lo peligroso que es un mal trago, pero aun así le pregunta.

—¿Tiene sed? Le puedo dar un poquitín de agua. Con mucho cuidado, ¿quiere?

Él muestra una sonrisa casi extraña aunque de alguna forma familiar, hace que ella se siente junto a él en una pequeña banqueta de plástico. Tomás sigue mirando las hojas, intenta inhalar.

—Despacio, no se esfuerce mucho, ahora en un ratito van a mirarle el oxígeno, ¿se ahoga?

Como respuesta, el padre de Tomás solo mueve la mano muy despacio, ella por instinto le acerca la suya y se la entrega.

—Va a estar mejor pronto, créame, ahora descanse y en unos días...

Carmen no termina la frase, en un movimiento veloz, con una agilidad no acorde con su estado, el bárbaro ha dirigido la mano de ella hacia su miembro, no ha calibrado su carencia de fuerzas y los reflejos de ella se han anticipado y soltado a tiempo. Ahora está de pie frente a él, entre el asco y la lástima elige los dos, es ella la que jadea ahora.

—Voy a decirle al enfermero que esté atento a su oxígeno.

Ella quiere irse, pero sus resoplidos la mantienen anclada al terrazo, él ha comenzado a fustigar el catre con la misma mano que quiso atrapar la de ella, cada vez con más impulso y rabia, su lomo brinca ahora como si un toro bravo se estuviera revolcando en el barro de un callejón sin salida. Al mismo tiempo que ella presiona el botón de seguridad, han saltado todas las alarmas en la habitación. Lo ve reírse. Lo ve irse. Segundos. No es su imaginación. Sabe que ha muerto. Ha entrado una enfermera, ha gritado algo, van a cumplir el protocolo e intentarán reanimarlo.

—Sal —le ordenan.

Se queda esperando en el pasillo. Sabe lo que le van a decir. Son tres ya las personas que están con él. El hijo conocía a su padre más que todos ellos, no iba a sobrevivir entre sábanas limpias ni recibiendo cuidados. Se lo confirman. Ha fallecido.

—¿Estás bien?

—Sí, fui solo a ver cómo se encontraba para el seguimiento, justo empezó con un ataque, avisé corriendo..., pensé que podríamos llegar a tiempo...

—Estaba muy mal. Mejor así.

—Sí, ¿llamáis vosotros al hijo?

—Ahora pregunto, tú vete a casa, cualquier cosa te localizan.

—Voy a ver un segundo a mi madre.

—Carmen, vete a casa. Ya estamos nosotros.

* * *

No debería estar conduciendo con tanto alcohol, le había hecho caso a la leñadora. El teléfono no para de sonar, es tarde, los primos de Paca seguro, esta vez, en el convite, tres de ellos habían agendado su móvil directamente en el teléfono. Decide hacerse a un lado. Siente ese mareo imprudente del que ha bebido demasiado antes de girar la llave del coche. Lleva siempre un garrafón de agua. Bebe hasta hastiarse.

El teléfono regresa. Mira esta vez. Reconoce ese número.

— ¿Ha pasado algo? —pregunta sabiendo.

—Lamentamos comunicarle que su padre ha fallecido. Ha tenido un ataque esta noche, no pudimos hacer nada para salvarlo.

—Se lo advertí.

Tomás Reyes cuelga. El rey ha muerto. Larga vida al rey, a ese infeliz que está vomitando a un lado de la carretera, que no llora porque no siente pena ni dolor, solo la rabia de no haberle gritado o herido a tiempo. Podía haberlo hecho. Podía haber cumplido una mínima parte del deseo que siempre tuvo de vengarse, pero ahora ya era tarde para todo. Había sido un día en el que había acariciado la felicidad, eso debería coronarlo de fe y ganas de seguir adelante. En cambio ahí estaba. Siendo Tomasín de nuevo.

7

LLECHO

*(Cualquier elemento, objeto o cosa
que está reunido, agregado,
congregado, aglomerado
o amontonado en un solo
grupo o conjunto específico)*

Su cerebro no ha podido soltarse de la mano de Tomás Reyes Barrachina. Su último atisbo de vida había sido forzarla a masturbarlo. Entiende la demencia, la química saboteando los cuerpos y los cerebros, el manotazo terminal de un ahogado, pero este enfermo la había cubierto de obscenidad y hedor, el tránsito a la muerte había dejado de ser para ella un templo rebosante a veces de plegarias, otras de mercaderes, pero siempre un santuario.

Repasa las veces que ha estado cerca de la muerte este mes. En la primera estaba atravesando el pasillo, una de las últimas enfermeras en llegar a la residencia, había salido justo de una de las habitaciones, se apoyó en la puerta y se santiguó, como si hubiera intuido la pregunta en los ojos de Carmen, le largó: «No me gusta estar en el final, no me pagan para eso». En la segunda, ella acababa de entrar a una habitación, andaba buscando a Petra, estaba ahí tranquila, echando una cabezadita en un rincón: «Va a venir la sobrina para despedirse», le había farfullado entre sueños. Carmen no era una entendida en decesos, pero le pareció que aquel hombre no iba a decir adiós a nadie. Así fue. Y la tercera, había sido con Reyes, el sucio y loco Reyes. Tres que no se apagaron, terminaron sin más, solos siempre. Su madre va a consumirse de la misma manera, alguien saldrá de su cuarto para no verla, o estará junto a su lecho cambiando una vía y no se dará cuenta, o su madre gritará de dolor en mitad de la noche y para cuando alguien la escuche ya será tarde, solo habrá una mínima posibilidad, una entre todos los trillones de probabilidades de que ella, su hija, su Almudena, su protectora, esté junto a ella cogiéndole la mano. Recuerda las palabras de Petra: «Llévatela donde te dé la gana».

* * *

Alguien había apartado cada una de las hojas de la colección, luego las había colocado, una a una, dentro de una caja de cartón donde antes había veinticuatro vendas elásticas. Reyes imaginó que lo había hecho esa terapeuta que siempre le confunde. No haber intimado con mujeres le supone un claro desconocimiento de lo que sus corazones apuntan detrás de sus rostros. Tiene que reconocer que ha habido mucho cuidado y destreza en quien haya hecho ese trabajo. Reyes ha dejado a un lado el corcho, le habían dado tres bolsas de plástico. En una había metido toda la ropa con la que su padre había llegado ahí, olía a lejía, luego había hecho un nudo fuerte para llevarla a un contenedor y que esa misma noche, cuando pasara el camión de la basura, se llevara la mortaja bien lejos. En la segunda colocó como pudo el corcho enrollado, varios blísteres, un jabón y dos maquinillas de afeitar. La cerró fuerte para tirarla también. En la tercera, metió la caja con las hojas, el único vestigio de que su padre no era un alienado, solo un tirano.

* * *

Carmen lee para sí: «Almudena no podía encontrar la puerta, pero sabía que él tenía que estar cerca, entonces comenzó a soplar y soplar para que la niebla se fuera y así poder encontrar a su hermanito. Colibrí —gritó la niña fuerte—, ¡colibrí! —gritó de nuevo más fuerte—. ¡Estoy aquí!, canta, canta y así podré encontrarte». Su madre no solo había escrito novelas de detectives, también cuentos. «Para niños que ya no lo son», les explicaba; esas edades donde los chicos ya no saben si reclamar golosinas o ir al cine solos. En *Almudena y el colibrí*, una doceañera vivía todas las aventuras posibles con su hermano pequeño al que desde chiquito todo el mundo llamó Colibrí porque cuando su mamá murió al nacer, justo en ese momento, un troquilino había saludado desde la ventana para después volar en dirección al cielo.

Mientras duda si meter el libro en la mochila, la trabajadora recuerda al Colibrí verdadero: Gerardo. Su madre siempre había sabido que cuando su hijo creciera, saludaría en todas las ventanas para luego irse veloz, que no estaba en su sangre de pájaro posarse y acariciar, que ese es trabajo de un perro y no de un ser libre como era su niño. Igual que sabía que la muralla iba a ser siempre Carmen, quien desde pequeña estuvo dispuesta a sostener a todos los desdichados del mundo; con ese afán salvador, la hija que Fernanda había parido, un día casi la mata del susto. Cuatro años tenía cuando la llamaron de la guardería alarmados porque se había perdido, la encontraron horas más tarde, cuando ya habían dado aviso a la policía; la canija había visto un gato callejero por la ventana y había salido sin ser vista a darle su propio almuerzo, se había quedado dormida con la cabeza en el regazo del animal, sin pensar en el pánico que iba a hacer pasar a su madre. Carmen niña no entendió entonces por qué, por primera y última vez en su vida, Fernanda le soltó un tremendo sopapo del que ni la directora ni las maestras dijeron nada porque ellas hubieran hecho lo mismo. Carmen se ríe recordándolo, no tiene memoria de ese momento, pero tantas veces se lo había contado su madre que era como si de verdad fuera parte de sus recuerdos. Decide llevarse el libro. Va a llamar a Jonás antes de irse, apenas han estado solos desde la rueda de prensa, cambia de idea y le deja un audio.

* * *

No le habían dado muchas explicaciones, solo que era de noche, había comenzado a convulsionar y, a los pocos segundos, su padre había fallecido sin que pudieran hacer nada para reanimarlo. Trance demasiado veloz para alguien que merecía haber vivido un calvario.

Por un momento ha dudado si tirar también la caja con los restos de la colección, decide esperar, se puede deshacer de esa bolsa en el camino o enterrarla junto a algún árbol como si esas fueran las verdaderas cenizas y no las que le van a entregar en cuarenta y ocho horas. Después de todo, ¿cuáles son los verdaderos restos de una persona?, ¿aquellos con sus huesos incinerados o el resultado de sus obras? Si así fuera, hay personas que de tanto bien que han hecho en vida no bastaría un camposanto para ellos solos, mientras que para su padre bastarían unos ridículos centímetros.

* * *

Ella ha pedido un taxi, ha dado una explicación muy clara: no ir a la entrada principal y girar por un lateral. Ahí hay una puerta más pequeña con una escalera de un par de peldaños, el callejón permite la maniobra para dar la vuelta. Ha sido muy precisa, por eso no entiende el tiempo que lleva esperando sin que el coche aparezca. Les ha solicitado también que manden uno con maletero grande por favor, que necesita poner atrás una silla de ruedas. Sigue sin venir nadie. Un fuerte ruido la asusta, se gira, alguien ha cerrado el contenedor con demasiada energía. Es Tomás Reyes. Lo saluda apenas con el gesto y sin permiso lo observa, ha debido tirar todo lo que quedaba de su padre y ahí está con solo una bolsa en sus manos, ¿qué será lo que se ha quedado para sí? Tiene que darle sus condolencias, pero no quiere hablar con él, ni que se le acerque o que le pregunte nada.

—Siento mucho lo de su padre.

* * *

Alguien le ha hablado en voz alta, «¿cómo no la he visto antes?». Ahí está esa trabajadora social de nuevo, al lado de una anciana en una silla de ruedas. No ha escuchado lo que ha dicho, pero suena a pésame, no lo necesita ni lo desea, menos aún viniendo de ella. Sigue caminando, pero no puede evitarlo. Se gira hacia ella:

—Les dije que moriría aquí.

—En su casa hubiera muerto solo.

Cuando escucha eso, le provoca tanto odio esa inescrupulosa, que podría comenzar a golpearla con la bolsa hasta borrarle la suficiencia del rostro.

—Perdone, no debería haberle dicho eso, quería decir que al menos, en la residencia hubo alguien con él justo al final. Bueno, nada, disculpe. Siento que todo haya sido así.

Tomás regresa a su línea recta, la que tiene que seguir desde el contenedor a su auto aparcado a la vuelta de la esquina sin que nada más le haga desviarse, apenas gesticula un adiós mientras en su mente resuena: «No murió solo entonces». Junto a su viejo Land Rover hay un taxi con el motor en marcha, un hombre menudo resopla sentado en el capó mientras mira el móvil. Tomás coloca los restos de su padre en el asiento del copiloto.

—¿Sabe usted si hay alguna otra salida?

—Gire por ese lado, apenas a quince metros hay otra puerta. Verá una mujer con una señora en una silla de ruedas, imagino que es a usted a quien están esperando.

—Puñeteras sillas, ya podían haberme avisado.

* * *

A Carmen el pulso se le había acelerado como cuando hace todo mal, tan solo tenía que haberle dicho «le acompaño en el sentimiento», cortés, educada, después despedirse de él hasta siempre y regresar a su presente. Lo que va a hacer en las próximas horas, puede provocar que su vida gire hacia un lugar, ahora mismo no puede saber cuál, pero intuye que diferente. Su madre está dormida junto a ella, le alivia que sea así, ha hecho todo lo que estaba en su mano para que fuera así. Su mochila pesa, lleva agua, cuatro purés, cinco gelatinas, varios enseres, un abanico, el libro, medicamentos y muchos frascos. Pone las manos en la espalda para repartir mejor el peso y descansar un poco la cintura. Por fin aparece el taxi. No sirvieron de nada las explicaciones, encima el que está molesto es el conductor. Ella trata de convencerlo de que había detallado todo a la persona que la atendió por teléfono, que al menos su mal humor lo dirija contra aquel negligente y no contra ella.

—Ya no sirve de nada, vamos a ver cómo resolvemos esto.

El hombre bajito lo intenta, primero han sentado a la madre delante, ella ha plegado la silla con la misma facilidad que si hubiera cerrado un libro. El taxista no acierta a meterla dentro. Carmen le ayuda a girarla noventa grados y probar de nuevo.

* * *

Tomás sabe que ella tiene razón. Su padre debería haber estado en una institución o un manicomio o un matadero o en una jaula desde hace mucho tiempo. Los ve maniobrar. Esa debe ser su madre. Tiene suerte la pobre mujer de que todo el ruido que están haciendo en el maletero no la despierte. «No vais a conseguirlo», sospecha mientras ve por el espejo retrovisor cómo lo intentan una vez más. El taxista gesticula sin parar, se da por vencido. No viene ningún coche por su derecha, puede incorporarse a la vía ahora. Pasa de primera a segunda y sale. Fernanda y Carmen se hacen cada vez más pequeñas.

* * *

Le toca el pulso a su madre, vuelve a estar sentada en la silla. Mira hacia los costados. Su propia taquicardia no la deja centrarse. En momentos así lamenta más que nunca no haber hecho caso a Jonás y haber aprendido a conducir; al menos dos veces al año le machacaba con ese tema, hasta que la coartada de que había perdido algo de movilidad en el brazo había conseguido que se callara. «¡Qué sencillo hubiera sido todo ahora!», se arrepiente. No sabe si incluso llamando a otro taxi podrán llegar a tiempo antes de que salga el autobús. Había comprado los billetes hace menos de tres horas. Estaba todo calculado menos el tamaño del maletero de un taxi. Quizás es momento de recapacitar, de echarse atrás, de no cometer ninguna locura.

—¿Adónde va?

—A la estación de autobuses.

Tomás y ella se miran. Ella no le había visto volver. Él lo hizo porque no está en su naturaleza dejar a dos mujeres tiradas. Abre la parte de atrás de su camioneta, es tres veces el tamaño de cualquier coche, la vida del campo necesita espacio y lugar.

—Permítame.

* * *

Él ha abierto rápido la puerta del copiloto, cuando se da la vuelta, Carmen ya ha comenzado a levantar a su madre con mucha suavidad, realiza la maniobra como si se tratara de un enfermero de dos metros, gira sobre su propio ángulo; compenetrados y silenciosos, sientan a la anciana con mucho cuidado. Tomás no necesita ayuda con la silla, la sujeta bien con cuerdas para que no se mueva de un lado a otro en el trayecto. Percibe que la trabajadora social tiene mucha prisa. Cuando se mete, ella ya se ha sentado detrás y ha puesto todo su desorden encima de la alfombrilla junto a la bolsa de plástico. Se escuchan los bostezos de niña de Fernanda. Por un momento parece que va a abrir los ojos, pero queda en calma. Tomás termina de asegurarse de dejar el asiento del copiloto bien sujeto y a la anciana bien apoyada.

—Gracias. —Aún no se lo había agradecido. Está tan asustada, que ha dado por hecho que el que un samaritano las socorra y ayude forma parte de un plan no establecido, pero con sentido. Tomás Reyes se había apiadado, regresado y ahora las llevaba a la estación.

—¿Sabe dónde es?

* * *

Solo asiente. No tiene sentido entablar más conversación. No sabe qué planes tienen, no le importan. Esa ciudad es solo larga, enseguida estarán ahí, la ayudará cuando lleguen y eso será todo. Cuando aparque en la estación, ha pensado que esta vez, ella saque la silla del maletero y él, que es el hombre, cogerá a la mujer en brazos y la dejará debidamente sentada.

* * *

Carmen no puede dejar de mirar el reloj, por favor que no haya semáforos en rojo, que la velocidad sea suficiente, que lleguen a tiempo. Él no aparca, han acordado que esperará en el costado con su madre, mientras ella corre a preguntar qué número de autobús es y pide unos minutos para acercarla.

* * *

Ve a Carmen alejarse de su camioneta mientras contempla a todas esas personas que van a viajar, algunas por trabajo, otras en busca del ser amado que estará esperándolos en otra estación, las que van a visitar a algún pariente enfermo, o las que quieren sin más divertirse en una ciudad que no sea la suya, con amigos que no sean los suyos, y descansar de lo que uno ve todos los días. Busca a la hija entre todos ellos y la ve, parece desolada. No han llegado a tiempo, no ha podido ser.

—No se preocupe. Hay una cafetería al fondo. El siguiente autobús sale en tres horas, me han dicho. Vamos a estar bien. Le agradezco muchísimo todo lo que ha hecho.

Atolondrada, deja que sea Tomás el que coloque solo a su madre de vuelta en la silla.

—¿Dónde van?

—Al mar. A ella le gusta mucho. Gracias por todo señor Reyes, una vez más, siento lo de su padre, sé que ahora no le reconforta, pero al menos no sufrió.

Tomás quiere irse de ahí. No es culpa de esa mujer, es que no quiere que nadie más lo nombre, que nadie le haga recordar que tuvo un padre. Que pare ya con los pésames. Le hace un gesto de asentimiento. Tiene que decir adiós.

—¿Cómo sabe que no sufrió?

—¿No se lo dijeron? Yo estaba ahí.

* * *

Es probable que en la residencia no se lo dijeran a él por confidencialidad o prudencia, para evitarle a ella que el familiar quisiera contactarla y preguntarle. Ella siempre hablando de más. No importa, ya se ha ido. Carmen se sienta en un rincón de la cafetería junto a Fernanda. En unas horas estarán montadas en otro autobús y llegarán al mar al anochecer. No era el plan. Ahora tendrán que pasar la noche en algún hotel de la zona, intenta recordar el hostal al que iban cuando era niña. Su teléfono vibra. Lo guarda en el bolso para no verlo. Carmen quiere ser un colibrí y partir lejos, permitirse volar, dejar de ser Almudena. Mira a su madre, por un momento abre los ojos, la hija solo acierta a darle la mano.

—Enseguida estamos.

—¿Gerardo?

—Luego viene, mamá.

8

ERITRO

(Prefijo usado para asignar a todos los elementos que se caracterizan por la existencia del color encarnado, carmesí, rojo, colorado, bermellón, escarlata o el bermello)

«Cuando tu instinto te traicione, sigue el camino que te marcan las estrellas y regresa a él», decía la portada del libro sobre la trashumancia. Le había atraído aquella autora que pensaba que no hay mejor guía que regresar a uno mismo. Hoy en cambio, Tomás reniega de su lamento en círculo continuo, se ha ido por fin quien le recordaba tan solo existiendo quien era: el hijo desviado, el adolescente que sin querer violó, el casi adulto que sin intención mató.

Ve por la ventanilla como la ciudad se extingue para dejar paso a un polígono de fábricas que luchan por sobrevivir. Edificios acristalados donde dentro, solo dos personas que nadie conoce, poseerán, además de la riqueza, a todo el reguero de gentes que trabajan ahí cada día para pagarse la hipoteca y el máster del único hijo que tienen porque no fue posible tener dos y comer a la vez. Descubre los utilitarios aparcados, piensa que en un par de horas, todos ellos se montarán, se dirigirán a sus casas a la espera de que los abuelos no estén demasiado cansados todavía de jugar con el nieto y al menos, durante una hora más, podrán tomar una cerveza y echarse unas risas como si su mañana fuera a ser otro. Piensa en Laura descargando la leña y siguiendo su senda. Es tanta la libertad que hemos perdido, tan a raudales la hemos tirado por los orillos de nuestras ciudades, que en esas caprichosas urbes no desean regentes que gobiernen pensando en el bien de todos, solo quieren verdugos que les hagan el trabajo sucio para regresar cada mañana a la vista desde sus oficinas, como si la altura de los edificios les perteneciera.

Todo eso barrunta Reyes mientras se alegra de dejar atrás esa ciudad y todo lo que le recuerda a los últimos días de su padre en ella. Se había ido en apenas un minuto de no sufrir, sin decir nada, sin intentarlo siquiera. Capaz sí, capaz dijo algo como un adiós o un «¡muéranse todos hijos de puta!».

Tomás está rodeado de sembrados. Creer que todo el mundo es igual en la ciudad lo convierte en un insensible. Ha visto a Carmen coger a su niña anciana en brazos y no sabe cuál será el plan que tiene, pero presiente que quiere hacer feliz a la que es ahora su hija. Para algo los padres, los normales, los que pisan la tierra como humanos, cuidan a los suyos y viven en agujeros de cuarenta metros durante años, para dejar algo a los que les suceden, con el deseo de que su sacrificio sea el inicio de algo que terminará con ellos, que a partir de ahí, los hijos, los nietos, y los hijos de estos, van a poder disfrutar de lo que ellos no tuvieron. Hasta que un día, sin darse cuenta, el tiempo hará los estragos necesarios para convertir a los viejos en criaturas y solo les quedará dejarse estar o haber tenido la bondad suficiente en vida para que una hija se haga madre y los roles se inviertan y el cuidado siga.

* * *

La camarera le ha preguntado dos veces en diez minutos si van a comer algo más.

—¿Cuántas veces quieres que coma? —le ha increpado cansada.

108

Sabe que su insistencia no es pensando en su salud. Le había explicado nada más sentarse que tenían que esperar tres horas al siguiente autobús, pero es sabido que de un tiempo a esta parte, todos los camareros parecen trabajar para una logia común donde la norma es echar al cliente que no consume cada diez minutos sin importar las circunstancias ni si una mujer está calmando a otra varada en silla de ruedas.

Su madre se ha despertado. Sabe que es necesario que le vuelva a dar un tranquilizante, sus ojos están trémulos y en cualquier momento puede darle un ataque, no conoce nada de lo que la rodea y, el ruido al caer la bandeja de la camarera pesada, la ha asustado como el cachorro que después de dar las doce en Nochevieja no ha encontrado un lugar donde refugiarse. Carmen coge su mochila, busca nerviosa entre todo lo que decidió meter, saca el valium, no quería dárselo aún, más tarde cuando ya estuvieran frente al mar, cuando no hubiera marcha atrás en su decisión, poco antes de darle la mano a su madre por última vez y dejar que una brisa suave sea lo último que le roce la cara.

—Al mar sin más, podemos llegar en dos horas y media. No sé si eso está bien para ustedes.

Carmen mira a Tomás como si hubiera venido de otra época, de un país que ya no existe, de un mundo que nunca vivió, como si un honorable caballero hubiera dejado un corcel a un lado para luego dirigirse a ella, no entiende esa visión ni qué hace él ahí de nuevo.

—No creo que sea bueno para su madre estar aquí tantas horas. Si le viene bien, a mí no me cambia mucho la ruta.

* * *

Algo sí, no le ha mentido tanto.

«¿Qué clase de persona soy si dejo a dos mujeres esperando durante horas a que llegue un autobús?, yo que no trabajo para un amo que me asfixie, ni un patrón que me haga fichar sus horas y minutos, yo que tengo tiempo para la cortesía debería ejercerla».

Había recapacitado hace unos minutos, girado en una rotonda y vuelto a dejar que la ciudad lo engullera.

* * *

En un silencio de apenas nada ha vibrado el teléfono de Carmen, se lo había requisado a sí misma para no ver el sinfín de llamadas, pero con las prisas al buscar el valium, lo había puesto encima de la mesa. Ahora estaba entre los tres como un invitado incómodo del que hay que deshacerse como sea. De un rápido manotazo lo mete dentro de su mochila de nuevo. Su madre no grita ni levanta las alas, solo se queda mirando a Tomás como si fuera un amable señor que hubiera estado todo este tiempo distraído sin saludarla.

—Holaaaaa —le sonríe Fernanda, suave y tierna.

—Hola, ¿cómo se encuentra?

—Holaaa. —Le insiste.

—¿Quiere que vayamos al mar?

—Hola…

A Tomás su sonrisa le recuerda las historias de las hadas ancianas que imaginaba de niño y los celos que tenía por las abuelas de sus compañeros, con aquellos surcos que rodeaban miradas buenas. Tomasín está convencido de que han vivido tantas tristezas que, con el pasar de los años, olvidan todo para quedarse cada vez más quietas en esos cuartos donde todo huele a sopa, desinfectante y álbumes de fotos. Ahí repasan todo de nuevo como si su pasado hubiera sido solo bonito. Cambian el color y el lugar, el espacio y las frases, las despedidas y a los descastados, a las esposas de ellos, a los nietos ingratos. Permanecen ajenas a toda una juventud que pasa junto a ellas sin preguntarles, «¿cómo estás abuela?». Ellas cada tanto suspiran muy alto o se les escapa una risita recordando tanta vida imaginada y bella. A Tomás le cae bien el hada que tiene enfrente.

—Hola —vuelve a decirle—, te voy a llevar al mar.

* * *

«Gerardo tenía un pastor alemán con los mismos ojos que este hombre», recuerda Fernanda, «engullidos y dóciles, pobre animal». Al perro de su hijo lo habían atropellado y dejado en una cuneta, por suerte su marido lo había visto, socorrido y metido en el coche. Desde que lo llevó a casa lo cuidaron siempre los dos, Carmen y Gerardo. Un día, a saber la broma que le hicieron, se giró contra su hija para morderla, desde entonces ella le cogió miedo y no quiso estar a solas con él nunca más. Su hija temblaba cuando se le acercaba, igual que esa mujer que está ahora junto a ella. Se le parece. Le sujeta la mano mientras le pasa la otra por el brazo, igual que hacía ella con Carmen cuando lloraba a mares. Mira al hombre que alguien ha debido tirar al borde de la carretera y a la mujer nerviosa. Está cansada de estar ahí. Ahora el hombre perro empuja su silla, todo pasa demasiado rápido, pero al menos ha dejado de apretarle la mano esa otra señora.

* * *

Carmen no ha sabido darle las gracias con toda la fuerza que hubiera sido menester. No puede creer que estén al fin rumbo al mar y que quien conduce sea Tomás Reyes Mazón. Trata de no pensar. Todas las preguntas se le vienen encima.

«¿El hijo que abandonó a su padre es una persona amable en esta su otra vida?, ¿querrá cometer una venganza por ponerse en su contra en la reunión?, ¿debería pedirle perdón?, ¿por qué?, ¿será Tomás hijo como Tomás padre, querrá aprovecharse de una mujer enferma y de su casi trastornada hija para cometer cualquier tropelía?, ¿debería haber llamado a alguien?, ¿debería sacar el teléfono y hacer como que llama a alguien?, ¿había visto él las doce llamadas perdidas en la pantalla cuando su teléfono vibró?, ¿por qué las está queriendo ayudar?».

Es incapaz de hablar. Aun así no ha podido evitar coincidir en el espejo retrovisor con él. Ha dudado si decir algo en ese momento. No sabe qué.

—¿Dijo mi padre algo antes de morir?

«Eso es. Eso es lo que quiere, saber qué dijo, sus últimas palabras». Ella le había dicho lo que siempre quieren oír las personas, que no sufrió, aunque ¿qué sabe ella si cuando comenzó a saltar como una bestia en la cama, un agudo dolor se le estaba clavando en el pecho o en las ingles o en el cuello?, ¿o si sintió que su cuerpo lo abandonaba como si hubiera sido una oveja que aún viva le hubieran arrancado la piel mientras sentía el desgarro de la grasa y el vaho de calor que despedían sus cueros?, ¿o si no había padecido nada y únicamente tenía ganas de forzar a la hembra que tenía al lado? Entonces su inutilidad lo mató sin más y en ese caso hubiera sido cierto que no sufrió.

—Ya le dije que no sufrió.

—¿Pero no dijo nada?

Quiere decirle al hijo que desamparó a su padre que sí, que había dicho: «Dígale a mi hijo que lo perdono». Quiere decir al hijo que le llevaba comida todas las semanas que susurró que todo estaba bien, que le diera las gracias. Al hombre que la recriminó en el despacho enfrente de sus compañeros, que «gracias por haberme traído aquí, dígale a mi hijo que ha sido mejor así». Al que supo ver en ella lo que su marido había tardado un año: «Que empiece de nuevo, dígale que es hora de seguir». Al que conduce ahora, «dígale a Tomás que es una gran persona, que se deje ayudar él también».

—Solo dijo «mi hijo Tomás...» y comenzó a convulsionar, creo que iba a decir una frase o algo, seguramente a despedirse. Lo siento, solo eso.

Solo eso. Él la mira una vez más a través del espejo.

—¿Mi hijo?

—Sí, solo eso… No dio tiempo a más.

Tomás asiente. Su padre no había dicho esas dos palabras juntas jamás. Imposible que lo hiciera justo cuando iba a morir. Fernanda se mueve suave.

—Ya llegamos, mamá.

Carmen se abraza por detrás al asiento, la alcanza hasta tocar sus hombros, recuesta su cara y la coloca cerca del reposacabezas.

—Ya estamos casi. Vamos a ver el mar como tú querías.

* * *

Tomás no se atreve a mirar, siente que esa mujer quiere mucho a su madre, que la está cuidando, que él hubiera hecho lo mismo por la suya si hubiera sido posible, si la hubiera vuelto a ver, si estuviera viva, posiblemente desdentada, enjuta y ajada como lagartija en vida, aun así la hubiera cuidado. No pudo ser. Su padre un día le había dicho: «Que sepas que tu madre ha muerto, por si te importa, que bien poco la buscaste, me han dicho que la atropelló un autobús». Le vino luego una risa floja. «¡Atropellada! Seguro que se tiró encima la muy bestia». Tomás escucha los susurros de Carmen, que cada vez habla más quedo. Siente que Fernanda ha vuelto a dormirse. Le hacen bien. Deja de oír la risa de su padre.

* * *

Ella hubiera querido que siguieran un rato más antes de parar. Pero habían sentido muy alterada a su madre. El pueblito donde iban de chicos con sus padres estaba muy cerca. Fernanda preparaba filetes empanados y una tortilla de patata, sus padres les llevaban a su hermano y a ella a una cuesta apartada que los otros turistas no habían descubierto —solo la gente del lugar—, allí los cuatro veían atardecer juntos. Él tenía razón, no había nada malo en descansar un poco. Luego seguirían. En dos curvas más se asomaba el mar. Tenía un poco de leche y unas perrunillas, servirían para que la anciana se quedara tranquila y después las llevaría al otro sitio; él le había hablado de un hostal que conocía, donde el hijo del dueño tenía un viejo taxi y seguro podría acercarlas a donde Carmen le dijera y luego llevarlas a la estación de autobús para volver cuando quisieran.

A ella le sorprende que este hombre conozca en el presente el mismo pueblo que ella conoció de niña. El hostal al que se refiere es en el que había pensado ella, se alegra que siga en pie. Si gana tiempo, si contesta alguna de las llamadas, si su explicación es convincente, podría organizar para la mañana siguiente lo que pensaba hacer hoy. Tan solo volver a empezar como si ese día no hubiera sucedido, el taxi no se hubiera retrasado, y su extraño salvador no fuera el hijo del hombre feudal que quiso morir con una mujer siendo sierva y esclava.

Tomás ha puesto mucho cuidado. Mimos y pausa. Despacio. Ha colocado a su madre en la parte de atrás entre muchas mantas, le ha hecho un trono caliente y confortable. Conocía un apartadero, ha tenido la previsión de que la parte de atrás de la camioneta quede hacia el horizonte. Sobre una pequeña baldosa con dibujos de bellotas, ha colocado los mantecados, tiene un termo de los de antes y les sirve café con leche caliente. Todo en silencio. Ella ha sacado una gelatina para su madre, esta abre y cierra la boca de forma involuntaria, como una niña obediente. Su mamá mastica y mira hacia la lejanía, hacia ese sol que pronto querrá abandonarlos, no sin antes ofrecer toda la arrogancia de su belleza. Los azules se desvanecen en ocres que quedan atrapados por un bermejo eufórico y triunfante. La hija la limpia con suavidad. Fernanda sigue deslumbrada sin cerrar los ojos. Carmen siente que ha hecho bien, que todo tiene sentido.

Que sí, que se va a quedar un día más, que es ahí donde todo va a suceder, frente al mar. No hoy, será mañana. Tomás siente pudor al verla llorar. Intercambian puros modismos y frases hechas: «¿Está frío?, ¿quieres más?». En algún momento han dejado de usar el usted.

—Sí no te importa, tengo que hacer una llamada. Es un segundo. Mira, si ves que se pone nerviosa —le pide, mientras abre su bolso de Pandora—, sacudes esto, y verás cómo enseguida se relaja.

Tomás contempla esa bola de cristal como el objeto más extraño que posiblemente va a tener en sus manos en mucho tiempo.

* * *

Carmen baja con un salto más ágil de lo que él hubiera esperado, siempre ha pensado que las mujeres tristes en vida, no tienen un cuerpo resuelto y capaz de salir de situaciones que exigen habilidad. Prejuicio. Se coloca junto a Fernanda, con mucho cuidado; los dos miran juntos hacia el mar, su brazo se apoya sobre el de la anciana, así ella está más asegurada, no puede dejar de mirar ese fuego que ha invadido todo. La siente inquieta.

—Las chicharras —le susurra la anciana.

—Pronto las vamos a oír.

—Chicharras —insiste, como si las estuviera viendo.

Fernanda deja de mirar al mar real para descubrir al Principito y su cielo estrellado.

—El mar.

—Sí, el mar. Mire.

Tomás sacude delicadamente la bola y observa todas esas diminutas estrellas cayendo suavemente sobre la extraña vestimenta celeste del pequeño príncipe. Fernanda se ilumina, parece que toda la despedida del océano que acaban de presenciar estuviera ahora metida ahí dentro; risueña, sonríe, como si ese ser diminuto le fuera a entregar a ella la flor que lleva en la mano. Justo en ese momento, Fernanda quizás ha mirado a Tomás, él está convencido de que sí. «El mar», le ha dicho por última vez y muy despacito ha apoyado su cabeza sobre él y, sin contarle nada a nadie, se ha ido a saltar los charcos con su madre.

Siente el adiós de la anciana sobre su hombro. Presiente su muerte como cuando la cría de una oveja se le moría en los brazos sin haber tenido tiempo de saludar al mundo, sin dolor, sin rastro. Se gira sobre sí mismo para que nada perturbe su marcha. Comprueba lo que ya sabe. Con un amor infinito termina de cubrirla con la manta. Ve a unos metros de la camioneta a Carmen aún al teléfono. No imaginó la muerte con tanta sencillez. Mira de nuevo hacia la hija. Ella en ese momento cuelga, respira, vuelve la vista hacia la furgoneta, cruzan sus miradas como en el espejo retrovisor hace un rato. Siente que algo ha pasado. Sin que él necesite decir nada, ella corre y se sube rápido. La ve. Sabe que se ha ido.

—No ha sufrido. Dijo su nombre y murió.

* * *

Carmen está segura de que no había podido decirlo, hace más de dos años que Fernanda no sabe quién es su hija, pero agradece la humanidad de Reyes. Él se aleja unos metros y las deja solas. Desde la carretera, pasa un coche, el conductor ha visto en la parte de atrás de una camioneta dos mujeres abrazadas y a un hombre apoyado en un pilar de cemento que hay a un costado, le ha parecido ver a la anciana dormida y al hombre y a la mujer llorando.

SEGUNDA PARTE

9

TRAMAR

(Florecer los árboles;
en particular, el olivo)

Reyes había cubierto a su madre por respeto. El atardecer empieza a sentirse cetrino. Carmen sabe lo que hay que hacer, tantos años entrando y saliendo de la residencia dan los conocimientos suficientes. Primero, la tienen que colocar recta antes de que sus músculos se endurezcan. Después deberá llamar al 112, no es necesaria una ambulancia, solo un médico que certifique. Pero no están en una casa, están en mitad de un paisaje con música de fondo. Todo acababa de ser idílico, hace unos minutos solo olía a la mezcla del tomillo salpicado más allá de las cunetas con el aroma del galán de noche que llegaba de lejos. Es posible que le exijan trasladarla al Instituto Médico Forense para hacer una autopsia por no haber muerto en una cama. No recuerda sus apuntes, sabe que en algún momento lo estudió. Tras meses de enfermedad en casa y semanas de internación, su padre había muerto en la UCI, su hermano, tras años de remordimiento, en su habitación, y su madre en la caja de una camioneta. Cada uno con un protocolo diferente. Jonás se había ocupado siempre de todo. Hace apenas diez minutos él le hablaba por teléfono de insensatez y egoísmo. «¿Y si pasa algo, Carmen?, ¿lo has pensado acaso?, ¿sabes que podrías perder tu trabajo por algo así?, ¿no sabes lo delicada que está tu madre que la sacas de la residencia sin avisar a nadie?». No le contestó que ella quería que pasara algo, que iba a hacer que pasara algo, que ese era el plan. Su madre se había apiadado de ella, como si hubiera presentido que si seguía con vida unas horas más, a esa mujer —tan parecida a su hija— le hubiera esperado un largo camino de complejidades. «Mejor irse ya, no enredes más, Fernanda». Y se dejó ir.

—He llamado al 112. —Tomás la trae al presente.

—Siento haberte complicado el viaje.

—Aún queda algo de café en el termo.

—Gracias.

—Lo siento mucho.

Carmen había aprendido en sus pocos encuentros que el señor Reyes no se expresaba con muchas palabras. Si uno se quedara solo con el contenido de ellas, podría creer que era arisco, pero iban acompañadas de un retraimiento silencioso, tan sensible, que era a él a quien tenía ganas de abrazar y de decirle: no te preocupes, todo va a estar bien, en unas horas la muerte se irá lejos, siempre se va.

* * *

Una prima segunda de Julián había tenido un infarto en mitad de un viaje, el comerciante viajaba con ella.

—La pobre, pocas veces había salido de su pueblo, y por una vez que lo hizo, no se le ocurre otra cosa que morirse —se había lamentado a Tomás.

Por lo visto, unos meses atrás, uno de esos avispados que venden alojamientos de vacaciones, les había dado una charla en el café del jubilado sobre las bondades del tiempo compartido. La mujer picó. Ella que amaba estar a la fresca y esperar la llegada de los nietos en verano, había dicho que sí a hacerse cuatrocientos kilómetros para meterse en un piso cuatro veces más pequeño que

120

el suyo, con una enorme piscina, aunque no sabía nadar. Nunca llegó. Murió yendo al Paraíso, como se llamaba el resort.

—Menos mal que la hija de mi prima es espabilada y enseguida llamó al 112, siete horas tuvimos que esperarles, que era domingo y parece que a todos les había dado por morirse el mismo día.

Tomás siempre hace caso de las charlas con Julián, almacena datos que en algún momento terminan siéndole útiles, como en esa situación. Fue a buscar su teléfono, todo estaba enredado atrás, sus libros, la mochila de Carmen y las herramientas pequeñas que no había desenfundado. Al mover las cosas, escuchó sonido de vidrio. Pensó que había roto algo. La precaución, más que la curiosidad, le hicieron abrir la bolsa de la hija de Fernanda. Conocía esos medicamentos aunque nunca había visto tanta cantidad junta. No le incumbía, ningún frasco se había partido, eso era todo. Encontró su móvil y llamó. El trato del otro lado del teléfono fue amable y eficaz, mejor. Ahora, tocaba esperar.

Al salir, vio la mirada desvalida y demandante de su compañera de viaje. Algo entre esa mujer y él hacía que se comunicaran sin el habla, como si las palabras fueran seres innecesarios. Subió con menos agilidad que ella a la parte de atrás. Era prioridad dejar tendida a la fallecida, sino pasaría como con los animales, que quedan encorsetados y maltrechos, como si toda su vida la hubieran pasado en una sala de despiece. A la hora de la muerte no nos diferenciamos tanto. Entre los dos la fueron estirando y acostando muy despacio. Reyes recordó ese libro de mitología griega con grabados que había leído unos meses atrás. Esa piel transparente y suave era como la de una de esas náyades meciéndose sobre un estuario, como una deidad acostada entre lo dulce y lo salado, transitando a un mar que la convertiría pronto en detrito y arena.

Los hijos sin padres están terminando el ritual.

—Debería llamar al 112.

—Ya les he llamado, no es necesario.

* * *

Carmen examina su móvil, no aparta la vista, lo observa como si ahí estuvieran encerrados todos los datos del mundo, toda la información necesaria para sobrellevar el duelo y la culpa de haber sacado a su madre de su lugar, haciendo caso omiso durante horas de las llamadas perdidas de la residencia, de su marido y de su trabajo.

—Hay una aplicación de funerarias, un enfermero me habló de ella… No recuerdo dónde llevamos a mi tía, perdón, he olvidado hasta el nombre de mi prima ahora.

—Mejor descansa un rato hasta que llegue el 112. —Él le aparta con delicadeza el teléfono, ella obedece sin resistencia.

* * *

No es el rocío lo que la despierta, pero la temperatura ha bajado. «¿Cómo he sido capaz de dormirme con mi madre muerta al lado?». Su color está cambiando. Qué lleguen ya. Mira el reloj. Pensaba que habían pasado horas, apenas cuarenta minutos. Parece dormida, «lo siento, mamá».

«¿De verdad siento que hayas muerto aquí viendo ese bello ocaso deslizarse detrás del mar?, ¿siento que no haya venido un ejército de sanitarios a reanimarte e inyectarte todo lo necesario para mantenerte con vida?, ¿siento que no haya pasado todo en mis brazos como deseaba que ocurriera mañana?».

—Qué bonita estás, mamá.

Eso lo ha dicho en voz alta sin darse cuenta. Tomás está dentro de la camioneta, no cree que la haya escuchado.

* * *

Está sentado con el motor apagado, la guantera sigue abierta. Es cierto que no va con él lo que había en la mochila, pero no está seguro de que deba seguir ahí.

—Te quiero, qué guapa estás.

122

Acaba de escuchar las palabras de Carmen. Los hijos y los padres deberían quererse siempre, deberían hacer todo lo posible para no verse sufrir unos y otros. Al final toma una decisión. Sale de la camioneta evitando hacer ruido, arroja algo lejos. Espía a Carmen que sigue abrazada a la ninfa. Siente la velocidad de un vehículo y el reflejo de sus luces.

Un coche ilumina desde lejos a su compañero de viaje que está ahora al borde del arcén. Al acercarse, el auto pone el intermitente y se echa a un lado. «Son ellos, en nada nos separarán, te veré siendo cenizas, mamá».

—Te quiero —le susurra antes de que los demás las invadan.

* * *

Las preguntas han sido tan tremendamente concretas como triviales. Como si esa pareja uniformada de hombre y mujer, de edades y físicos tan parecidos, supieran de antemano todas las respuestas. Como si habiendo una mujer de más de ochenta años implicada en su propia muerte, es poco ya lo que hay que averiguar. Como si pensaran que van a comer recalentado una vez más porque en verano qué le pasa a la gente que se echa a la carretera sin pensar en el más allá.

—¿Dice que la llevaba a descansar unos días…? Lo lamento… ¿Alguna cosa más que crea que debamos añadir al parte?

—No…, nada.

Han mirado hacia Tomás como si él tuviera derecho de voz y voto. Él ha negado con el gesto, no hay otra cosa que deba ni quiera añadir.

—Ahora, voy a pedirle que se siente aquí con nosotros mientras hacemos todos los papeles, no se preocupe, ¿hay alguien más a quien quiera que llamemos?

Carmen solo piensa en Jonás, «¿por qué no estás aquí?, ¿por qué no cuento contigo?, ¿por qué no te he llamado aún?».

—No, a nadie.

Ellos miran a Tomás Reyes y a Carmen Sigüenza, dan por hecho que son una pareja que llegarían hasta el fin del mundo el uno por el otro, dispuestos a entregar el alma por él o la vida por ella.

* * *

La mujer del 112 le comparte que hace seis meses perdió a la suya, que aún pasea su orfandad por el desayuno, por las tardes o algo menos por las noches donde su mente le da un poco de descanso porque tiene que trabajar. «Qué cosa las hijas —reflexiona Carmen—, cuando se nos va el padre o la madre nos convertimos en huérfanas de todo, en cambio los hijos siguen obedeciendo al triste mandato de que no se les note». Piensa en Tomás hijo y piensa en su hermano, prefiere ser hija y mujer, mejor generaciones de sexo débil que de reprimirse.

La funcionaria está haciendo cuanto está en su mano para resolver todo el sinfín de llamadas y esperas, le pide que una vez que se lleven a su mamá, se vaya a dormir y espere hasta mañana, cuando la avisen —porque van a tardar más de un día—; le asesora cómo hacer online muchas gestiones, e incluso se sienta junto a ella y le explica, y le insiste que, por favor, esa noche duerma, que ahora van a venir muchas sin dormir y qué mejor que tomar fuerzas antes de funerales y mandangas.

* * *

La mujer del 112 se queda tranquila, no había tenido nunca claro de que le sirvió tanto duelo, ni por qué cuando murió su madre le dieron solo tres minutos para despedirse, mientras sentía la respiración de la otra mujer que compartía la habitación con ella; no se la habían llevado a otro lugar, simplemente las habían separado por un ridículo biombo colocado entre las dos camas. Ella había fijado la mirada en su madre, se había sentado muy cerca, en la esquinita de la cama. Se concentró, se dejó llevar por el aire que entraba y salía de la boca de la vecina de la habitación, hasta que se convenció de que el sonido que se escuchaba provenía del cuerpo de su madre y que era ella la que de un momento a otro iba a levantarse de nuevo.

Hoy ha descubierto para qué sirvió todo eso: aquellos tres minutos y la indiferencia recibida. Para que ahora esté delante de otra mujer y su único objetivo sea que no pase por lo mismo que tuvo que pasar ella.

* * *

No queda nadie. Solo ellos dos. Se han llevado a Fernanda. Su copiloto sigue aparentando estar tranquilo. La mujer del 112 ha sido noble y generosa con ella. La trabajadora social no ha llamado todavía ni a esposo ni a hermanos ni a familia. A Reyes se le viene el egoísmo encima, se da cuenta de que está cansado, de que no tiene ganas de regresar y llevarla a la ciudad, pero que no puede no ofrecerse. Apenas han pasado unos segundos de conciencia consigo mismo.

—¿Te importaría acercarme al hostal que me dijiste antes? Mañana, le digo al hijo, al taxista, que me lleve de vuelta, es lo mejor.

—Por supuesto —le contesta culpable y aliviado.

Al montarse y ojear su móvil, le extrañan las tres llamadas perdidas de Julián. Debería haber pasado a recoger el paquete con los purificadores, es cierto, pero no tiene sentido tanta preocupación por algo así. Es algo tarde, por si acaso decide llamarlo.

—Llevo horas tratando de dar contigo. No son buenas noticias. La pareja... resulta que averiguó que hay que madrugar y trabajar duro en el campo...

—¿Qué me quieres decir?

125

—Querer no te hubiera querido decir nada, pero no hay más remedio. No piden que les reembolses lo que pusieron, eso no.

—Disculpa —dice mientras hace un gesto con la mano a Carmen, necesita echarse a un lado y hablar tranquilo fuera de la camioneta.

* * *

Aunque la maniobra no ha sido brusca, ella se percata por sus movimientos y el tono de que algo no va bien. No estaba prestando atención a la conversación de teléfono, había escuchado un «qué dices» con algo más de volumen; dada su callada forma de hablar, en cualquier otra persona no hubiera llamado la atención, en Tomás sí. No puede evitar mirarlo a través del espejo y ver en su gestualidad que está preocupado y alterado. No va a preguntarle, es algo que no le incumbe, en unos minutos llegarán al hostal, se despedirá, le dará las gracias y dormirá. Por la mañana hablará con Jonás, con la residencia, con la funeraria, quizás con Mario y con Petra, con sus dos primas, con su superior, con un sobrino que vive no recuerda dónde, con todos, pero ahora solo quiere que ese problema que sea que Reyes tiene, no le quite más tiempo y puedan llegar cuanto antes.

El hijo de Tomás no ha podido evitar dar un portazo.

Por un silencio ella duda, se va a enrarecer todo más si no le pregunta qué pasa, pero a la vez los dos han establecido un código de —no va conmigo— que soluciona todo, el viaje, la muerte, el pésame, las llamadas y las preguntas.

—¿Estás bien?

—¿Te molesta si nos desviamos unos kilómetros?

—Claro que no —miente.

Se apoya suavemente en el cabecero para que parezca que duerme, así no tienen que hablar.

Es posible que sí se haya dormido porque en ese mismo momento está viendo en mitad de un llano un modesto pabellón de campo presidido por dos columnatas fuera de lugar. Hay un hombre que puede que tenga los setenta largos y el campo le dé la vida o que apenas pase los sesenta y esté hecho polvo. No está segura. Lleva una teba cansada de cumplir años, pero que aún le da el aspecto de ser un cazador inglés, que no de aquellas tierras. Su gesto de preocupación tiene algo de demodé y exagerado, como si estuviera en los camerinos de un viejo teatro de revista ensayando el papel de rufián sacado de algún sainete. Recibe a Tomás cabizbajo, casi con pleitesía. En esos apenas minutos se da cuenta de que se ha despertado del todo, las ganas de orinar no pueden ser más fuertes, «¿está mal entrar?, ¿aguantaré?». Reyes ha desaparecido dentro con el hombre de edad incierta. Mira el cartel que quiere dar la bienvenida, pero solo se le acerca, le da ternura el *wollceme*, pero ni eso la distrae.

* * *

No es para tanto y Tomás lo sabe. Un trabajo perdido, algo de dinero con el que contaba, aunque al menos la pareja de señoritos no se han puesto chanchulleros y no van a andar pidiendo que les devuelva el dinero del adelanto. La pareja venderá la casa, se olvidará de que un día quisieron ser labriegos, sacarán las fotos del tío abuelo, las mirarán con nostalgia, incluso con alivio. Lo que le da rabia es que le gustaba el lugar. Quería olvidarse de todo en esa finca, trabajar y cavar durante semanas junto a la falsa acacia vigía, oliendo a un mar invisible para, por la noche, tumbarse junto a la chimenea. No va a poder ser.

—Diles que en un par de días la dejo, que tengo que desarmar algunas cosas que había iniciado.

Julián ni le contesta, acaba de ver entrar una mujer a su morada. La hora, la vestimenta y el hecho de que conozca a Reyes son motivos juntos y mezclados para que resulte inverosímil.

—Disculpen, no quería interrumpirlos, es solo que necesito ir a un aseo, no sé si es posible.

—¿Cómo no va a serlo? Aquí todo es al revés, señorita, al fondo a la izquierda, también si lo desea al salir le puedo ofrecer una cerveza fría. Los amigos de Tomás siempre son bienvenidos.

Tomás y Carmen se miran. Por un momento los dos han dudado si explicarle que no lo son, se han dado cuenta en ese cruce rápido de que eso conllevaría demasiada explicación, y no es necesario.

Con educación y un gracias, la hija de Fernanda sigue camino. No puede evitar escuchar aunque no preste atención.

—¿Ya te han dicho qué van a hacer con ella? ¿Venderla o alquilar?

—No, pero seguro que vender para sacarse unas perras y así tener una terraza de dos por uno en la ciudad. Hay que joderse. En cuanto me entere te digo, ¿quién sabe?, quizá al que la ocupe le interese que hagas el trabajo.

—Por eso, avísame.

—Aquí tiene, señorita...

Julián es rápido ante la belleza y tiene ojos en la espalda, ha abierto sin opción una cerveza.

—Carmen.

—Julián.

—De verdad, no es necesario, les dejo que terminen...

—Yo creo que no hay más.

—Está todo —asiente Tomás todavía molesto.

Quedan esos tres seres mirándose, el dueño sin parar de hablar, los otros dos simulando entre cobayas disecadas y horcones colgados. Julián estaba convencido de que Reyes no andaba con mujeres y esto le extraña; a Tomás la charla acaba de desacomodarle todo el cuerpo y ella que solo quiere llegar al hostal, pero —maldita sea—, qué bien le está sentando esa birra pese a todo.

Se ha hecho tarde.

—Tenga, llévese uno.

Julián le entrega un calendario de los que todavía se dan en papel, es lo único con gusto de ese lugar, el mes en el que están tiene la foto de unas ramas en primer plano por las que se cuelan los rayos del sol.

—Son de tejo. Ten cuidado si estás cerca de uno. Las hojas son tóxicas. —Tomás le alecciona a la vez que le abre la puerta de la furgoneta.

Carmen tarda unos segundos en reaccionar. Se refiere al árbol del calendario.

—Lo tendré en cuenta… si lo reconozco. No sé mucho de campo.

—¿Le importaría dormir a unos kilómetros de aquí y no en el hostal? Mañana la puedo llevar a primera hora. No necesita el taxi.

—No puedo molestarle más.

—No es por usted. Tengo que ir igualmente —y sin más arranca.

Todo se le confunde, quiere estar ya en una cama, pero más quiere estar sola. Lo que él le ofrece es seguro, podría pasar que lleguen al hostal y que el hijo del dueño justo tenga un viaje pactado con un vecino o unas vacaciones con su mujer.

—Gracias.

10

DESTIERRO

(Lugar alejado e incomunicado)

Abre los ojos, una luz le ofende tibiamente, la causante es una ventana. A su izquierda hay una chimenea sin fuego y en el aire una mezcla de café y caléndulas. Más tarde descubrirá que el café viene de Tomás, hace una hora había preparado el puchero y pasado por el salón sin despertarla. El sofá, aunque blando y viejo, es cómodo, tiene un cobertor de flor de lis y una sábana de algodón para evitar el calor de la estación. No recuerda apenas cómo llegó a ese lugar. No por culpa de la cerveza, sino por el agotamiento de una madre muerta en la ruta, una samaritana inesperada y el singular encuentro con aquel hombre que habita entre columnas y taxidermias.

Ha soñado con la mujer del 112, o no, más bien ha reanudado la charla en sueños, se han hecho amigas en sueños, han continuado hablando de sus madres en sueños, se han seguido viendo, se han cogido cariño con el pasar de los meses, se han reído recordando sus excentricidades, se han abrazado mucho, en uno de esos abrazos la mujer del 112 se ha acercado a su oído y le ha dicho: «Almudena tiene que morir». Carmen se ha despertado de golpe. Ha dejado que el corazón se calme de a poco y entonces es cuando ha olido el café.

Mira a su alrededor, hay un extraño encanto en los lugares que llevan tantos años habitando vidas. Por lo que ha terminado de hilvanar, esa casa la heredó una pareja, quisieron hacerse cultivadores y ahora ya no la quieren, y algo hay que Tomás estaba haciendo para ellos y claro está, no es agradable tener que dejar un trabajo a medias, y ni a medias, al parecer apenas había comenzado. No tiene sentido ni querer saber más ni que le importe, solo desea tomar cualquier cosa, regresar a la ciudad, ponerse delante de Jonás, explicarle todo a él primero, comenzar con las llamadas después.

Carmen se pregunta por dónde andará su madre en estos momentos, está segura de que el cadáver deambulará de aquí para allá, de furgones a camillas, rodeada de esa gente de bien que trata con muertos varias horas al día. Son de los pocos ciudadanos que saben no aquietarse por parcas ni finales, solo cuando se trata de niños o muertes violentas, se les desbarajusta la tranquilidad. Esos forenses, expertos, agentes funerarios deberían dar charlas, escribir libros y hablar mucho a los que somos mundanos para explicarnos que es parte de todos nosotros, que nacemos con la muerte original, no con el pecado, que dejemos ir, que son pocos los que pueden despedirse de los suyos, que raro es que justo esté uno ahí, que es un privilegio los que pueden hacerlo, pero que es en sí mismo una extrañeza, que no nos sintamos culpables por el azar.

Le viene un escalofrío. Se cobija en la flor de lis. Los muros de esas casas no dejan pasar tanto el calor como el hormigón, es un respiro. Desde hace unas semanas, por la mañana temprano, estaba apretando mucho el sol. Se acuerda de la pareja, siente lástima por ellos, no se atrevieron a comenzar una nueva vida en esa casa en el campo, se van a perder darse los buenos días entre arrumacos y caricias, después él se hubiera vuelto a meter entre las sábanas aprovechando el fresco, ella habría levantado las viejas persianas de madera cada mañana sin temor a torrarse, luego se hubiera reído: «Vamos, gandul, a levantarse».

No se había desvestido de noche, solo queda seguir el rastro del café, averiguar dónde anda Reyes y enfrentarse a una jornada que no le va a dar un minuto de calma, lo mejor que puede hacer es tomárselo ahora.

Al salir de la sala de estar, ha subido un escalón, sin muro que los separe, tiene delante el cuarto que sirve para guarecer alimentos, hay también un pequeño frigorífico a gas, y una pequeña mesa de formica con tres sillas de metal y madera. A continuación está la cocina dividida en dos partes. Carmen sigue rastreando y abre la pequeña puerta que da a otro espacio donde encuentra los quemadores de gas junto a otro fogón de hierro que imagina funciona con leña. La terapeuta recuerda esa hermosura de mármol en la casa del padre de Tomás. Antes de encararse a la rata, había podido apreciar los años y belleza de la pieza, «se llevaría bien con este lugar», piensa mientras coloca el filtro de tela para que el café caiga en una taza de metal esmaltado. Quiere seguir curioseando todo como buena hija de su madre que es, pero escucha la puerta de entrada.

Reyes y ella se encuentran justo en el lugar que hace de entreacto. Él coloca varias bolsas de nylon sobre la mesa.

—Por mí, cuando quieras, podemos salir.

—¿Te importa que me lo termine? —Carmen apenas había dado un trago a su café.

Tomás abre el frigorífico, coloca un par de manzanas y un cuenco con mantecados junto a las bolsas.

—No lo tomes solo, tienes un día duro por delante. Debajo de la acacia se está muy bien. No hay prisa.

Ella más que seguir su consejo, obedece, hay algo en él que le hace sentirse una alumna de nuevo. Además es la frase más larga que ha salido de Tomás en todo el tiempo que hace que se conocen.

Al abrir la puerta, que en realidad es portón, el golpe de sol y verdor la abruman. Cuando bajó de la camioneta la noche anterior solo había seguido una vez más las suaves órdenes del maestro —dentro hay un sofá muy cómodo, si necesitas algo, dímelo—. No había mirado siquiera dónde estaban, mucho menos sospechado el esplendor que rodeaba a la casa. Por un momento se había preguntado: «¿Cómo voy a reconocer una acacia?». Hasta que la vio enfrente pasado el porche. «No es un árbol, es un guardián». Él había colocado a su vera una silla plegable. «¿Cuánto tiempo llevará quedándose aquí?¿Dos días, dos semanas, tres meses?». Le toma el testigo y se sienta. Da pequeños mordiscos a una manzana como si no quisiera terminarla nunca. Mira a lo lejos hacia esa nada llena de cielo, da un sorbo, escucha lo que parecen gorriones, ha apoyado la taza sobre la hierba y ha usado el mantecado a modo de tapa, ha tenido cuidado de no aplastar una amapola, sonríe sin saber por qué, no debería, su madre está muerta.

Ahora que está debajo de la acacia siente su fragancia, la copa es inmensa y las flores exóticas y atrevidas, «¿quien se habrá animado en su día a plantarte aquí?», se pregunta a la vez que escupe el mordisco de la manzana. Casi un vómito, una arcada. Acaba de sufrir un fuerte fogonazo en la sien como el de una cámara de fotos antigua. Peor. Como si alguien la hubiera alumbrado en la retina con una lámpara de mil vatios a la vez que le incrustaba un puñetazo en la clavícula. Intenta atrapar la imagen que le viene, de eso se trata todo esto, algo hay en ese edén que ha revolucionado un cerebro que le dijeron estaba muerto. Toma aire con urgencia. Al aspirar el néctar con más fuerza, le sobrevienen más destellos, no acierta a vislumbrar qué es lo que su mente ve, pero no es capaz de mantenerse erguida. Se queda inmóvil, aunque casi tira la taza.

Se apoya en el tronco. En ese momento ve sus pantalones atados a otro árbol igual, la policía le había mostrado aquellas fotos, los agresores se habían divertido haciendo un nudo con sus vaqueros alrededor de un tronco. Su mente está reviviendo ese momento, no los está viendo atados como en las imágenes policiales, lo que está recordando es el momento en el que unas manos están enredando las piernas de sus jeans hasta que consiguen que queden atados, «¿cómo es posible?».

Se queda en cuclillas. Los flashes se han ido. No se siente temblar y aun así ha quedado exhausta. Con la mano coge el mantecado por inercia y mastica como si fuera parte de la comida de un pesebre que está forzada a terminar. Sus mandíbulas engullen en silencio como las de una vaca pinta y sus ojos tienen el triste lagrimal de una.

Con cuidado se sienta de nuevo, traga el café ya frío. «¿Qué ha pasado?».

La sombra de Reyes la sobrepasa, verla a tiempo hace que no se asuste.

—Ya estoy, gracias.

—¿Siente el olor?

—¿Olor?

—Estas acacias solo se dejan oler si estás debajo, en cuanto das un paso se pierde.

—Es ella la que huele…

—Ella…, sí.

Tomás coge la taza para llevarla adentro.

—¿Alguna cosa más?

—No, salgamos ya.

Los detalles, los necesita. Son su escape. Carmen recurre a ellos en la autovía, va fijándose en cada cartel, los kilómetros, los nombres de los ríos, «¿tantos hay?», los avisos de precaución, la guantera de Tomás donde ha colocado una cantimplora, «¿habrá estado en el ejército?», la crema de manos en el compartimento del costado, «¡qué extraño para un hombre de campo!, alguna novia se la regaló y ahora no quiere deshacerse de ella», hay un calendario enrollado a sus pies «seguro se lo ha dado también aquel hombre», su mochila está junto a ellos. Más señales en la vía alertan de que no te quedes dormido, de que tomes un descanso si lo necesitas. «¿Querrá descansar?».

—Si quieres parar, por mí no hay problema.

—Preferiría no hacerlo, pero dime si tú lo necesitas.

—No, estoy bien.

No estaba bien. Había prácticamente secuestrado a su madre, su marido no sabía nada, el hijo de un demente estaba siendo su salvador, su mente había tenido un resquicio de algo que ha podido ser un recuerdo del peor momento de su vida y a sus pies están todos los frascos de la prueba de que iba a ser capaz de terminar con la vida de Fernanda, la mujer que más había querido en su vida, por ser su madre sí, pero sobre todo por ser ella. No puede más.

Recuerda el agua en la guantera. Con cuidado decide tomar uno de sus calmantes y dejar que el sopor y la química hagan su trabajo. Rebusca en el bolsillo derecho donde los puso. Al palpar siente dónde están y los coge, va a cerrar la cremallera y al sujetar con la otra mano para ayudarse se extraña; el peso, lo que hay dentro pesa mucho menos. Contiene el aire. Con precaución abre la mochila sin alertar demasiado a Reyes, como si simplemente estuviera buscando un bolígrafo, introduce la mano, hace más movimientos circulares con ella, siente el acelerón de su angustia, un pálpito que no sabe cómo controlar, «¿dónde están?».

—Me pareció que se había roto algo y los vi por error, pensé que era mejor que no estuvieran ahí cuando llegara el 112.

Carmen se abraza a la mochila como si los brazos de su madre estuvieran en ella, es real que no puede más, no es capaz de mirar a Tomás de tanta vergüenza que siente. La aprieta con más fuerza.

—No le di nada.

—Lo sé. Solo los arrojé lejos por si acaso. No te preocupes.

El otro samaritano no quiere incomodarla dirigiendo el gesto hacia ella, aun así no puede evitar contemplar el reflejo de su angustia llorando en el espejo. Vuelven a ser los ojos de una vaca angustiada, ahora ruegan clemencia.

Una llamada interrumpe todo. Ella contesta ansiosa.

—Lo sé..., estoy yendo para allá. No vi tus llamadas, perdona. No, no está bien, murió anoche.

Carmen toma aire a la par que Jonás del otro lado. Tarda en proseguir.

—Sí, estoy bien, sí, de veras que sí..., necesitaba dormir unas horas... No, no les he dicho nada aún... porque no, no podía..., estoy calmada, sí, voy a casa... me están llevando, luego te cuento todo, por favor, ahora no, por favor Jonás, en casa... No, no hagas nada, solo necesito una ducha... Yo también.

Finalmente Tomás la dejó en la funeraria, había decidido tomar las decisiones del funeral sin su marido: el tipo de flores, ataúd abierto o cerrado, madera del féretro, los hay también ecosostenibles, ¿cuántas horas la quieren velar?, ¿quieren descanso al mediodía?, ¿un día o dos?, ¿un día y medio?, la esquela, ¿qué nombres quiere poner?, ¿desea mencionar entre los familiares a los fallecidos?, ¿va a haber misa o no?, ¿alguna canción que quieran poner de fondo?, se puede elegir sin nada, hay un *mail* para el envío de condolencias, al terminar todo, le mandarán una copia con todos los nombres y lo que han escrito, le comentan la temperatura que tendrán durante el sepelio y si está de acuerdo, ¿un número de cuenta o una tarjeta para hacer todos los cargos?, ¿tenía un seguro?, ellos pueden comunicarse directamente.

«¿Por qué no fui a casa antes, por qué no está contestando Jonás a todo, si sabe más que yo de ella y de mí?».

Lo está dejando irse, está permitiendo que todo su matrimonio ruede sobre sí mismo como una peonza, luego lo empujará escaleras abajo, todo lo que va a quedar es un revoltijo de miserias y cambalaches. Todo el amor y las palabras no dichas, les contemplarán desde lo alto.

—¿Sufrió?

—No.

—¿Qué te han dicho en la residencia?

—Voy ahora.

—Vamos juntos a la funeraria primero.

—Vengo de ahí.

Él traga saliva, no es cosa de compañero malherir más al herido, ni afrentar más al que sufre, su pareja acaba de perder el otro amor de su vida que era su madre y aunque quiere desnucarla sin hacerle daño, gritarle sin elevar la voz, zarandearla sin sujetarla por los hombros, contener y ayudar es lo único que está en su mano si quiere salvar todos esos escombros que andan repartidos por la casa, armar con todos ellos un castillo o una vieja fortaleza y encerrarse a vivir los dos juntos, sin foso, sin río, sin torres, sin rejas, pero guarecidos del mundo, lejos de él, solo así, fortificados, rendidos y unidos podrán volver a ser Jonás y Carmen.

—Te acompaño.

—No, tengo que hacerlo sola.

Jonás ve derrumbarse la fortaleza antes de levantarla. Fernanda llamaba Almudena a su hija. «Es mi muralla —decía—, escribí un libro con su nombre». El marido contempla a su mujer, la ve colocar una piedra encima de otra; ha construido las torres, los antemuros, el muro de contención, pero no ha dejado lugar para ninguna puerta. Se ha amurallado y se ha quedado dentro sola.

* * *

Quería haberse quedado ahí. Está cansado de una vida que siempre toma las decisiones por él. Pudo zafarse muchas veces de la decisión de ser un nómada, de dejar los amores a un costado de la carretera; aun así, no deja de sentir que los planes no los organiza él. Había decidido hacer un duelo sin tristeza en ese hogar de otros. Se había encariñado con esa casa en mitad de un prado y aquel árbol fuera de lugar. Hasta ese olor a mar osado y falso le sentaba bien. Menos mal que a la mujer no le había importado dormir ahí, por un momento llegó a temer que la confusión que produce la muerte, la verborrea de Julián y el amargor de la cerveza iban a ser el reclamo para que ella decidiera apoltronarse en esa nave. El tratante no tenía ganas de soltar a su presa, hasta se había sentado por unos minutos en ese butacón que tiene de cebo a la espera de que alguno se caiga, hubiera sido cosa del karma, que justo delante de una mujer hermosa, él se hubiera despatarrado por los suelos. No pasó, será en otra ocasión. Después de todo, lo que la huérfana emanaba era un desaliento sin fin. El cansancio se había alimentado de ella en las últimas horas como si un roble de cien años se le hubiera anidado dentro y cada una de sus raíces estuviera nutriéndose de su savia. Se había enraizado también en sus manos, en los pliegues del cuello y en las comisuras, pareciera que durante los últimos kilómetros la hubieran dibujado a trazos con carboncillo y bocetado diez, veinte años mayor. No cree que ella recuerde ni cómo habían llegado a la casa. Le explicó dónde estaba el sofá, las sábanas, una colcha doblada en un rincón, que se podía encender la chimenea porque a la noche refresca y algunas mañanas, pese a la época hay rocío, difícil que hubiera escuchado nada, y bien que hizo. Él decidió dormir en ese cuartucho con retrete fuera de la casa donde le habían pedido que durmiera. Menos mal que no hizo caso a los dueños. Más cabreo tendría ahora contra ellos. No le molesta que se hayan echado atrás, lo que más le enoja es que una parte de él estaba convencido de que eso iba a ocurrir. Un fin de semana vas al campo, te enamoras del júbilo de tanto verde, de todas las fragancias que te llevas en la maleta, pero, cuando la abres en casa, en su lugar encuentras hojas mustias y hormigas que te han entrado por toda la habitación.

Le gusta despertarse antes de que el sol asome. Se ha olvidado de que no está durmiendo junto a la chimenea, hay una mujer que fue la última en ver vivo a su padre, que está en su lugar. Vacila si entrar y poner a hervir el café o ir directamente a recoger los pocos útiles que había dejado esparcidos por el campo. Al final abre con mucho tiento, no quiere interrumpir los sueños de quien acaba de perder a una madre. Ni siquiera mira hacia el costado para no cruzar de nuevo la mirada con ella en caso de que esté en vela, no olvida aquella vez en su oficina con el grupo de cuervos presentes.

Le gusta dejarlo a fuego suave unos minutos. Mientras espera, en esa tranquilidad, deja entrar el recuerdo de Fernanda.

«Qué generosidad morirse así, sin un adiós que agrave todo, sin cogerle la mano con fuerza, sin discursos, sin memoria, sin consejos, sin despedidas».

De algo está seguro, su hija hubiera dado todo por estar en su lugar. Pero no, la vida lo puso a él. Se cruzaron sin pedirlo ni saber por qué.

Con mucho tiento sale de nuevo.

La albizia no es común en esa flora, por algún capricho, el antiguo dueño, el tío de aquella chica que había sucumbido a la ciudad, la habría plantado ahí, o pudo ser azar del viento, eso también, un árbol que gusta de ser libre. Su copa en forma de parasol, amplia y elegante le había invitado a sentarse junto a su tronco el primer día, su soledad a hermanarse, había colocado una silla que llevaba siempre en la parte de atrás y cada día ha visto amanecer desde ahí.

Deberían salir pronto, está intranquilo, va a aprovechar y recoger la cocina. Entra con la misma estrategia, sin mirar hacia el sofá, por eso se sorprende al encontrársela junto a la alacena. Esa vejez repentina hace que se parezca más a su madre. Continúa débil haciéndose la fuerte. Ella se ha servido un café. Mejor que coma también, no quiere paradas en el camino.

—Hay fruta en el frigorífico, debe de haber algo más, coge todo lo que necesites, luego tengo que desenchufarlo, es de butano, no quiero dejarlo encendido.

—No tengo hambre. Una manzana, quizá. ¿Te importa si me lo tomo afuera?

—No, claro. El tiempo que necesites. Junto a la acacia estarás bien.

Mejor así. No sabe bien de qué hablar con ella ni cómo estar en su presencia.

Se fija que ha vuelto a doblar de nuevo la colcha, ha dejado todo tal cual estaba, es de agradecer una persona cuidadosa. Tomás se sienta y mira hacia la chimenea, si fuera de él le daría una buena limpieza, el tiro a los pocos días de usarla había empezado a dar problemas y las baldosas enseguida se han puesto negras, le agradan, pero estarían mejor en otro lugar salvaguardadas del hollín. Pondría a un costado un buen cesto para guardar leña, no ahí tirada sin más, llenando todo de polvo, dejaría unos cuantos leños para tener durante toda la semana y aliaga seca colgada de un costado para hacer fuego con rapidez, bien alejada de todo para no pincharse. También cambiaría el refrigerador, mejor uno eléctrico, si no tienes que estar abriendo poco la puerta, con cuidado de que ningún paisano te regale una cesta de albérchigos o brevas, que en cuanto lo llenas mucho, no enfría bien.

No sabe por qué anda haciendo planes, tiene que llevar a la ciudad a su sustituta, regresar, sacar un par de cosas y acercarle las llaves a Julián. Le mintió a ella con lo de que tenía que hacer unas gestiones, solo que no quería complicaciones, era más sencillo todo así, ocupándose él y no dependiendo de un taxista que unas veces lleva el taxi, otras limpia los cuartos del hostal porque su madre murió y su padre lleva años quejándose de ciática, ¿a qué molestar con prisas?, la lleva, la deja donde le pida y se despiden. Han pasado bastante más de unos minutos, sale confiando que Carmen haya terminado el café.

—No sé si ha notado el olor.

—¿El olor?

—En realidad es una albizia, huele cuando estás debajo, si te alejas, el perfume a néctar se pierde.

—Ah, es ella la que huele.

—Ella... sí.

La nota pálida, comprensible, hace unas horas que su madre ha fallecido en brazos de un desconocido en mitad de la carretera. Ve la taza en el suelo, la recoge, sin preguntar decide llevársela.

—Si pudiéramos salir ya —le pide ella.

—Claro.

Reyes agradece que ella también se quiera marchar. No quiere permanecer más en un sitio del que no puede encariñarse. Echa un último vistazo a todo. Cierra bien las ventanas, justo, antes de salir, se da cuenta de que hay una miniatura de una diligencia colgada en la esquina de la entrada, está sobre un pequeño estante que la sujeta a casi dos metros de altura, parece hecha con pinzas de madera, además de cuerdas, muelles y trozos de hierro, «¿cómo no la he visto antes?», le dan ganas de coger y llevársela antes de que las gentes que compren aquel lugar hagan lumbre con ella, a la vuelta se lo piensa.

El viaje transcurre como los dos han decidido, en silencio. Apenas hay tráfico, el trayecto será más corto. Está pendiente de las señales. La tranquilidad le permite fijarse en un pequeño fuego unas hectáreas a lo lejos, qué manía siguen teniendo de quemar rastrojo, «no aprendemos», se lamenta Reyes. Su copiloto mira hacia afuera como si en el cristal salpicado de polvo estuviera dibujado el reflejo de su madre.

Cuando la ve coger la mochila recuerda la noche anterior. Entre idas y vueltas ha olvidado que había visto la lidocaína inyectable primero y el propofol después, sabía bien lo que era aquello, hace un par de años había viajado más al norte a ver a un amigo, lo habían empleado entonces para dormir a su mastín y poder curarle una pata, al terminar le había regalado unas dosis para que durante un tiempo pudiera dormir a su padre los domingos, mucho más seguro que el clonazepam; varias veces había pensado que se le fuera la mano y terminar con la alimaña y toda su inmundicia. Nunca se atrevió, no por caridad, solo faltaba que además terminara en una prisión por culpa suya.

La trabajadora social está muy nerviosa, con razón.

—Disculpa. Me deshice de ellos antes de que llegara el 112.

No tiene sentido guardarse la información. «¿Qué va a hacer ella?, ¿reñirme como a un chaval?, ¿enfadarse?».

Llorar.

Se siente como un bebé gateando risueño alrededor de su madre en llanto que no entiende por qué ha traído un hijo al mundo si no sabe cuidarlo.

—No hice nada.

—Lo sé.

Afortunadamente una llamada interrumpe la incomodidad y la desdicha infinita. Ella habla muy bajo, alterada. Se siente la censura del otro lado. O es un hermano o un marido. No va con él. Queda menos para llegar. Se despedirán en menos de una hora y habrá pasado todo.

Ella le ha pedido ir a otra dirección, ha decidido ir directa a la funeraria; esta vez no se ofrece a ayudarla, ha sido suficiente para ambos. Sería un exceso querer estar más tiempo en la vida del otro.

Cuando ya estaban cerca, ha estado a punto de cuestionarle: «Es imposible que mi padre dijera "mi hijo" antes de morir, ¿por qué me mentiste?, ¿qué dijo en realidad?, ¿nada?». Al final se ha callado porque entonces ella debería haber replicado: «¿Por qué me has mentido también?, mi madre nunca susurró mi nombre». Vaya par de atroces mentirosos. La piedad, solo eso.

Después de dejarla, sin pensarlo, casi por inercia, ha aparcado debajo de la casa de su padre. No lo piensa, sube directamente. Le cuesta reconocerla. Los servicios del ayuntamiento la arrasaron. No los culpa. Hay ventanas que no recordaba que estaban ahí, la luz y el olor a desinfectante lo desorientan tanto como cuando vio a su padre higienizado en la residencia. Han bañado, afeitado, fumigado y esterilizado el piso, la caverna es ahora la vivienda de un vecino más. No recordaba que la cocina fuera tan grande, conserva algo de antaño y la sobriedad propia de una época que ni él ni su padre vivieron. El espacio ha resurgido para apropiarse por fin de la labor que le fue encomendada. Dos hermanos compartiendo piso, una viuda con su hijo adolescente, un matrimonio de jubilados que quieren un cuarto más para que los nietos se queden a dormir, un solitario que guste de espacios amplios, muchas son las familias que podrían comenzar ahí un nuevo tramo de vida. Él no.

Va directo a la ferretería, conoce el barrio mejor que nadie. Posiblemente el vendedor repeinado con colonia sabe quién es, o todo está en la cabeza de Tomás, que siente que son muchos los vecinos que lo reconocen. «Ahí va el hijo del enfermo, el que lo abandonó».

Con juicio o sin él, el hombre le ha indicado bien. Apenas tres minutos de caminata y está dentro de la inmobiliaria. Había tomado antes unas fotos con su móvil. Describe las habitaciones, las dimensiones, las características, le explican que no lo pueden evaluar sin verlo.

—Un precio —insiste. La joven agente no lleva tanto tiempo trabajando como para haber aprendido a eludir esas peticiones. Le termina dando una aproximación.

—Sobre doscientos cincuenta, posiblemente más.

—Podría aceptar doscientos. ¿Tiene algún posible cliente?

Antes de que la chica abra por tercera o cuarta vez la boca, de un pequeño cuarto sale una mujer que le dobla la edad y que sabe detectar un buen negocio en cuánto lo escucha a través de las paredes. Tiene algunas migas en el cuello de la camisa que se sacude sin reparo.

—Disculpe, me ha pillado echando un bocado. Por supuesto que tenemos. Si no está lejos, me puedo acercar ahora con usted, hacer unas fotos buenas y mandárselas hoy mismo a unos compradores que están buscando algo parecido en la zona ¿le importa mostrarme las que ha hecho? No te molesta que vaya yo con él, ¿verdad, cari?

Eso buscaba Tomás. Un tiburón macho o hembra. Lo tiene delante. La joven acostumbrada a las mordeduras, sonríe y se hace a un lado. No es que le importe demasiado, su padre le ha dicho que se prepare muy bien, que le va a conseguir un local para que pueda ponerse por su cuenta. Entre tanto ella observa a su compañera y aprende en qué no quiere convertirse, también examina a quienes llegan, como ese hombre hoy, espera, que si un día tiene que vender la casa de sus padres, no sentirse ni tan indiferente ni tan necesitada.

11

ABERRAR

(Desviarse, perderse, andar errante)

Al entierro de Fernanda ha concurrido mucha gente querida, «cuántas personas te querían, mamá», agradece la hija. Así queda supeditado el amor en vida al número de presentes en tu cortejo. Lo que no se explica es cómo se habían enterado. Ha descubierto que son muchas las personas que siguen consultando esquelas. No recuerda haber leído una en su vida, pero seguramente tenga que ver con la edad, en apenas cinco, quizás diez años, querrá saber quién se ha muerto y por qué, no leerá información política, ni columnas ingeniosas, solo buscará las edades de los fallecidos y a quién dejan atrás. ¿Cincuenta años?, ¿qué mujer se muere con esa edad?, ¿tenía hijos?, ¿algún médico no hizo su trabajo?, ¿la sobreviven sus padres?, ¿supo antes de morir que se moría? Esas son las muertes que más daño le harán, no los niños, no los viejos, sino esas vidas a mitad de todo, con familia y amigos en todas las direcciones. De chico, es contra natura, sí, pero no has dado tiempo a que se te recuerde. De viejo has hecho y vivido mucho, te lloraremos, pero cumpliste tu ciclo.

—Ha dejado de sufrir —le dicen a Carmen cuando le dan la mano. En realidad, al hablar de sufrimiento están haciendo alusión a la hija, no a la madre, a la cuidadora, a la que han visto empujar la silla de ruedas o salir en su busca desesperada en mitad de la noche.

Le siguen estrechando los brazos, los labios, los ojos, el pulso, el roce, los oídos, las caderas, estrechan todo el cuerpo para transmitir sus condolencias. Jonás, cálido y triste, se ha abrazado a ella un tiempo interminable. Antes de ir hacia el cementerio ya lo había hecho, privadamente, en silencio. Le hubiera gustado el aviso, que antes de acercarse a ella y rodearla con esos dos brazos vivos y tiernos, le hubiera advertido: «Te voy a abrazar por un largo rato, porque te quiero, porque nos queremos, porque no podemos más». Se quedó ahí tanto tiempo que ella intuyó que no era un adiós a su madre, era un adiós a ellos, a los que lo fueron todo. No son lo mismo las parejas que viven en la trinchera que las que no, las que vivieron la muerte de un hijo que las que no, las que vivieron un exilio que las que no, las que vivieron una violación que las que no. Han permanecido ahí, el uno en el otro, sintiéndose tan solos que ni siquiera un llanto de días y años hubiera calmado nada. Carmen y Jonás se han dado la mano y han ido juntos a despedir a Fernanda y despedirse ellos. ¿Cuánto tiempo más?, ¿dos horas después del funeral?, ¿dos días?, ¿dos meses? No fueron nunca cobardes solo asustadizos, tampoco hipócritas. Por eso hay que hacerlo ya. Cuanto antes.

En su huida constante del ahora, Carmen escucha el discurso de su prima, a la vez que su mente intenta descubrir de dónde viene ese olor a miel.

El nuevo jardinero del cementerio conoce de plantas y de ciclos. Había pedido permiso a su jefa unos meses atrás y conseguido semilla de alisium, después bordeado algunos panteones con ellas. Habían comenzado a crecer las flores blancas, las abejas se sintieron como en casa, pronto polinizarán y traerán de vuelta los crisantemos y los claveles. Hay personas que no son nadie, que no dicen nada y que nos dejan un rastro de amor sin que lo sepamos. El nuevo jardinero era de algún país dominicano, gracias a una mujer con el mismo trabajo que Carmen, había conseguido un alquiler y convalidar su título, no es que los ingenieros agrónomos sepan de cementerios, pero sí de alquimias y plantas.

Ahora él estaba regando unos rosales unos metros más allá. El olor al aliso florecido se sentía desde ahí. Ve que la mujer a la que todos abrazan, se abanica mientras busca algo entre los arbustos y los bordes de piedra de los nichos. El centroamericano está seguro de que ella ha sentido el perfume. No hay un sacerdote con ellos, extrañas costumbres del Viejo Mundo que no le molesta. Nadie ha cantado tampoco, apenas lloran. Desde la distancia ve unos versos escritos que no alcanza a leer y dos fechas inscritas en la placa de una lápida, sin ser vieja esa Fernanda había vivido su tiempo. El joven observa un rato más, decide irse a plantar un poco de romero.

—¿Qué era eso que olía tan dulce?

El ingeniero venido a jardinero había olvidado al cortejo, por eso no se esperaba que la mujer más besada del cementerio acudiera a él al terminar.

—Le llaman ramito de novia o flor de miel, o espuma de mar, o aliso de mar, es esta que ve en las esquinas, lobularia es el nombre más formal. Siento mucho su pérdida.

—Gracias. —Carmen quería agradecer no tanto el pésame, sino que se hubiera tomado el tiempo para explicarle.

Ella se ha alejado unos metros para tomar aire. Desde ahí cela a la comitiva. Jonás está hablando con una pareja, no acierta a recordar quiénes son. Va a su encuentro. La mano de su marido rodea a peso muerto su hombro izquierdo. Muerto, todo muerto. No le había contado a él nada de las imágenes que le vinieron debajo de aquel árbol cuyo nombre ha olvidado. Al despertarse por la mañana y darse cuenta de que no podía recordar el nombre, estuvo tentada de llamar a Reyes y preguntárselo, «¿qué hubiera pensado ese extraño ser tan lleno de soledad como de remordimiento?, ¿que estaba tratando de mantener algún vínculo con él?, ¿que se siente atraída y quiere hacer el amor en aquel sofá desvencijado con la ventana abierta dejando entrar el olor a manzanilla?». Ni por asomo. Jamás le han cautivado nada los hombres rudos, menos los que abandonan padres, ya tuvo un hermano, no necesitaba más. Pero le apremia recordar qué árbol era.

—Disculpa que te haga otra pregunta, hay un árbol que huele dulzón cuando estás cerca, si no no, ¿no sabrás cuál puede ser?

—Quizás un tilo, pero esos huelen por todos lados, no solo cerca.

—No, un tilo no. No importa. Es uno que vi hace poco y me gustó.

—¿Cómo era?

—Normal. Bueno, tenía unas ramas con flores como con pelusa, como unos plumeritos redondos.

—Esa seguro que es la acacia de Constantinopla. El árbol de la seda.

—¡Acacia! Ese. Ese es.

El dominicano se dispone a darle una charla sobre las características de la especie, que le llaman acacia sin serlo, pero nota que ella justo ha alzado la mirada hacia quien parece su pareja y todo el iris se le ha nublado y llenado de claroscuros. Mejor dejarla.

«Necesito encontrar una acacia, el mundo debe estar lleno de ellas», urde Carmen mientras deja que su marido la abarque con su brazo derecho esta vez. Siempre obediente ella. «Mamá, estás bajo tierra» qué pensamiento tan punzante para atreverse a poner en voz alta. Jonás ha sentido el temblor de la mujer que ama. La ha asido con más fuerza como si eso fuera suficiente.

—Me han llamado del ayuntamiento. Se han reunido con la directora de la residencia. Mañana tengo que ver a mi jefe a primera hora.

—¿Te han adelantado algo?

148

—No.

—¿Van a despedirte?

—No lo sé.

—No lo entiendo, Carmen..., ¿qué pensabas hacer?

—Basta con que yo lo entienda. Voy a saludar a mis dos primas.

—Te espero.

—No.

—Sí, te espero.

Quiere bramar: «¡Déjame sola!», pero ¿quién ha visto discutir en el camposanto? Puede que en una iglesia, en hospitales, en coches, en cruces, dentro de una tienda, en aduanas o en un ascensor, pero nunca había presenciado gritos en un cementerio; las tumbas o los panteones lo silencian todo, hasta la flor deshojándose de su matrimonio.

En vez de gritar, le acaricia la cara y asiente. A Jonás sus dedos se le clavan, no porque ella no haya hecho el gesto con suavidad, sino porque sus dedos tienen tanta aspereza como tierra hay sobre Fernanda. No saben qué hacerse ni decirse.

—Mejor te espero en casa. Hace mucho que no os veis.

—Podemos tomar algo todos juntos un rato —propone ella, esperando la negativa de él.

—¿Quieres que vaya mañana contigo? —Ni siquiera le dice no.

Ella no responde a una consulta tan poco común en él. «¿Venir conmigo?, ¿acaso necesito un guarda?, ¿un protector?».

—No me esperes despierto si estás cansado.

Se abrazan como si fueran ellos los muertos. Los que están en ese nicho. Su matrimonio yace con el epitafio: no supimos querernos más.

Esta vez sí que bebió alcohol con sus primas, son de segundo grado, pero durante años crecieron juntas y eso las llena de cariño al verse. Empezaron a recordar estupideces, la una juraba que le había pasado algo a ella, pero la otra daba datos asegurándole que no, y entre medias, tequilas y brindis por ellos, por todos los que se fueron. Carmen provocó posponer su llegada lo más tarde posible, así él estaría dormido y por la mañana se iría a primera hora a la reunión para escuchar la sentencia y a la vuelta, ¿qué? En algún momento Jonás y ella tenían que parar la vida, mirarse y enfrentarse. Todavía no.

El jefe que le habló años ha de la gangrena y las balas no ha usado metáforas esta vez. Echarla es complicado por papeles, por su puesto, por cómo son las cosas, pero no quiere verla más, le pide que se tome todas juntas las vacaciones, más todo lo que le deban, que no vuelva en dos meses, o en tres, que la va a obligar a estar solo en oficinas y no va a tener permitido nada de lo que viene haciendo hasta ahora.

—Vas a aburrirte hasta que me pidas tú misma el despido, me parece que es lo justo, ¿qué pensaste?, llamaron a la guardia civil, creyeron que tu madre se había perdido, más de catorce llamadas que no contestaste, ¿sigo?, ¿me vas a contar qué se te pasó por la cabeza?, ¿pensaste que saltarse todos los protocolos y los permisos le está permitido a la gente como tú? Sí, la gente como tú, no me mires así, he dicho bien, a mujeres que habéis sufrido mucho y ahora os creéis con el poder de no dar ejemplo, de no cumplir normas, no ser disciplinadas, por no hablar de ser compañeras. Porque has podido poner en riesgo el trabajo de otros con tu estupidez. ¿O te crees que no sé que has necesitado ayuda de dentro? Voy a hacer la vista gorda a eso. Sal de mi oficina. Vuelve en dos meses. A partir de ahora, todo a través de Beatriz Miranda, te va a sustituir ella, no quiero verte más.

En otro momento se hubiera hundido. Es el trabajo que ama. Cuando todo se desmoronó un año atrás, ayudar a otros le había salvado. Aunque no pudiera hacer mucho, aunque su granito de arena hubiera caído en un océano gigante como todo el planeta, aun así, había sido capaz de sujetarse a ese hierro candente, lo había hecho dando volantazos, ardiéndose por dentro aunque las palmas de sus manos no mostraran heridas. Solo

Jonás había sido capaz de sentir la costra de sus quemaduras y había intentado curarlas.

Como si de una epifanía se tratara, en ese mismo momento se percató: Jonás había sido y era su único salvador.

Decidió ir corriendo a casa, sentarse en el sofá y esperar a que él llegara, pedirle que se acercara a ella y preguntarle ¿qué nos está pasando?, ¿qué podemos hacer? Se había propuesto salvar a Jonás y a Carmen.

Llevaba más de treinta minutos sentada en el extremo del sillón verde aterciopelado cuando la vio. Estaba tan absorta en la puerta de la entrada que no había girado la vista hacia la mesa. Tenían una pequeña bandeja de vidrio pintada de flores silvestres donde durante mucho tiempo se habían dejado notas divertidas, ridículas, amorosas, después ya solo algún recado o advertencia de hogar, pero esta vez lo que había era una carta. Su marido es uno de esos seres extraños que siguen escribiendo cartas, le gusta enseñar a los chicos cómo hacer una y tomó la decisión de predicar con el ejemplo. Carmen la tiene en las manos, el papel roza las inexistentes ampollas de sus yemas abiertas. Permanece quieta sin abrirla, no está dentro de un sobre, pero aun así tiene que desplegarla para poder leerla.

No sabemos cómo seguir juntos Carmen, no sé cómo estar contigo, no sé ayudarte, no sé mirarte, solo te hago daño. Siento la cobardía de este acto, una carta, sí, más tramposo no se puede. Si te digo adiós a la cara, no te lo podré decir nunca. Veámonos cuando pase un tiempo si podemos. Cuando la vida nos traiga una tregua y sepamos cómo hablarnos. No puedo ahora. Algún día me dirás que la persona que más te decepcionó en la vida fui yo y tendrás razón. Creo que te amaré siempre y tú también. Estamos tan cerca de empezar a despreciarnos. Lo sé por cómo me miras. Porque ya no cuentas conmigo. Porque en el día más cruel de tu vida no estuve para ayudarte y en el más doloroso preferiste los brazos de un desconocido y lo entiendo. No te hagas daño tú tampoco. Mereces todo lo mejor, los dos lo merecemos.

Dime un día que no vayas a estar. Pasaré a recoger algunas cosas y te dejaré las llaves. Sé que nos quedan muchos papeles por delante, tal vez no tantos, hagámoslo todo después de un tiempo.

Por favor, cuídate mucho. Jonás

Tenía razón. En todo. Eso no evitó el alarido que sintió dentro, sus tripas aullaron con un grito de años, con asco, con calambres, con tanto miedo. No podía verse caminando sin él. Su lengua estaba pastosa. Fue corriendo a beber agua. Tres vasos, sin parar. Necesitaba quitarse el acervo sabor de la boca. Se sujetó a la jarra primero, la tiró con tanta fuerza después que rajó la encimera de granito, no fue mucho, pero el estruendo provocó que se asustara de sí misma. Se quedó colgada sobre el fregadero, abrió el grifo y dejó que cayera el agua sobre su cuello. Sentía la punzada de una mialgia llegándole por la sien sin pedir permiso. Recordó sus vaqueros, el olor de la acacia, la piel negra de su marido, los copos azules cayendo por encima del Principito, los frascos en su mochila, la sonrisa de Fernanda, la acacia de nuevo, el olor a miel en el cementerio, la carta, el pene erecto de Tomás padre que no había visto y aun así sentía ahora en su mano, no eran uno, eran muchos falos, sus ampollas hierven, el semen corre por ellas y hace que se abran todavía más, todo su cuerpo se ha mutilado, más agua para dejar entrar el aire, es posible que muera esa misma noche, no va a poder soportar tanta repugnancia, no puede más de pena ni de duelo, ¿por qué mierda Tomás tiró los medicamentos? Quiere tomarse todo, quiere morir y no sabe cómo, quiere recordar y no puede, y otra vez la acacia, y otra vez la miel, y más agua.

* * *

152

En solo tres días habían mostrado la propiedad varias veces. La mujer de la inmobiliaria lo había convencido de no bajar el precio de golpe y usar esa baza para negociar. Tenía su permiso de antemano para rebajarlo hasta cincuenta mil: jauja. Al parecer había dos posibles compradores, pero quería discutir con él antes las condiciones, uno daba más dinero, pero necesitaba tiempo, el otro quería hacer la operación lo más pronto posible, ofrecía menos, bastante menos, pero no dependía de bancos y ni siquiera quería el paso previo de arras, sino firmar ya. Tomás tenía muy claro que lo segundo, pero la mujer tiburón le insistió en que, por favor, revisaran todo antes y mejor, esa misma tarde, después, si acordaban, podían firmar una señal importante en caso de que todas las partes aceptaran no llevar a arras, algo tan inusual.

Lo había citado en la misma casa de su padre. Él quería en la oficina, pero supuso que no tenía ganas de cerrar ninguna operación delante de la compañera a la que había dejado sin la comisión. Ella le mostró todo, además de escuala era ordenada, había preparado dos listas, un folio para cada oferta, con datos, impuestos, detalles y tiempos, esa mujer merecía su puesto, no era solo una trepa, hubiera sido bueno que la joven aprendiera esa parte de ella. No sabía el vendedor que todo el trabajo lo había hecho la supuesta aprendiz, dispuesta como estaba a irse pronto y ser su propia jefa, cuanto más practicara y se preparara, antes saldría de ahí. Como eso Tomás Reyes lo desconocía, admiró su claridad y se lo agradeció con cortesía. Ese talante educado y ese campo en las manos era lo que a la agente le había excitado en demasía la primera tarde que estuvo con él. Se había masturbado después en su casa, con clientes nunca se acostaba. Un par de veces había roto su protocolo en el pasado. Hay que tener cuidado. Con su marido las cosas están claras, a ninguno le va ni le viene qué hace el otro, pero no es una ciudad cuyo tamaño asuste, como para que se anden contando cosas por ahí. Como este hombre es un errante, no va a haber problema.

Primero cierra el trato. Tomás no ha cambiado de opinión: «Cuanto antes» es la decisión. Firman todo. Ella hace las llamadas. Quedan con el cliente en apenas una hora. El comprador está ansioso. Esas bicocas no surgen todos los días. El precio es al menos un veinte, un treinta por ciento más bajo que el que marca el mercado.

—¿En esta hora qué hacemos?

—Voy a cambiar la camioneta de sitio, le está dando demasiado sol.

—¿Para qué preocuparse?, hará menos calor cuando salgamos, entre que hablamos, firmamos, contamos el dinero…Yo creo que sé qué podemos hacer.

Ella no insinúa más, solo lo besa, y a la vez intenta que su mano desabroche su cinturón. Por segunda vez ese mes, Tomás retira la mano a una mujer. Le ha pasado varias veces en su vida, no de forma tan continua.

—Estoy casado.

—Yo también.

—Lo siento.

—No lo sientas. Me gustan los hombres fieles. Es solo que me había parecido… Sentí que había una vibra entre nosotros.

—Disculpa si hice algo para que te haya parecido eso.

—Sin problema. Mejor entonces ve a cambiar tu coche, así es menos incómodo para los dos.

—A y cuarto estoy aquí.

—A y veinte.

La tiburón mandó mensaje a la otra parte para saber si podía llegar unos minutos antes. Así se aseguraba de no volver a estar a solas con Tomás. No le había visto anillo de casado. «Maldito *culiao*», la novia de su hijo usaba esas palabras, ella las había querido aprender todas. Era porque estaba vieja, rezonga, «¿cómo no?, ahora solo quieren chavalitas». Ella ya aparentaba la edad que tenía. Hasta que llegó a los cincuenta nunca le había ocurrido, al contrario, siempre pensaban que era más joven, entonces su piel se secó, comenzó a parecerse a la de un lagarto, ni siquiera era como la de un camaleón que le permitiera camuflarse con el paisaje o con sus bolsos. No, tan solo una sabandija astuta, caliente y cansada. Se masturbó ahí mismo, no quería que le doliera la cabeza después, no pensó en el hombre que acababa de irse ni en su marido, cerró los ojos para recordar el culo de la que iba a ser su nuera, redondo, joven, exultante, potente, inyectado de músculo, se corrió con la mente en sus nalgas mientras con sus dedos se frotaba hasta agotarse. Después fue al baño de aquel viejo, aún olía a desinfectante, mejor así. Le habían dicho en el barrio que ese había sido un lugar infecto. Vida nueva para todos.

—Necesito que me digas la verdad. No me regatees ahora.

—Tomás no había querido avisar a Julián, sino caerle directamente y no darle tiempo a organizar la transacción—. ¿Cuánto piden por la casa?

El apasionado de disecar bichos se quedó mirando a Reyes como si fuera un hombre nuevo. A ver si se ha enamorado o enfermado.

—¿La quieres o qué?

—Depende. Dime.

—Tendría que hacer una llamada para saber.

—¿No te han dicho nada?

—No…, pero déjame que los llame y este mediodía te digo algo.

—Mejor ahora. Que según te digan, marcho esta noche o me quedo.

—Vas en serio.

—Más que en serio.

«Quisiera tiempo para hacer cálculos… ya los estoy haciendo… capaz un pellizco más me saco. O quizás no. Si este se aposenta del todo por aquí… mejor será no hacer tonterías porque más prefiero llevarme bien como hasta ahora». Todo eso estuvo discurriendo la mente de Julián en lo que para Tomás había sido un segundo.

—Yo algo te doy por la intervención, pero llevémonos bien. Llámalos. Me fío de ti, te espero afuera.

«Cómo me jode que me digan eso de la confianza, anda ve, vamos a ver con qué me sale la mocosa esa, que por la foto del *guasá*, no ha salido al porte de su tío abuelo sino a esa señora de Chamberí con la que se casó el hijo».

—¿Te he engañado yo alguna vez? La llamo y si me parecen buenas noticias, salgo con dos cervezas, que hoy no te voy a cobrar.

Tomás había dudado si mostrarle el dinero que había recibido de señal para poner la zanahoria delante del burro. Julián era bueno en el corretaje, listo, pero no estafador, ¿a qué venían ahora las precauciones y las dudas? A que era la operación más grande de dinero que había hecho nunca. Todo su mundo era siempre a una semana vista, a un mes. Esto era otra cosa. Era quedarse en un lugar. Era usar la palabra hogar. «¡Qué extraño todo!». Fue un deseo que se le había mostrado de golpe. Cuando dejó a Carmen en la esquina que le había pedido, había leído el reclamo: «Una funeraria para tus seres queridos». En la parte trasera aún guardaba la caja con las hojas amontonadas. Le vino la misma pregunta que unos días atrás. «¿Dónde las voy a enterrar?». Había decidido unirlas a las cenizas, pero ¿en qué lugar se desharía de ellas? Había tenido más amor viendo elevarse las grullas hacia un horizonte remoto y azafranado que en sesenta años de hijo. Frente al letrero de servicios fúnebres había caído en la cuenta de la calma de esos días prendido junto a la acacia. Ese era un buen lugar para dejarse estar, ser el ser querido de sí mismo, enterrar todo, lo bueno y lo malo y tomar un café amargo en la madrugada. Después de la revelación había dejado atrás a la trabajadora social, sin pensarlo había conducido directo a casa de su padre, se había dado cuenta de que, por primera vez, tenía un objetivo y de que iba a necesitar dinero para cumplirlo. Precisaba lo demás, un agente inmobiliario, la venta, la sobrina nieta y el corredor para ensamblar. Cada vez estaba más cerca.

—Está muy fría, bébela despacio no te vaya a dar un golpe de calor. O de susto. Me decían primero que a ellos les venía bien doscientos, les he dicho que si estaban locos y que si habían averiguado por la zona, que aquí más de cien no iban a sacar. Me dicen que la casa va con cinco hectáreas. Nada mal veinticinco fanegas, he pensado yo. Les he dicho que aun así, que averigüen, que uno del lugar por ciento veinte quizás se quedaba todo. Que van a hacer unas llamadas. Y están en eso, pero te he traído ya la cerveza para que me digas cómo lo ves. Yo creo que van a enganchar. Si me das tú cinco, les digo a ellos que ciento quince y te ahorras cinco mil.

—No. Diles a ellos que acepto ciento quince, pero que tu comisión la pagan ellos. Lo que cobran en la ciudad los de la inmobiliaria es el tres por ciento, yo te doy tu tres de ciento veinte si me lo bajas a ciento quince: tres mil seiscientos. A ellos les pides los tres mil cuatrocientos cincuenta y tú te ganas dos mil cincuenta más. Podrían tener el dinero en dieciséis días. Hacemos una transferencia con lo mío. Lo suyo lo arreglas como quieras.

—Mucho has aprendido tú en los siete días que tiene una semana. ¿No será esa cobriza que te está dando clases de álgebra?

Se ríe tanto que, cuando suena el teléfono de nuevo, tiene que parar de golpe. Tomás escucha sus monosílabos los primeros segundos, después le hace un gesto de jugador de béisbol y se esconde tras las columnas.

Reyes bebe despacio, su cabeza bulle, estaba muy tranquilo hasta hace unos minutos, hasta que todo era un proyecto, si le dicen que sí, no será solo comprar una casa, será dejar de ser un errante, empezar a pensar como los demás piensan, ahorros, gastos, contratos, seguros, cuentas. ¿Eso quiere?

—Así que vas a ser propietario. Si me confirmas que sí, claro. Hemos tenido suerte, han llamado al amigo de un primo y a una vecina que tiene un cuñado que nació a treinta kilómetros de aquí y también lleva tiempo queriendo vender. El primero se ha reído mucho cuando le ha preguntado ella si es que doscientos no estaba bien con toda la tierra de cultivo, luego la otra vecina le ha dicho también que sí, que estaba muy bien la cantidad que yo le había dicho, que a su cuñado le han entrado okupas, que venda cuanto antes, ojo, que en realidad no lo es, que es un inquilino que pagó los primeros meses y luego ya no, pero le pidió al cuñado que le deje tres meses más, que él se rehace y le paga, que le promete que le paga, eso lo sé yo porque lo conozco y habían acordado así, pero por lo visto la hermana de su mujer no lo sabe y cree que es un okupa, pero vamos, que eso a ti, ni te va ni te viene, ¿cerramos trato?, ¿te saco otra?

—Cerramos. No me traigas otra.

—Chinchín, entonces.

Había dejado todos los utensilios organizados, doblado su poca ropa y lavado las sábanas con la flor de lis. El primer día se asomó a las dos habitaciones que tiene la casa, ni siquiera entró, va a ver ahora si necesita comprar una cama. Lo más que había comprado hace años fue un pequeño colchón que guarda siempre en la parte de atrás por si acaso. Su amante ocasional seguro que sabe dónde conseguir uno mejor. No le va a decir nada de que va a comprar su primera casa. El infiel temblaría pensando que puede estar buscando tener algo más serio con él. Le dirá que los dueños le dejan usar una de las habitaciones y que solo hay un somier de muelles. Aunque bien sabe lo rápido que todo se expande por esos parajes y que no tardará mucho en descubrirlo. No le importa, ninguno de los dos piensa en compromisos, el uno porque pese a todo y a su manera, quiere a su mujer, y el otro, él, porque sabe lo que es atracción y lo que es amor y que no vayan parejos, como en este caso, no es ni malo ni bueno.

Aún quedan dos semanas para que todo ocurra, deshacerse de la morada del mal de su padre, recibir el monto, atrincherarlo, hacer el pago dos días más tarde, pasar a tener su casa y un ahorro por si acaso. Tomás se sonríe. No había caído. Ese dinero es mucho para alguien como él. La diferencia entre el piso del padre en la ciudad y la casita en el campo le van a permitir seguir su vida tranquilo. Sin bajar la guardia, eso tampoco, lo dejará en un banco de la zona, todo es cada vez más complicado a la vieja usanza, todavía hay manejos con efectivo y monedas, las comidas, el supermercado, Julián, semillas, alguna herramienta, pero en apenas dos años, había notado los ojos saltones detrás de los mostradores cada vez que respondía que no tenía tarjeta. Se hará una ahora. Y pagará la gasolina como un señor, con una tarjeta con su nombre que no levante sospechas. Sus nuevos lujos. Una camisa nueva también. Va a ir al almacén de su amante, tiene ganas de una tijera podadora nueva. Todo un terrateniente. «Ay papá, ha hecho falta que te mueras para tener algo bueno de ti, no lo pensaste, si no no te hubieras muerto nunca».

12

ARROSTRAR

*(Afrontar o desafiar molestias,
peligros, penalidades)*

Transpira. Bebe agua. Abraza el cabo del azadón. Hiende la tierra. Para. Mira alrededor. Lleva días armando su lugar en el mundo. En apenas una semana firmarán. Él no había querido esperar y a la pareja no parecía importarles que siguiera viviendo ahí hasta que se cerrase todo. Había comprado un colchón muy cómodo. Llevaba años usando camas de otros, camas baratas de hostales, dejadas en pensiones rurales, camas en las que se hundía entre la lana, camas de niños juntadas para hacer una. Nicolás le recomendó un bazar, le advirtió que era más rápido por internet, se ofreció a que lo hiciera desde su oficina, pero el nuevo heredero quería probarlos, darse el gusto y elegir.

El joven estuvo a punto de acompañarlo. Se moría de ganas de divertirse y tirarse juntos entre viscoelásticas, espumas y muelles, pero en esos lugares siempre hay ojos alrededor, dos hombres comprando juntos hubieran despertado la suspicacia de todos, como arenilla que sacar rápidamente. Su vetusto galán le había dicho que se iba a quedar a trabajar unas semanas seguidas, algún día se va a dejar caer por el lugar. Dirá en el trabajo que un cliente no está entendiendo el funcionamiento de una desbrozadora, se burlará de esa gente de ciudad que no sabe de hierbas ni de cilindradas, esperará como siempre a cerrar caja para que no parezca a nadie que tiene prisa ni ganas, le pedirá a Tomás que no se duche después de haber trabajado todo el día, en cuanto llegue le olerá las axilas y arañará con mucho cuidado su cuero desde el nacimiento de su vello hasta llegar al borde de las costillas, lo excitará sin dejar que le toque, cuando el otro no pueda más, le pedirá ver su cama nueva, por primera vez harán el amor en un lugar de parejas y no de rumiantes ni amantes. No significa nada para él. Marina es la niña que se hizo mujer en sus brazos, fueron adolescentes, ahora son adultos, todo lo han hecho juntos, crecer y espabilarse, llorar a los muertos que perdían, bendecir a los que fueron llegando, las matanzas, las ventas, la siega, la sequía. Todo lo han vivido y solo quiere envejecer con ella. Criar a los hijos que tanto les está costando que vengan, van a llegar y si alguno se muere como les pasó a sus padres, sobrevivirá el duelo con ella. Durante años sufrió el tormento de no saber qué desviación tenía su cuerpo, por qué no sentía deseo por los pechos de su prometida, tampoco cuando acariciaba el vello que se le acumulaba en el borde de sus pantorrillas, donde a ella le da tantas cosquillas, ni siquiera cuando le pasaba la lengua alrededor del pubis; pese a ello ha aprendido a darle placer, ella se lo merece todo. Quien le hizo entender fue uno de los técnicos que mandó una de las casas más conocidas de maquinaria agrícola. Hace más de doce años de aquello, aún no estaba casado. La marca les había dado gratis unos talleres de manejo de varios de sus modelos. Cuatro de los operarios se sumaron a ellos. Nicolás no lo pensó, era siempre el primero en todo lo de aprender. El primer día llegó a casa nervioso, estuvo a punto de abandonar, se molestó con su novia por una tontería, estaba alterado y no sabía por qué. Toda la noche dio vueltas, se levantó en la madrugada, se acordó del técnico, tuvo una erección, fue al baño y vomitó. Dudó, pero regresó al día siguiente, podía más la atracción, más aún la duda. Aquel otro, sin que el resto de alumnos se percatara, en una de las explicaciones, había aproximado su pierna derecha a su muslo. Nicolás se excusó unos minutos más tarde. Salió corriendo al vestuario, no había nadie y se masturbó con prisas. El tercer día, salió el último, dudó otra vez, se quedó esperando en su viejo Renault, todos los demás se fueron, él hizo como que estaba atendiendo una llamada, pasaron unos minutos más, se abrió la puerta del copiloto. «Aquí no». Se conocía todos los caminos, sabía dónde podían ir, habían quemado rastrojo hacía tres días en un yeco, no iba a pasar nadie. El técnico le enseñó todo lo que pudo en apenas tres días, con qué lubricarse, cómo aguantar más, cómo dar más placer al otro, cómo no dejar marcas, cómo ser cuidadoso. Nicolás le pidió que no lo besara, «jamás podré besar a un hombre en la boca», le había jurado. Se sintió depravado durante semanas, culpable desde entonces. Tardó más de dos años en volver a estar con otro hombre. Se conformaba con excitarse con fotos o hacer el amor con ella pensando en ellos. En los varones sin rostro. «Si no tuviéramos la manía de unir deseo y amor», lamenta. Cuando se despierta, lo primero que hace es contemplarla, la besa con delicadeza en el borde de la cara y para sí dice «lo siento». Han pasado diez años más, hace más de tres que ocasionalmente se ve con Tomás. Su regalo. Por fin un amante con tantas ganas de esconderse como él. Ninguno puede meter al otro en problemas. Cuando le informó de que se iba a quedar un tiempo seguido no le preocupó. Es posible que Reyes no se dé cuenta, pero nadie que lo trate durante más de dos días, supone que él pueda enamorarse. A veces le ha tentado preguntarle «¿de dónde te viene tamaña penumbra?», pero entonces cruzaría ese vallado que ninguno de los dos quiere, mejor quedarse de ese lado. Cada uno que resista sus tentaciones y aguante sus desdichas. Juntos se gozan, no necesitan más.

—¿Te han tratado bien?

—Como a un príncipe, tu nombre ayudó, gracias. No tenían *stock*, pero justo había entrado uno que era un regalo de una nieta para su abuela.

—¿Te has quedado con el de la vieja?

—Se ha muerto la señora y me lo han mandado a mí.

—Se nos están muriendo todos los viejitos.

—Todos.

—Me voy. Te he dejado un trozo de tarta de manzana de las que hace Marina.

—¿Marina?

Nicolás se percata. Es la primera vez que ha nombrado a su mujer delante de él. Prefiere no contestar.

—Te dejo ducharte, mi rey. Marcho.

Tomás podría acostumbrarse a eso, despertarse y acostarse en el mismo colchón, escuchar los mismos pájaros, reventarse durante el día en el campo y tener sexo ocasional tranquilo con un joven que le llama «mi rey». Está caminando sobre un cristal, teme que si pisa muy fuerte se vaya a romper. Lo que practica no es pesimismo, su puro pasado es un espejo al que mirarse y tenerle espanto.

Su nueva habitación es amplia y muy cómoda. Hay un viejo armario de los de antes con sitio para tres como él, la ventana es muy baja, si quisiera podría salir directamente desde ahí al antiguo gallinero; en una cómoda que hace juego con las molduras del armario había encontrado una colcha de algodón, la lavó. Había apretado con su multiusos todos los tiradores flojos. Tendió afuera dos alfombrillas de lana, no había encontrado la forma de sacarles todo el polvo que tenían. De la otra habitación se había traído un espejo con bordes de pan de oro, en su previsión de amante, lo había apoyado contra la pared. Cuando sonó el teléfono atendió esperándose una broma de quien se acababa de ir.

—Me dicen en la notaría que hay un documento con el que están teniendo problemas. ¿No me dijiste que tu mamá estaba muerta?

—Hace años. Sí.

—¿Y no tienes su certificado de defunción o algo que lo pruebe?

—No, ¿para qué hace falta?

—Todo estaba claro con los papeles de tu papá, eres su único heredero, no hay más hijos, ni ascendientes claro…, pero no tienen forma de demostrar que tu madre está muerta… que era viudo… ¿se te ocurre algún dato para solicitar en el registro?

Una vez más, a un paso de hacerse añicos todo. Maldita sea la familia y la vida que parió a la suya propia.

—Dame dos días. Lo averiguo y te paso los papeles.

—Pues te lo agradezco porque lo vas a hacer más rápido que todos estos. Ellos tienen un montón de papeleo y este es uno más. Así terminamos cuanto antes y no cambiamos fechas.

—No, no vamos a cambiar fechas, no te preocupes.

Ya se preocupaba él. Dejó correr el agua en la ducha para que arrastrara toda la suciedad de su existencia. Comió algo para recabar fuerzas, se puso su nueva camisa, cogió su nueva tarjeta y salió a la carretera de nuevo. Tenía que comprobar dónde había muerto su madre y decirle al mundo, ya está, aquí la tienen, fallecida, dejen de joderme todos.

Le había costado recordar el segundo apellido de su madre, hasta que le vino a la memoria las veces que su abuela paterna —antes de morir encima de un plato de sopa—, se burlaba tan alto de la madre de su madre, que con la risa le sobrevenían eructos: «Verdugo, tu abuela portaba el apellido que merecía, que harto verdugo fue su marido, las hostias que se llevaba tu abuela, *chiguito*, y la muy imbécil se quedaba quieta sin responder, por eso tu madre ha salido tan mal hecha, apellidarse Verdugo un hijo de Satanás», y se le cruzaba otro regüeldo más prolongado, «hay que joderse».

Virginia Mazón Verdugo era la mujer que tenía que mostrar al mundo que estaba muerta. Su madre.

No podía costarle mucho. ¿Cuántas mujeres mueren arrolladas por autobuses? Antes de ir a ningún otro lugar, decidió acercarse a una de las bibliotecas a las que solía acudir siempre a llevar libros. Condujo casi una hora. Cuando llegó lo reconocieron enseguida.

—¿Cómo puedo hacer para ver noticias de hace años?

—Ven, te muestro, yo creo que hoy ya, lo mejor es google, te vas metiendo en los periódicos y vas buscando fechas. ¿Noticias de la comarca o nacionales? Para que puedas acotar mejor.

—No estoy seguro.

Mientras hablan la becaria —que ya tiene treinta y seis años porque nadie ha querido ocupar su puesto—, ha acomodado a Reyes junto a la pantalla, colocado el ratón a su lado y abierto un primer periódico. Es evidente que está acostumbrada a que hay muchas personas por el pueblo que no están familiarizadas con ordenadores. Sabe que este hombre es inteligente y leído, pero eso no significa que se sienta cómodo con internet, además, siempre mejor eso que aburrirse detrás del mostrador.

—Cualquier duda, dime. Mira —a la vez que le sigue hablando, le coloca un papel con un bolígrafo al lado—, seguro que vas a necesitar apuntar.

—Muy amable.

Está perdido, buscar entre redes no es sencillo para los que han nacido en otra época, es tanta la información, se abren delante de él un sinfín de páginas, si escribe atropello autobús, si solo pone autobús es peor, si pone atropello mujer una noticia le lleva a diez más. Al no saber el año exacto en que ocurrió no tiene forma de estrechar la búsqueda. La becaria no tan joven se da cuenta de que va a pasar un rato ayudando a alguien y eso la reconforta.

—Si no es muy privado y me dices qué estás buscando, te puedo ayudar.

El hijo de la madre atropellada mira a su ángel agradeciendo que lo acompañe en las cuatro esquinas de esa biblioteca.

—Ludovica, no vale reírse. Creo que no nos habíamos presentado.

—¿Cómo voy a reírme?, es precioso.

—Sí, mucho, en el siglo XVI —lo añade casi de pasada, debe ser una coletilla que siempre usa, supone él.

—Reyes.

— Dime, ¿qué buscas?

—Mi madre murió hace unos doce años, pero no sé dónde, la atropelló un autobús, se llama Virgina Mazón Verdugo.

—Se llamaba. Vamos. Usemos comillas. —Ludovica se pone de bibliotecaria que para algo había estudiado tanto, querría haberle preguntado más: «¿Y no sabes cuándo?, ¿no te hablabas con ella?, ¿te abandonó de pequeño?», pero se traga la curiosidad porque está a punto de comenzar el trabajo de investigación más importante de sus últimos meses. Mientras maneja el ordenador habla, es capaz de hacer las dos acciones a la vez, cosa que a Tomás le parece de una complejidad increíble.

—Cuando usamos comillas, no aparecen tantas respuestas aleatorias, yo creo que esta por ejemplo, ah no, es de este año, madre mía cuánta gente atropellada, yo ya digo, que cada vez los coches corren más y ¿para qué?, aquí... esto pasó hace doce años, ¿puede ser? Espera abro... ta-ta-ta... uve, eme, uve, yo creo que puede ser esta, los nombres en estas cosas no los ponen nunca, pero coinciden las siglas... lo que pasa es que según esto no murió ahí, pone que ingresó en estado crítico aquí... te apunto, en el Hospital General.

Tomás había ido leyendo al mismo ritmo que ella hablaba, sus ojos iban por «la atropellada» al tiempo que Ludovica decía las palabras «estado crítico», por un momento todo su cuerpo ha estado a punto de colapsar de angustia, le apremiaba una madre muerta no moribunda. Ella se dio cuenta enseguida del desconcierto, pensaba inocentemente que este hombre estaba a punto de descubrir que su madre vivía, que todavía podían tener un final feliz, adora esos finales, se pone de lleno a seguir la noticia, ya no habla, solo rastrea, indaga, es un sabueso en busca de la dicha de una familia.

—Ay, no... Lo siento, mira... «Esta madrugada ha fallecido la mujer ingresada en estado crítico». —Ludovica lee en voz alta la noticia como si estuviera a cargo de la investigación—. «La policía ha seguido interrogando a testigos, según todas las pesquisas, V.M.V cruzó la vía sin mirar, algunas personas han asegurado que se arrojó debajo del autobús, con lo que se está considerando también la posibilidad de un suicidio»..., vaya... pues pobre mujer, ¿no? Te apunto la fecha exacta, no sé si con esto tienes bastante... podemos mirar...

—No es necesario, con esto ya está.

—Lo siento mucho.

Reyes quiere decirle que no lo sienta, que no hay nada que lamentar, que algunas personas merecen irse y no es clemencia pensar de otro modo. Que su madre tuvo que morirse de verdad para que él ahora pueda seguir su camino.

—Tienes un nombre maravilloso, no lo olvides. Gracias por todo.

Se monta en la camioneta, bebe mucha agua, tiene el papel apretado en el puño, sabe de memoria lo que está escrito, pero no quiere soltarlo por si acaso. Saca el teléfono y marca.

—Ya tengo los datos, voy al registro.

—Justo te iba a llamar, mira, dice el hombre que mejor cerráis el contrato de arras ahora y aplazáis la firma al mes próximo, él no quiere perder la operación, pero no te quiero mentir, esos papeles no te los dan en cuarenta y ocho horas, tardarán unos días más, después la notaría otra vez, los temas de herencia aunque todos estén muertos llevan su tiempo. A mí me parece muy bueno porque si firmamos arras no hay ningún riesgo.

—No lo quiero retrasar.

—Vas a tener que hacerlo.

—Me parece que ya lo has confirmado, ¿no?

—No del todo. Bueno, casi sí.

—Está bien. Mismo día, solo arras. Sigo viaje.

Julián no le atiende al teléfono. Insiste. Pasa a menudo con él. Le ha dejado un mensaje lo más tranquilizador que ha podido. Solo necesita un mes más. Que puede dar una señal, arras o lo que precise, para que la sobrina no se preocupe. Arranca de nuevo. El cristal sigue ahí. A punto de romperse, pero aguanta.

* * *

Ruge. Toda ella ruge. Es hambre. En algún momento se ha resbalado de la fregadera al suelo. Había tenido los reflejos suficientes para tragar dos pastillas, son dosis suaves, 0,5, dos son 1 mg, es como para un viaje de avión a Sudamérica, ha aterrizado, doce horas de aturdimiento, ha dormido, le parece. Su cocina sigue ahí. Necesita comer algo imperiosamente. Gatea hasta el frigorífico, le cuesta, pero abre la puerta, ¡qué sano comen Jonás y ella!, mejor ahora, yogur, necesita mucho yogur, alguien le dijo que el hombre con Diógenes tenía decenas de ellos, «¿yo terminaré igual?», estira la mano, no alcanza una cucharilla pero sí una cuchara, se ha comido cuatro, hay Aquarius que odia y solo toma él, ahora le va a venir bien, bebe mucho. Sigue tirada en el suelo, se apoya entre la puerta y la pared, se queda ahí. Cierra los ojos.

Cuando los abre no hay luz. Su cocina es muy luminosa, tiene que ser de noche ¿cuántas horas lleva ahí? No quiere pensar. Debería tomar más pastillas. Tampoco quiere matarse. Una vez quiso, varias, pero entonces su madre estaba viva, tenía que cuidarla. Ya no lo está. De todas formas no quiere morirse, su deseo es no vivir, no es lo mismo. Los calmantes lograron lo más difícil. La taquicardia ha parado, no sabe en qué momento, pero no la siente. Antes le daba mucho miedo. «Si te paras ahora y me muero, ¿quién va a cuidar de mamá?, ¿eh, corazón?», le hablaba despacito y trataba de detener al cabrito con su endemoniada carrera. Va al baño y orina sin parar. Sed. Sigue teniendo sed. Regresa a la cocina. Bebe el Aquarius ahora caliente. «¿Por qué no lo volví a meter dentro del frigorífico?». No importa. Lo termina. Se acurruca. Vuelve a cerrar los ojos.

Ya no quedan yogures, tampoco lonchas de pavo. A ratos se ha ido comiendo lo que estimaba que podía masticar. Poco y suave. No tienen alcohol en casa, mejor. Y aborrece la mermelada. Ha visto en un cajón un envase de hummus, es más rico el que hace Jonás, pero con eso también se atreverá, se levanta unos segundos, ha sido capaz de volver a levantarse para beber varios vasos del grifo, después ha vuelto a quedarse en el suelo. Cierra los ojos.

Han pasado días, está segura. Quizás solo dos. El teléfono ha sonado, pero no como si hubiera faltado al trabajo y un ejército hubiera tratado de dar con ella. Era viernes la otra vez. La vez que Jonás le dejó una carta de adiós. Igual es solo lunes. Va a intentarlo. Llega al teléfono. Es martes, deduce. Tiene un mensaje. No, varios. De Mario, de Petra y de su sustituta. Va directo a ver los del trabajo, su piloto automático no deja de funcionar. «No me tienes que decir nada, te cubro dos días Carmen, pero dime qué quieres que hagamos: Beatriz». No tiene ganas de orgullos ni majaderías. «Por favor dame dos días más, solo dos y te llamo». Era mejor así, escueta, humilde, rozando la sumisión. Enseguida siente la vibración. «OK, gracias». No podía enfadarse con la emisaria. Nada de esto era su culpa. Beatriz Miranda es una gran trabajadora social llena de ganas.

—No las pierdas —se atreve a decir Carmen en voz alta, amen de que nadie la escucha.

Ya ha respondido lo urgente. Lee los demás. «No dije nada, nadie se dio cuenta de la medicación, pero por favor dime dónde estás, ¿todo esto es porque empezaste a recordar?, ¿es por eso?». Ese era Mario. Petra le había escrito como ella hace, todo con mayúsculas y muchos signos de puntuación: «¡¡¡¡ALMA

DE CÁNTARO!!!! ¡¿PERO CÓMO ME VAS A HACER CASO A MÍ?! ¿CÓMO TE LA LLEVASTE SIN AVISAR?, LES DIJE QUE TENÍAS MAL EL TELÉFONO, QUE POR ESO NO ATENDÍAS... LLÁMAME». «No, ahora no, Petra, no te hice caso ni a ti ni a nadie, dejadme ahora». La alfombra de algodón verde botella del salón es mejor que la de la cocina, agarra un cojín, se lo coloca debajo de la nuca, insiste en cerrar los ojos.

Ha llegado a la ducha. Agua, siempre agua. Tiene un pequeño banco dentro, resabios de cuando cuidaba a su madre en casa, cuando aún tenía algo de mente consigo, la sentaba ahí con la ayuda de Jonás, ella les pedía que él cerrara los ojos, después la llenaba de un jabón de almendras que a Fernanda le encantaba oler, probaba muchas veces la temperatura del agua, es desagradable el frío que no se espera o el calor que quema cuando uno está desnudo. Trataba de decirles siempre eso a las enfermeras en el hospital, con mucho tiento, que no creyeran que estaba queriendo inmiscuirse en su trabajo. Pese a todo, cada tanto oía los pequeños chillidos de su madre. «Ya, ya, Fernanda, ¿está bien ahora?». «¿Qué les costaba esperar unos segundos más a que se templara?».

Está sentada en la silla de su madre, la alcachofa a sus pies, se queda mirándolos mientras el agua sigue saliendo, mueve los dedos, le sorprende que pueda hacerlo. De un alma como la suya solo se espera la depresión, pero se niega a ella. Ha pasado por todo, el pánico, la ansiedad, la angustia, el dolor profundo como magma de un volcán dormido, aunque todavía no le había llegado la parálisis, ese no poder hacer nada. Hasta ahora. Es incapaz de moverse, pero algo en su interior le dice que debe, que aunque ya no tiene a nada ni a nadie, algo hay por lo que merece la pena seguir adelante. Los dedos siguen moviéndose. La espalda le empieza a doler. Cierra el grifo. Ve el toallón enorme de rayas que Jonás le regaló hace dos navidades, qué buen lugar para olvidar. Se envuelve, se queda de nuevo tirada. Cierra los ojos.

Sueña con margaritas, un campo lleno de ellas. Hay amapolas moradas. Hay lavanda de color bermellón. Huele en sueños. Acaricia la serpiente que viene despacio y se le anuda entre los pies, con los dedos le toquetea los dientecitos, el reptil le hace cosquillas con la lengua. Cae mucha agua de una nube, solo de una, está al fondo del todo, pero donde están ella y la serpiente solo hay sol, hace algo de frío, se cubren las dos con la capa azul y roja de seda del pequeño príncipe. De pronto un árbol cae a sus pies, aplasta a la serpiente y la mutila a ella. No puede caminar. El árbol es negro, no oscuro, negro como pintado con una brocha de brea. El tronco tiene algo atado. Carmen abre los ojos de golpe. Acaba de ver sus vaqueros una vez más. Se suelta y grita. Las dos manos que ataron sus pantalones la tienen sujeta. Vuelve a gritar. Sigue dormida. Intenta coger aire. Está a punto de ahogarse de terror. No hay nadie, está sola. No hay manos, no hay bichos, no hay lluvia. Se yergue. Sigue respirando. Recuerda la secuencia que le marcó su terapeuta, toma aire, cuenta tres despacio, apnea otros tres, cuenta hasta cuatro, toma aire con más fuerza, ahora cinco, un poco más fuerte. Ahora cuenta hasta diez. Ya está. Ha pasado.

—La acacia… —Vuelve a hablar en voz alta sin que nadie la escuche.

La charla con su sustituta fue corta, honesta y tranquila. Va a pedir una baja. Su terapeuta se ha ofrecido varias veces a ayudarla, siempre contestó que no era necesario, que estaba bien. No lo está. Quizás no lo estuvo nunca, nunca desde aquel día, pero ahora está segura de que no. De haberlo hecho antes, ¿se hubiera quedado Jonás?

Beatriz es huérfana, perdió a sus padres en un accidente con solo ocho años de edad. Tuvieron que pasar más de veinte para que se diera cuenta de que el trauma seguía ahí, que no avisa, no está en tu habitación esperando que le abras la ventana para que salga. Está. Sin más. Por eso se entienden. Ser honesta no implica decir la verdad. Sí que le ha dicho que se ha separado, no cómo, que necesita tiempo, no cuánto, que no se ha recuperado de su violación y quiere hacerlo. No le ha dicho que va a perseguir una imagen, unas manos que ha visto en algo parecido a una alucinación que tuvo despierta, no le conviene que piense que hay algo de locura en ella, solo de depresión, palabra que las dos saben emplear sin asustarse. Carmen le ha dado todas las claves, la llave de su despacho, otras dos más pequeñas de dos cajones. Ha acudido a la reunión con dos cuadernos, en uno apunta siempre lo más urgente, le ha explicado por qué ella piensa que lo son, aunque las decisiones a partir de ahora las tome la otra. Ha decidido tomar las riendas de su propia ruina, su derrumbamiento lo va a manejar a su ritmo, con sus herramientas.

—¿Cuánto tiempo? —Le insiste la nueva jefa.

Va a decirle un mes. Mejor dos. ¿Y si son tres? Finalmente le dice que va a pedir seis semanas.

—Mejor ocho o diez —le sorprende quien manda ahora.

No le ha contado tampoco que va a cerrar su casa, va a alquilar una casa donde pasó la noche el día que murió su madre, va a quedarse sentada el tiempo que haga falta junto a un árbol que hay en ese lugar, hasta que tenga recuerdos de las horas que marcaron el antes y después de su vida, va a saber por fin qué le ocurrió, luego seguirá adelante sin importarle un carajo qué hará la policía, ni los jueces, ni la prensa, ni su marido, ni ellos.

Carmen tiene en la mano el calendario que le regaló Julián y el ordenador abierto. Ha buscado la dirección, la mejor forma de llegar, la distancia al hostal, la que hay entre un lugar y otro, si estaba más lejos o más cerca. Ha llamado al hijo taxista para que la recoja en la estación, ha tenido una videollamada con su terapeuta de nuevo, se ha guardado información, casi toda, ha comprado el pasaje, ha cogido dinero en efectivo, algo de ropa, el DNI, la tarjeta, tres abanicos, una trenca gruesa para no tener sorpresas, el ordenador, los cables de todo, deja los cuadernos y bolígrafos, no va a trabajar, coge la carta de Jonás, la mochila, dos capítulos de *Almudena y el colibrí*, agua y varias barritas. Ha buscado la bola de cristal, estaba convencida de que seguiría dentro de su mochila, ha estado a punto de llamar a Tomás y preguntarle si la ha visto, no lo hace, ha decidido que contestará los mensajes en el trayecto del autobús, ha metido un aceite extra de oliva que compró en Italia en unas vacaciones con su exmarido, se lo va a regalar a Julián, intuye que le puede venir bien, ha cerrado la pequeña maleta y ha esperado una hora para salir rumbo a la estación.

—Uh…, si me hubiera llamado antes, se hubiera ahorrado el viaje.

—Pero ¿ya la han vendido?… No ha dado tiempo…

—Era golosa…, enseguida se supo y ofertaron. —Julián se ha dado cuenta al instante de que por mucho que esos dos estuvieran juntos aquella noche, esa mujer no está al tanto de que Tomás es el comprador, no será él quien provoque un lío con un cliente de toda la vida. No es que le haya gustado el último mensaje del otro, los retrasos, los papeles, las idas y vueltas, pero aun así. En boca cerrada…

—¿Y no podría hablar yo con esa gente? Seguro que quieren arreglar la casa, acondicionarla, a mí no me importaría cuidar de ella y vigilar las obras mientras tanto, pagaría un alquiler por supuesto, serían solo unas semanas.

Lo que pocas veces se encuentra el tratante es a alguien que negocie mejor que él. «Vaya si tiene valía esta moza», bien le vendría a él que se quedara por la zona, se pondrían a trabajar juntos y en poco tiempo, montaban el Partenón entre los dos. Pero hay algo en esa insistencia que le dice que no es por el campo por lo que quiere quedarse en esa casa y que en unas semanas saldrá volando como tantos de ciudad, que están más de tres días y ya se quejan de que si matamos a los conejos para comer y dejamos que los gatos pasen frío.

—Yo es que como comprenderá, no le puedo dar los datos de los que van a ser los nuevos propietarios así, sin preguntarles.

—¿Van a ser?, ¿aún no lo son?

«¡Madre mía, el cuidado que hay que tener con esta chica!».

—Lo son. No firmaron todavía. Eso es, falta firmar, pero está el compromiso verbal, vamos, todo lo que se necesita. Aquí eso es suficiente.

—Entiendo. Por supuesto, no quería decir otra cosa. Pero entre que firman, acuerdan, bueno, normalmente lleva un tiempo, si pudiera hablar con ellos, con ambas partes si quiere, le dejo mi teléfono, ya le digo, yo alquilaría solo unas semanas. Solo eso.

Julián duda.

—Por favor. Tenga. Se me olvidaba. Esto no tiene nada que ver con lo que hemos hablado, pero aquel día cuando murió mi madre fue usted muy amable conmigo, le he traído una cosita, nada, una tontería.

—Disculpe, ese día no sabía que había muerto su madre. Mis condolencias…

El hombre está ya con el aceite en la mano. Ha olvidado que tiene delante a la mayor de las convencedoras. Además, ¿qué mal hace a nadie? Ella tiene razón. Esas semanas entre que firman compraventas, tratos y demás… Si además Tomás quiere hacer alguna obra, esta chica se está ofreciendo a vigilar que se lo hagan bien y él pueda seguir con lo suyo.

—Yo lo único que puedo hacer es llamar a los vendedores y decirles que hay una persona interesada en alquilar hasta la venta, vamos, estas semanas, y ya, que ellos me digan.

—Por supuesto no hemos hablado de su gestión, lo que usted estime. Puedo esperar afuera mientras los llama. ¿Le parece?

«¿Cuándo ha pasado esto?, ¿cuándo me ha convencido?», se pregunta Julián, si lo que él sabe es que Tomás no ha dejado el lugar y no pensaba hacerlo, que para algo la casa iba a ser de él, que a los dueños les venía mejor, «así no se les metía nadie dentro», le habían contestado. «¡Qué manía la gente con pensar que hay hordas de fugitivos invadiendo casas!». Esto a ver cómo se lo explica a él, pero bueno, con los años que lleva el Reyes de un sitio a otro, unas semanas más, tanto trastorno no va a ser. Además, si como parece, se conocieron el día que murió su madre, pues seguro que un respeto hay.

Cuando Julián sale, se encuentra a la forastera con dos bolsas de supermercado a un costado. No se había dado cuenta de que ella las traía consigo. Carmen enseguida se da cuenta de su mirada.

—Había hecho la compra pensando que no iba a haber problema. Le dije al taxista que lo llamaba en un rato, lo que usted me diga, ¿sí? ¿Lo llamo de vuelta?, ¿me dejan?

—A ver, no lo llame, porque con lo cerca que estamos, me ocupo yo de acercarla, y sí, me han dicho que sí, la cifra la han puesto ellos, me dicen que mil un mes y que si se queda unas semanas más que les pague como si fuera otro mes, porque claro, ya si no es un lío. O sea mil o dos mil. Y pensando en el nuevo dueño, me imagino que un mes no le va a importar, ya más, me parece que complicado... ¿Cómo lo ve?

—Si quiere que hable yo con esa persona. ¿Y a usted?, ¿le doy trescientos... cuatrocientos?, ¿le parece? Prefiero que nos pasemos, no le he puesto en una situación fácil.

—Si todas las mujeres hicieran tratos como usted... Súbase. Antes tengo que recoger a mis hijas si no le importa. Hablo yo con el comprador, no se preocupe. Que espere unas semanas a entrar y asunto concluido.

—A la firma.

—Sí, perfecto. Y el dinero como vea. Les puede hacer una transferencia o les puedo llamar de nuevo, que no he caído antes y les pido que me den los datos. O vamos, que si usted prefiere dejármelo a mí, yo lo guardo aquí en la caja y en cuanto vengan a la firma, se lo entrego.

—Pues mejor así, más sencillo.

Ahora es cuando Julián se arrepiente de no haberle dicho a mitad de camino que es Tomás Reyes el que se va a quedar con la casa, pero es que ya no sabía en qué momento soltarle la información. Lo ha estado venga a llamar y le ha dejado tres mensajes mientras hacía como que hablaba con la sobrina. En realidad a la propietaria no le ha dicho nada, si ni se van a enterar y con ese dinero él le compra una piscina hinchable a su hija pequeña que se la había prometido, una de las buenas, de las que se les pone un tobogán. Cuando le ha dado la opción a ella de hacer un giro a los dueños se la ha jugado, pero si no, ¿dónde está la diversión?

La hija mayor, Lucía, la que gusta del arte romano, va sentada delante. Carmen se ha empeñado en ir atrás con Chechu, la pequeña, que tiene diez años, aunque gracias a su síndrome de down parece más chica. Julián mira a las dos por el espejo, la Chechu es demasiado buena para este mundo, pero la gente de fuera a veces se intimida. No es el caso de esta, que parece haber tenido una hermana o una sobrina como su pequeña; le habla en un idioma que a su mujer y a él les costó entender al principio. Primero, la maldita culpa, ¿por qué pasaron tantos años entre una criatura y la otra?, intentaron e intentaron porque algún varón hacía falta en la familia y nada, cuando pensaron que ya no era posible apareció Jesús, que resultó ser Jesusa, pensaron que todo se hundía en esa casa, entonces día a día todo cambió de color, brotaban más flores, reían más, los bizcochos sabían mejor, cantaban más alto, por la Chechu él dice mentirijillas y cambia a veces las cifras o los ceros, pero sin hacer daño a nadie. ¿Qué importa si esta Carmen le da el dinero a él o a la sobrina nieta y a su novio? Pues lo mismo es.

Carmen se despide agitando el brazo con muchísima energía, como si estuviera en un muelle y un barco partiera a lo lejos. Por unas horas se había olvidado por qué estaba ahí y que Jonás no la había llamado. Ni ella a él. Se gira y ve la torre centinela. Reyes había dejado olvidada la silla plegable junto al árbol para los que vinieran después de él. Él y su extraña educación. Se sienta. Al final Chechu y su hermana, no recuerda su nombre, le han dado un bocadillo de jamón y tinto de verano, han prometido los cuatro que nadie iba a decir nada a la esposa de Julián. Se sienta junto al árbol. Enseguida se levanta. Todavía no. No quiere que vengan las imágenes y romper su mejor tarde en semanas o meses. Entra con las dos bolsas del supermercado. Le sorprende que esté todo tan arreglado, pero más aún que siga la nevera enchufada. Es entonces cuando le parece escuchar el ruido de un coche. Sale hacia el salón y abre la puerta.

Reyes la mira y no acierta a decir nada.

—¿Qué haces aquí?

—¿Y tú?

—Vivo aquí.

—Pensé que ya te habías ido, además la van a vender.

—Lo sé.

—¿Tú eres el que vas a comprar la casa?

—¿Por qué sabes todo eso?

—Porque la acabo de alquilar. ¿Julián no te ha dicho nada?

Reyes mira su teléfono, tenía varios mensajes de él, pero no se ha detenido a escucharlos, era más importante lo que estaba haciendo.

—Lo siento, se ha debido equivocar. Puedes quedarte esta noche. Mañana te llevo a la estación.

—Perdona, se la he alquilado a los que todavía son sus dueños. Lo siento Tomás, necesito estar aquí. No puedo irme. Son solo unas semanas. Te la cuido, incluso me he ofrecido a que si iban a hacer algún arreglo, yo podía estar al tanto y vigilar, o quédate, es grande… No puedo irme.

—Les digo que te devuelvan el dinero, o te lo pago yo.

—No es por el dinero. Voy a quedarme.

Reyes opta por no responder y meterse dentro. Carmen no distingue los gritos, pero es la primera vez que entiende que Tomás es hijo de su padre. No esperaba una situación tan desagradable y aun así no se piensa mover de ahí. Espera. La puerta se abre como si la hubiera abierto un león enjaulado. Nota cómo los nervios le han llenado la cara de pequeñas venitas rojas, a su padre también le pasaba; a la vez, ve cómo aprieta los puños, ese gesto también lo reconoce, esos seres con furia descontrolada que a cada paso en la vida tienen que tragar su veneno si quieren seguir siendo parte de la sociedad, en apenas unos segundos ha averiguado todo el peligro de este hombre. Advierte cómo su cuerpo lucha contra su propio lucifer, gana el bueno, si prestamos atención, casi siempre lo hace.

—Yo estoy usando la habitación del fondo. Hay otra, o el sofá si prefieres.

Con las mismas sale hacia su furgoneta de nuevo. Carmen y la acacia lo ven irse.

13

SOTERRAR

(Ocultar algo en sentido no material)

L a curiosidad había podido más que él. Tras conseguir los papeles necesarios, Tomás había acudido al hospital donde murió su madre para que alguien allí le contara lo que nunca había querido saber, cómo fue su final. Su muerte había sido desagradable y dolorosa. No añadieron esos adjetivos, pero al leer la epicrisis y el material que le habían dado, el hijo de Virginia supo sacar conclusiones. Agonía de cuatro días, todo el cuerpo reventado por dentro, había perdido un ojo y las dos manos, la tripa se la habían rodeado con vendajes porque las vísceras se habían salido y no había tejidos que unir; sin posiblidad de recuperación persistía en lo peor que puede tener un moribundo: la lucidez. Afortunadamente, el último día por fin la morfina le dio un respiro y pudo más la sedación que el ahínco por vivir. No quiso preguntar si sabían qué había hecho los últimos años ni averiguar qué ocurre con los cuerpos que nadie reclama, «Donde esté, será lejos de mí, igual en la vida que en la muerte». Aun así, no puede evitar recordarla sentada en aquella mecedora, cosiendo y remendando durante horas. Se acuerda también de la madre de su madre, a la que un hombre de apellido Verdugo la desnucaba una semana sí y otra también. ¿Qué hubiera sido de esa madre y esa hija con otros dos hombres?, ¿hubieran criado hijos llenos de amor?, ¿se juntaron con ellos porque eran como ellos?, ¿se volvieron infames después?, ¿tuvieron escapatoria?, ¿la tiene él? Llevaba tiempo sin preguntarse por su destino sin aborrecerlo. Las últimas semanas, entre los servicios sociales, la defunción de su padre, la muerte de una desconocida en su camioneta, el duelo de otra, su decisión de cambiar de rumbo, de pernoctar en la misma cama, de levantar caballones para él y cavar zanjas para él, se había convencido de que era capaz, por primera vez, de dejar atrás su fatalidad asignada. Después de que sus propias manos asesinaran a Javier, los murmullos de sus vecinos tañeron machaconamente su cabeza. «No puede evitar ser hijo de quien es». Solamente aquel hombre que fue su psiquiatra forzado en el centro de menores, le aseguraba una y otra vez, que no existe algo como el sino, que cada uno crea su camino, lo deshace o regresa a él.

—Con empeño, con desdén, con ganas o sin ellas, pero forjarlo es trabajo nuestro, de nadie más.

—Me vas a decir a mí que el que nace en un lugar de malas muertes tiene las mismas opciones.

—No he dicho eso, estamos hablando de las condiciones, por supuesto para unos son mejores que para otros, pero la decisión de ser miserables o no, es nuestra.

—Yo no quería matar, pero lo hice.

—Por eso no estás en una cárcel y cuando salgas de aquí podrás seguir con tu vida, porque un juez estimó que no tuviste intención de matar, después es cosa tuya por dónde sigas. Yo creo que podrás hacerlo bien.

Ese mismo terapeuta estuvo en contra de todos sus permisos, Reyes se enfurecía cada vez que se lo denegaban, con el tiempo se convenció de que aquel cuidador sabía que cuanto menos tiempo pasara ese joven con su familia, más opciones tendría de ser ciudadano en la sociedad. Nunca volvió a verlo, le hubiera gustado darle las gracias.

Tomás ha visto las llamadas de Julián, otra vez querrá preguntarle y pedirle si puede ser un poco más concreto con la fecha. Mañana lo llama, o mejor pasará directamente por ahí.

Ha decidido que lo mejor es olvidar. Detesta las ciudades grandes aunque hay días que son sus aliadas. Conoce un antro donde puede ir a dejarse tocar, a que le surtan de placer, a que le zarandeen, le suministren droga que hoy sí desea, le hurguen el ano despacio y sin compromiso, le llamen maricón entre susurros, le galopen como a una bestia de otro cosmos, le llenen la boca de vodka mientras le penetran lenguas de un salvaje que harán que borre todo y una, dos horas más tarde, va a regresar al hogar que no le vio crecer.

—¿Por qué no le has dicho que la casa no estaba libre, que yo estaba viviendo ahí hasta que firmemos?, ¿me lo quieres explicar? Llámala y dile ya mismo que se tiene que ir.

Julián estaba a la espera de esa llamada, mucho ha molestado a Reyes su travesura, le toca remedar.

—Pero cuando se lo has dicho, ¿qué te ha contestado ella?

—Que no va a irse. Te recuerdo que este lío no lo he armado yo, no tengo que ser el que discuta ahora.

—A ver, ¿qué lío? Le dejas quedarse estas semanas, tú mientras apañas todo, así los otros no se ponen mal por tus retrasos con los papeles y con la firma, que mucho no les ha gustado…

—Me dijiste que no habían puesto ningún problema, que con cerrar un día…

—Te lo dije, claro que te lo dije, para que no te pusieras más nervioso, que bien sé que estos papeleos lo vuelven loco a uno, pero no, gracia no les hizo, para mí que quieren ya los cuartos y oye, pues entregándoles algo de dinero estas semanas, al menos se relajan.

—No la quiero aquí.

181

—Pues ya la tienes. Eso sí, mira, no te tomes a mal esto que voy a decir, me parece una chica educada, vamos que por estar los dos solos, no vayas a creer que ella quiere otra cosa, yo pienso que simplemente es por lo de la madre y eso. Nada más. Que los duelos siempre los hemos hecho mejor en el campo.

* * *

Hace dos horas que no oye ningún ruido. En la habitación que le ha dejado Reyes podrían dormir seis personas, hay tres camas, dos de ellas dobles, cinco sillas apiladas alrededor de una mesa camilla sin faldón, en la pared la marca de un cuadro o espejo grande, además un armario de madera con unos visillos de los que apenas queda nada; solo en ese espacio podría vivir una familia en los barrios de algunas ciudades. Se ha acercado al fondo, hay una ventana antigua con postigos, repiquetea con su índice las vetas del roble, al haber tanto polvo acumulado no ha podido evitar lagrimear y estornudar sin parar. Sale a por agua. Se frena de golpe, se acuerda de que no vive sola. No hay nadie alrededor. Por si acaso va despacio. Tan sigilosa como sus nike le dejan. Camina como un roedor. Tose, de nada ha servido su prudencia; bebe sin parar, se da agua en la cara. Se pasa el picor. Busca algo que para ella siempre ha sido indispensable: papel de cocina. No es posible. Ve un trapo colgado de una gaveta. Se limpia. Busca algo más viejo para pasar por los bordes del ventanal y limpiarlo. Sigue buscando, lo hace con todo el silencio de que es capaz. Encuentra un paño que podría servir. Lo mete debajo del grifo y lo escurre. Cuando baja el escalón de la cocina se encuentra con el ventanal del salón abierto de par en par y una luna fértil, fulgente y bella que le da las buenas noches, es casi la invitación a un aquelarre; el hechizo la convierte en estatua. Es entonces cuando atisba a Tomás junto al árbol, no está en su trono, está agachado. La mujer ratón no mira qué acecha, tanta luz de luna la ha dejado expuesta, brinca

182

para atrás, no quiere que él la vea, se ha dado cuenta de que está tapando un hoyo en la tierra, a la izquierda de él, está la caja de cartón donde ella guardó como pudo la colección de hojas, justo detrás, ladeada, trata de sostenerse una urna funeraria. Ella se santigua. Hace años que no lo hacía. Ni siquiera con la muerte de sus padres. De ninguno. Solo lo hizo con la de su hermano. Nos quedan esas creencias de mal fario adheridas en el cuerpo, como si hubiera que bendecir a los que se quitan la vida para que no anden sus ánimas dando vueltas alrededor nuestro. No debería estar espiando algo tan íntimo. Vuelve a su cuarto, limpia muy lentamente la ventana, desde ahí también se ve la luna. El cielo siempre con sus Giocondas.

* * *

Después de decir buenas noches a la intrusa sin siquiera sacar la voz para fuera, se había cerrado y atrincherado en su colchón nuevo, se ha encorvado como un gato al que han golpeado por maullar. Para sacarse el desagrado de la noche pensó en intentar leer de nuevo el libro de un autor mexicano que la chica de la biblioteca le había regalado. «Nadie lo va a leer aquí», le aclaró cuando se lo dio; no se había percatado de que era teatro, nunca antes había leído una pieza teatral. Había comenzado las primeras páginas de *Todos los gatos son pardos* en un descanso en la carretera y se había embrollado, había leído otras historias de ese Carlos Fuentes y le habían gustado mucho, así que esa noche decidió darle otra oportunidad. Sin darse cuenta, esta vez ha avanzado más páginas: «Malintzin, Marina, Malinche. Tres fueron tus nombres mujer, el que te dieron tus padres, el que te dio tu amante y el que te dio tu pueblo». Tomás maulla los suyos propios: «Tomás, Rey, Reyes», el pensamiento le hace ronronear y olvidarse de la mujer sobrevenida. Un párrafo le llama la atención, lo lee de nuevo en voz alta, como si lo quisiera memorizar:

PASTOR

¿De qué le serviría un pavorreal en el infierno?; en cambio...

MERCADER

Dicen que los zopilotes son como los dioses: devoran la inmundicia para purificar los campos.

PASTOR

Inmundicia y pureza.

MERCADER

Pureza e inmundicia.

Tomás cierra el libro con tanta urgencia que ni dobla la esquina de la página en la que estaba como suele hacer. No piensa. Se ha olvidado de que hay otra persona en esa casa. Abre la puerta de los aperos donde la pareja pretendía que él durmiera. Saca la pala. Va después directo a su furgoneta que deja siempre aparcado en la parte de atrás. Coge con no demasiado cuidado lo que queda de su padre, la colección de hojas y sus cenizas. Empieza a cavar junto a la albizia.

«Me vas a limpiar el campo, padre, vas a ser el sahumerio de este prado y vamos a darle sentido a tu existencia, y tú, tú te vas a alimentar de él, ¿estamos? Vas a resistir tormentas y sequías, vas a ver, mira cuánto humus te estoy poniendo, tú, padre, mira en qué recia compañía te estoy dejando, quédate aquí como mantillo y di adiós a todo».

Tomás tiene consigo su cantimplora, ha terminado de tapar el agujero que ha cavado. Despacio deja caer el agua sobre la tierra.

—Que la tierra te perdone todo el daño que has hecho, que te sea leve, que descanses, por los siglos de los siglos.

A Reyes le ha parecido ver una sombra en la ventana. Le da lo mismo. Se siente tranquilo. Mira hacia la luna como pidiéndole aprobación por lo que ha hecho, como si la gente como él solo rindieran cuentas a los astros y a la naturaleza. Va a sentarse, pero se da cuenta de que necesita una ducha, quitarse la tierra y regresar a la Malinche. Tiene ganas de conocer su historia y terminar el libro. Pureza e inmundicia.

* * *

Carmen siente la serpiente enredada en sus pies. Fría pero suave. Permanece tendida boca arriba, tiene fija su mirada en una mancha de moho del techo, el borrón cobra la forma de Fernanda, la hija le sonríe. No cree que duerma, como si fuera una nube, su madre se transforma en Jonás, en las manos de Jonás, en la barbilla de Jonás, no ha vuelto a contactar con ella, ni un mensaje, ahora es Chechu, la boca abierta de Chechu. Deja venir el sopor, le hace bien la frescura del réptil, «se está un poco solo en el desierto», desvaría. Desfallece por fin en el sueño de días. Respira profundo para que el aire se haga denso por dentro, que cada vez su cuerpo pese más y se vayan esos dolores que no sabe que tenía, sus huesos, la cadera, la nuca rígida, la mandíbula que chirría, las falanges como si le hubieran mordido, en las sienes le han atravesado una barra de lado a lado. Le han vuelto a arrojar de nuevo un tronco encima. Sus pies, amputados otra vez, están ahora gélidos, siente el golpe en sus costillas esta vez, quiere moverse, pero cientos de avispas salen de la corteza, se petrifica para que no la piquen, aun así perforan con tenacidad las pieles, la del árbol y la suya. Carmen colapsa. Jadea. Había dejado dos vasos de agua junto a ella, los bebe de un tirón. Todos sus dolores se levantan con ella y quedan sentados en la cama. «La luna debería entrar y explotar aquí dentro», desea. Cierra los ojos e imagina el choque, todos esos fotogramas recopilados de asteroides detonando en su cabeza. Carmen agarra uno de los vasos. Con menos cautela va de nuevo a la cocina y lo llena. Al pasar por el salón, mira hacia fuera. Tomás ya no está. La manta sigue doblada en el borde. La coge, se la coloca por los hombros y sale de la casa en dirección a la albizia.

Su cola fina y alargada de ratón sobresale por atrás. Se sienta y espera.

* * *

Reyes había dejado a un lado la obra de teatro sobre los aztecas. Escucha ruidos. Su inercia le hace salir. Al momento recuerda que no está solo. Esa mujer deja los rastros de un roedor, hay un reguero de gotas de agua en el suelo y ha dejado la puerta abierta. Va hacia ella como un felino para cerrarla con llave. En el trayecto ve a Carmen por la ventana. Aunque afuera está oscuro se da cuenta de que ella se ha sentado envuelta en la manta junto al árbol. Sus zapatillas están pisando la fosa que él ha cavado y cubierto. La observa desde la ventana. Castañea. Termina por abrir la puerta del todo y sale. Su instinto cazador va hacia ella. Parece dispuesto a orinar sobre el árbol para marcar territorio. Cuando está cerca de la presa, ella lo siente venir. Se gira. Ambos quedan inmóviles, agitados, mirándose. El fulgor de la luna gana brillo estando ahí. Con esa luz, el gato se percata de que ella ha tenido el cuidado de mover la silla, la tierra removida queda lejos de donde está sentada. Reyes destierra su hiel.

—Vas a quedarte fría. Una manta no es suficiente.

Regresa a su guarida, él también siente frío.

14

ANEGAR

*(Inundar [se]: cubrir [o quedar cubierto]
de agua un sitio)*

Continúa en la cama. «¿Qué pensará este hombre de mí?, ¿que soy una malcriada?». No puede decirle que la noche le ha afanado sus huesos, que su esqueleto está formado por filamentos de cobre, que donde estaba antes su cabeza solo hay líquido. La vergüenza de que la considere una vaga puede más, siempre detestó esos seres llenos de hastío que dicen me aburro todo el tiempo, lo suyo no es apatía, es abismo. No le queda agua, esta vez había dejado tres vasos. Están todos vacíos.

Se obliga, se pone la misma ropa que el día anterior. No sabe la hora, el sol no está tan alto como para que sea mediodía. No hay nadie en la casa ¿cómo iba a haberlo? El campo sigue al sol. Sea lo que sea que su casero esté haciendo, tuvieron que irse juntos. Se toca el estómago. Tiene hambre. ¿Eso es buena señal? La madre de su padre decía que comer lo cura todo.

No esperaba lo que tiene delante. Tomás le ha dejado una bandeja con fruta: higos, peras y albaricoques. Se acerca más porque el olor le llega, le sorprende. Es cierto, la fruta del árbol huele, se había olvidado de algo tan tonificante. Ve un trozo de hoja de un cuaderno de cuadros con algo escrito: «Si necesitas comprar algo, mándame un sms». Ha dejado un lápiz al lado. Ella había comprado un paquete de arroz, cebollas y latas de atún, iba a sobrevivir comiendo eso varios días, ahora le da apuro al estar él, «ni madruga ni sabe cocinar, pensará». No se le ocurre nada, después le contestará.

Desayuna en la cocina y bebe otros dos vasos más. Se acerca al sofá y se sienta. Desde ahí se divisan la silla y el árbol. Le parece ridículo todo lo que ha hecho. Creer que volverá a recordar por estar en el mismo lugar donde por primera vez le vino una imagen del día de la agresión es, como mínimo, ingenuo. Le podía haber pasado en la parada del autobús, o comprando en la farmacia, o viendo dormir a Jonás por las noches. Pero le ocurrió ahí. En ese lugar había distinguido aquellas manos atando sus pantalones.

Varias veces ha pensado en llamar al comisario, en contárselo, pero él le dirá que no pueden hacer nada, cuando terminen la charla le preguntará por su marido como siempre y ella le comunicará que le ha abandonado y el pobre hombre se sentirá culpable no siéndolo. Tampoco le ha dicho nada a su terapeuta, le va a insistir en que dado el tiempo pasado y todas las noticias que salieron, es imposible distinguir la información real de las imágenes creadas. Que es una proyección o uno de esos términos que lleva escuchando durante todo el año. Pero ella sabe que pasó algo. Nunca tuvo instinto, sino racionalidad, impulso, sino lógica, aun así ha decidido seguir el arrebato de una mujer en duelo. Nada más incoherente. Está dispuesta.

* * *

Reyes ha soñado con cuerpos de hombres mestizos en un campo sin fin. Estaban todos de rodillas cavando con sus manos. Al mismo ritmo. Mismo arriba y abajo, todos los dedos a la vez entraban como zoquetas en la tierra. Todos habían cavado un mismo agujero y se habían girado al unísono hacia su costado para alcanzar las semillas. Eran bebés, no simientes. Ninguno blanco, ninguno negro, todos mestizos. Con sincronía han introducido los bebés en los huecos. Los han cubierto con la tierra al ritmo de un baile heredado, el agua ha comenzado a caer de un cielo que su sueño no le dejaba ver, suave y monótona para que crecieran los frutos que cada vez se anegaban más y más. De pronto, han empezado a llorar todos los niños a la vez, no podía verlos, solo los escuchaba mitigados bajo el barro, se ha vuelto irritante, doloroso. Se ha despertado con la sensación de no haber dormido en toda la noche, agotado de injusticia, ha decidido no terminar la obra de teatro, aunque posiblemente intente averiguar más sobre Moctezuma y la Malinche.

Toca rearmarse de la zozobra desayunando. Ha recordado que anoche enterró todo lo que quedaba de su padre, que pronto será abono para el terreno y que algo bueno saldrá de todo eso. Mucho pan con aceite, higos y ahora un café solo y sin azúcar. Se prepara bien para comenzar a labrar y armar el vergel que ha trazado. Va a plantar alfalfa en la parte más dura, este año los labradores no han podido ensilarla por la demencial tromba de agua y el inclemente sol que les azotaron a destiempo, pero no es momento para ser agoreros, en la parte que está más seca y arenosa plantará lavanda en el otoño, estos años de trasiego ha hecho tratos con un gran hacendado que lleva años en el negocio, va a hablar con él. El resto será su huerta, va a sembrar para poder comer todo el año. Son solo cinco hectáreas, pero bien distribuidas, no necesita más, instalará el riego por goteo en todo lo que sea posible, algo por inundación puede. Va a armarse su reducto, retomará los estudios con disciplina, se dejará estar. Solo queda que esas semanas pasen, firmar y continuar. Va a ser amable con la invasora, su hosquedad no es necesaria ahora, no es el enemigo. Deja algo de fruta para ella, después hará una buena compra para poder estar días encerrado en el campo sin otra preocupación que no sea barbechar y arar.

Los codos del riego no los bajó de la camioneta. Están apilados tras una de las mantas con las que cubrió a la anciana. Una oleada de ternura le recorre sin esperarlo. Ha estado a punto de romper la bola de cristal, se había quedado enredada con la frazada, afortunadamente, al caer a tan poco distancia, ha sido ruido, pero nada más. El mar de Fernanda y su Principito de los océanos no le pertenecen. Está a punto de amanecer.

* * *

Carmen deja de mirar al cielo de afuera para recorrer la que va a ser su morada estas semanas. Al reencontrarse con la chimenea, ve la bola de cristal sobre una balda. Hay otra hoja cuadriculada al lado: «Se quedó en la camioneta». Acaricia el frío vidrio como si fuera la piel estriada y blanca de su madre. Si a él no le importa prefiere dejarla en esa repisa. Del otro lado, no lo puede creer, hay una diligencia colgada, hasta ahora no se le había ocurrido mirar al techo. Lo cruzan travesaños de madera que buscan sujetar la casa, no decorarla. Hay un farol de gas suspendido de una cadena de hierro que cae sobre el centro. Un costado de la cadena está repleto de llaves de todos los tamaños, todas apretujadas en apenas unos centímetros. Pospone el momento para salir afuera. No, primero va a contestar a los mensajes, no lo hizo en el autobús, así que Petra y Mario le han seguido enviando señales de humo. «Disculpa, ya lo sé, tenía que haber contestado, dame unos días, te llamo cuando mi cabeza reaccione a todo lo que ha pasado, Jonás y yo ya no estamos juntos. Y no, no he recordado todavía, aunque no te puedo decir por qué, me parece que algo puede pasar. Por favor, no se lo digas a nadie, que quede entre nosotros. Cuídame a mis "muchachitos"... no me digas cómo está ninguno, no quiero saberlo, Beatriz me parece buena gente, no la tomes con ella, te llamo pronto». Estira los dedos, no está acostumbrada a mandar textos tan largos y odia los audios, no cree que a nadie que trabaje le puedan gustar. El enfermero es el que más le había insistido con los mensajes, él conoce su hambre de hermetismo, sabe cuándo va a entrar en una de sus fases como él las llama, o bien la deja en paz por unos días, o bien se pone pesado y cargante como un niño preguntando, «pero ¿qué es esto?», hasta lograr que ella deje ese estado de misantropía. Siguió con Petra: «Querida mía, no le hice caso a nadie, solo a mí, necesitaba hacerlo, murió muy tranquila, os quiero mucho, te llamo en unas semanas, estoy bien». Estaba dándole a enviar cuando entró la llamada de Mario. No quería cogerlo, pero a la vez conoce hasta dónde puede llegar su insistencia.

—Créeme, estoy bien.

—No lo dudo. Vais a volver, que lo sepas ya, ese hombre te quiere mucho. Dale un tiempo. ¿Dónde estás?

—Lejos, hazme caso con Beatriz, lo va a hacer bien.

—Yo te hago caso, pero sabe diez veces menos que tú.

—Pues tendrá que aprender, como hemos hecho todos. ¿O te has olvidado de las cosas que hice cuando empecé?

—No volvamos a aquello.

—Vale, no lo haré.

—¿Andas lejos? Te iba a dar una sorpresa, le estaba haciendo una mantita a tu mami, pensé que igual te gustaría tenerla tú.

Carmen no quiere que nadie sepa su paradero. No quiere visitas, ni amigos, ni distracciones.

—Prométeme que no vas a aparecer.

—Me hace ilusión mandártela, solo eso. Entonces sí, ¿estás recordando?, ¿no sería mejor que estés cerca de tu psiquiatra? No sé, digo.

—No quiero tocar ese tema, Mario. Dime, ¿cómo están tus sobrinos?

—Y yo no quiero tocar ese.

—Pensé que estaban bien.

—Estaban.

—Te gustaría el lugar donde estoy. Cuídate mucho. No me llames más, ¿vale? Yo lo hago. Dale un abrazo grande a Petra, no le digas que has hablado conmigo, solo que he contestado al mensaje.

—Mudo. No te olvides de compartirme la ubicación.

—Cuídate.

Petra ya le ha contestado: «Te echan mucho de menos tus muchachitos, Carmen, no tardes mucho en volver, te queremos». Al levantar la mirada del móvil se encuentra a la acacia del otro lado de la ventana mirándola. «Está bien, ya voy».

Carmen duda si mandar la dirección a Mario. Se acerca a la habitación prestada y a sus tres camas, «quedaría bonita aquí».

* * *

Julián le había explicado de dónde cogía el agua el viejo, va a poner una pequeña bomba si le dejan, además en cuanto firmen va a colocar dos depósitos de agua de quince mil litros, quizás más grandes, lo va a unir al riego por goteo y va a montar un sistema para recoger el agua pluvial. No hay miedo de convertirse en la lechera del cuento, su ilusión la templa su falta total de prisa, de no deberle nada a nadie, va a hacer las cosas bien. Por un momento se marea. Flaquea. Ha dejado lejos su cantimplora. Camina hasta ella con las piernas pesadas por falta de fuerzas, bebe. La termina toda. Sabe que son las drogas de hace dos días. Apenas las toma, lo vuelven todo débil e imprevisible. El pozo no está lejos, el tío de la heredera lo conservaba aseado y preparado. Recobra fuerzas para sacar agua y esta vez echársela por el cuello y la cara. Vuelve a beber. Se inclina y dobla sobre sus rodillas. No sabe por qué llora, pero lo hace. De forma inesperada y abrupta. Bebe más agua. Va hacia la bolsa y coge unas peras. El azúcar y el líquido harán que pase todo.

* * *

Carmen ha terminado de hacer el arroz con sofrito de cebolla y atún. Al final mandó un mensaje a Tomás para no parecer de esas mujeres que no saben cocinar, ni trabajar, ni despertarse temprano, ni nada que tome tiempo o ganas. Ha comenzado a cocinar para seguir posponiendo el momento. No sabe qué más excusas darse para no salir al prado y a su árbol. «Hace demasiado calor a estas horas» podría ser una nueva justificación. Si no tiene valor hoy no lo tendrá ningún día y entonces debería irse y dejar a ese hombre que siga con su vida. Ha visto un botijo de barro en uno de los estantes en la cocina. No necesita más. Arresto.

* * *

Tomás ha ido a un hipermercado de la zona, van vecinos de diferentes pueblos al mismo lugar. Por primera vez en años ha cogido un carro para hacer una compra grande. Ha cogido primero lo de Carmen, agradece que haya añadido legumbres y que tome leche normal. Le ha puesto en un pequeño brete: «No sé si bebes vino, si tomas tú, yo tomo, si no por mí, no compres». Está en la parte de licores, ve el tinto y el blanco, a veces le gusta, pero nunca solo, duda. Sigue repasando lo que es un día entero de desayuno, comida y cena, todo lo necesario para al menos siete o diez días. Va también a donde está la sección de ferretería y los artículos del hogar. Algún cuchillo, un par de vasos y tenedores, servilletas de tela no está encontrando, jabón, solo uno, no va con él esa costumbre de uno para cada cosa, un escobón vendría bien. Ha recobrado las fuerzas. Está dirigiéndose a pagar cuando se da cuenta de que Nicolás está en la caja de al lado. Él otro no lo ve. A su lado hay una joven risueña que no deja de hablar, lleva dos horquillas a cada lado en forma de corazón, va vestida con colores pastel y lleva un delicado collar con otro corazón seguramente de oro. Él le da un beso chiquito, ella se deja besar sonriente y le pide otro.

Tomás está yendo a su furgoneta con el carro. Nicolás va unos pasos más adelante. No quiere imponer nada, si el otro quiere saludar como si nada, bien, que no, lo entenderá. Al fin, llega el irremediable momento. El coche de ellos estaba antes, otra camioneta, mucho más moderna, cara y de gasoil.

—Ey, ¿qué tal?, ¿estás ahora por la zona?

—Sí, ando por aquí. —Tomás le sigue el juego, no tiene idea por dónde quiere llevarlo.

—Mi mujer, Marina, ¿te acuerdas, cariño, que te comenté que estaban por fin instalando riego por goteo en la zona algunos cultivadores? Bueno, pues es gracias a él.

—Ay sí, me parece que tú entonces conoces a Manuel, ¿no?

—¿Manuel qué?

—De los Hernán, ya sabes, que se pelearon entre los primos, pero que viven uno al lado del otro…

—Ah claro, sí, yo se lo puse.

—Pues encantada.

—¿Y tú de qué conoces a Manuel?, ¿hay algo que no me hayas contado o qué?

—Tonto… Cuando hice las prácticas en el centro de salud, el Manuel, el que venía a que lo pinchara.

—Que me da igual tontita.

—¿Necesitas ayuda? Te veo hasta los topes.

—Hombre, yo creo que no, perdón Tomás, no te lo tomes a mal, pero es que tenemos prisa.

—Para nada. Encantado.

Mientras hablaban, Nicolás no ha parado de meter bolsas en el maletero, por momentos se quedaba detrás de la mujer y miraba a Tomás con deseo y prisa. Tras cerrar el capó y despedirse, él ha seguido viaje, pero justo ha escuchado la pregunta.

—Entonces te quedas un tiempo por la zona, ¿no? Si algún día te apetece vente a casa y preparamos algo.

Tomás solo acierta a decir sí con la cabeza, ni siquiera ha mirado a Nicolás al responder.

* * *

Carmen le ayuda en silencio a descargar todo. No se ha sentado en la silla en todo el día. Ha buscado quehaceres para evitar el momento. Alguna palabra entre ellos se dicen, como si ambos quisieran convertir esa extraña y forzada convivencia en una tregua. Ella se ha esmerado en hacer una tortilla de patatas, huevos y patatas había. Se le da bien y lo sabe. Al vaciar las bolsas se da cuenta de que no ha comprado vino. Pues ahora le apetece, será con agua.

—¿Dónde prefieres que ponga la mesa?

Ve la duda en Tomás. Cenar juntos es un paso con el que no habían contado.

—No tengo mucha hambre todavía, pero cena donde prefieras, por supuesto.

Carmen entiende el mensaje. Mejor así.

Esta vez decide no seguir los círculos que marca su alma de trompo. Se pone un pedazo en un plato, coge su nueva servilleta de tela a cuadros rojos y blancos, sale y se sienta junto a la acacia.

—Hola, amiga.

* * *

No ha sido del todo amable. Prefiere no acercarse tanto a ella. La casa está diferente aunque no ve ningún cambio. Carmen ha dejado la bola de cristal en la misma repisa que él la había colocado por la mañana. En la mesa baja junto al sofá ve un texto, en realidad son hojas impresas unidas con cola por el lomo como un libro improvisado: *Almudena y el colibrí*, por Fernanda Aldecoa.

Tomás está casi seguro de que es de la madre de Carmen, no parece íntimo, «si no no lo hubiera dejado aquí». La verdad es que tiene mucha hambre. Atisba por la ventana, la hija de Fernanda está con la mirada fija en el atardecer, ha dejado a un costado el plato vacío, bien sabe Tomás que contemplar ese fin del mundo, la embrujará hasta que se torne oscuro y se dé cuenta de que ya es de noche.

* * *

Carmen necesita respuestas, por eso elude la extrañeza que le produce encontrarse al hijo de Tomás Reyes leyendo los cuentos de su madre. Se ha sentado en el suelo junto a la mesa con las piernas cruzadas enfrente del leyente. El rostro de Tomás rehuye el sonrojo que le ha producido sentirse cazado, aunque le ha podido más el desconcierto de verla sentarse de esa guisa.

A la trabajadora social le urge más preguntar:

—¿Es normal que haya crecido aquí ese árbol?, ¿o crece por muchos lugares?

—Aguanta mucho y se adapta a todo, aunque no es típico de la flora de aquí, en jardines grandes cada vez lo ponen más.

—¿Y así?, ¿libre?, quiero decir, ¿en calles o caminos también hay?

—Sí, no tantas, no son tan silvestres. Normalmente es porque alguien las ha plantado.

—¿Te está gustando? —Su alumna se refiere ahora al libro de su madre.

—Sí. —Toda la timidez en un monosílabo.

—Lo escribió para adolescentes —al momento de decirlo, se arrepiente—, yo también lo leo, me refería a que lo escribió para mi hermano y para mí cuando éramos aún chicos.

—Tu hermano es el colibrí, el culo inquieto, ¿no?

—Ni te imaginas. Lo era. Sí, era un ave errante.

—Disculpa, lo siento.

—Fue hace mucho tiempo. Ya no quedan vivos en mi familia. *C'est la vie.* —Lo dice yéndose de nuevo afuera, al fresco y a su memoria.

—En la mía tampoco.

Carmen se queda pensando junto a su nueva compañera, duda que el dato de la albizia pueda ayudar en algo a los investigadores de su caso, ¿o quizá sería posible un nuevo rastreo? ¿Merecerá la pena preguntar a ese inspector que se compadece de ella?

La luna continúa vigorosa. Tanto que cuando Tomás se ha acercado a colocar otra silla junto a ella, puede distinguir su rostro delineado y todo el sol que ha apresado durante el día, también aprecia las nervaduras de su mano al verle partir la tortilla con el tenedor y el color de la cerámica del botijo que ha colocado entre los dos con mucho cuidado. Tomás come despacio.

—Está muy rica. Gracias.

* * *

La luna se asombra ante esos dos extraños seres que no dejan de contemplarla sin mirarse entre ellos. Le desconcierta más aún que su silencio, su tranquilidad. Ahora ella ha agarrado el cántaro para beber, le cae agua por todos los lados. Le da la risa. Luego se ríe él. Qué intrigante es la humanidad.

TERCERA PARTE

15

PRINCIPIAR

*(Pasar una cosa de no estar existiendo
o haciéndose a estarlo)*

Una manta de ganchillo hecha a mano los cubre para evitar
coger un resfriado. Incluso con la serpiente anudada a sus
pies, los siente calientes. Solo el dorso del pie derecho donde el
reptil apoya su cabeza para dormir está glacial, trata de restre-
garlo con el izquierdo para calentarlo. Carmen continúa con los
párpados lacrados. Tiene las dos manos entrelazadas sobre su
vientre, como si la hubieran embalsamado y preparado para
su propio funeral. Fuera está por amanecer, se obliga al duer-
mevela para mantener ese placer de la paz que se le ha amodo-
rrado en el cuerpo. Sus manos han empezado a tamborilear
sobre su vísceras, suavemente comienzan a aletear hasta que
levantan vuelo. Planean anudadas sobre la habitación, hacen
círculos y giran sobre sí mismas, muy despacio vuelven a su
lugar, se alojan de nuevo con su dueña. Ella abre los ojos despacio, deja ir la noche, coge la manta de Mario y se la echa sobre
la tripa, «Cinco minutos más».

Va a echar de menos los cuencos llenos de fruta por la mañana. Estas dos semanas Tomás le ha mostrado los caminos cer-
canos donde coger ciruelas e higos. «Si nosotros no los cogemos,

se caerán o se los comerán los pájaros». Hay una higuera, madre de todas las higueras, apenas a diez minutos de caminata, ha ido un par de veces. Los higos ya secos y picoteados cuelgan de ella como murciélagos en la noche. La mañana que él le mostró dónde estaba, se empachó, no se lo dijo para no hacerlo responsable de lo que era su carencia total de hábito campesino. Hoy se ha animado a hacer mermelada de ciruela, con los utensilios que hay tiene suficiente. Hace años que no hace. Sale algo más rústica que con su minipimer, pero la madurez y sabor de esas ciruelas han mudado su poco talento en un manjar.

Se toma su tazón de café con leche y el pan con mermelada junto al parasol de la China o el árbol de la seda como le llaman otros. Catorce días sin que nada ocurra. Su mente se la había jugado en un momento de vulnerabilidad, ese fue el resumen que le había hecho su terapeuta, a quien por fin se había animado a explicárselo en una videollamada. La paciente entiende que es la especialista la que tiene conocimiento para describir lo que le pasó, aun así ha determinado seguir atándose con una cadena que nadie ve a ese árbol: lo hará cada mañana, cada tarde, cada noche, hasta que regrese lo que puede que no fuera ni memoria ni realidad.

Está segura de que Tomás la ha escuchado llorar alguna noche. Duerme por hartazgo, no por sueño. Jonás no ha vuelto a mandar ningún mensaje. Ahora deja el teléfono en la habitación durante todo el día, apenas lo mira, le ayuda a tener las venas menos estresadas, a diluir toda su cuita entre los verdes prados del edén que pisa cada mañana. Porque también camina descalza por el césped. El extraño ser que habita con ella, para poco en la casa, no le pregunta o no tiene curiosidad. Seguro piensa que perder a una madre de la forma en que todo ocurrió, ha obrado todas esas rarezas en ella. No se cuentan sus vidas, ninguno se ha sentido obligado a compartirla. «Ya no quedan vivos en mi familia» es lo más personal que ella le había dicho en todo este tiempo. «En la mía tampoco», le había respondido su compañero. Dos huérfanos de todo. Los mejores convivientes posibles, sin palabras ni pasados y con las necesidades cubiertas.

Termina el café. Aspira profundamente el aroma azucarado y cítrico del árbol esperando que algo ocurra. Nada. Se sacude las migas, algún pájaro vendrá a por ellas, adora ese reciclaje constante.

Una camioneta costosísima entra por el camino. Carmen va hacia ella. Ambos parecen sorprendidos de ver al otro.

—¿Tomás Reyes?

—No está ahora, vendrá... no sé, supongo que a la tarde ¿necesitas algo?

—Ah, no, no se preocupe, un pedido que le traía, no pasa nada.

—Si quieres puedes dejarlo sin problema, según lo que sea, en ese cuarto guarda cosas de herramientas, ¿o es del supermercado?

—No, en el cuarto estará bien, seguro. Disculpe, no nos conocemos verdad, ¿su hermana?

—No, su inquilina.

—Perdón que le pregunte.

—¿Te ayudo?

—¿A qué?

—¿No vas a dejar el pedido?

—¡Sí!, claro..., pero no es necesario.

—Vamos.

Nicolás no sabe cómo salir de esa, atrás solo lleva un asiento de tractor para un cliente. Abre, tiene la silla sujeta en el fondo con cinchas de amarre, se coloca de rodillas para soltarla.

—¿Necesitas ayuda?

—No, con que vaya abriendo la puerta, puedo solo.

Carmen supone que está abierta, pero se adelanta por si acaso. Ha visto la caja de preservativos en el bolsillo trasero del chico cuando se ha girado a desatar el paquete, ha recordado los tiempos en los que Jonás y ella se meaban de risa delante de la góndola de condones tratando de elegir un sabor, al final siempre compraban los que no tuvieran ninguno. Hace más de once meses que no hace el amor. Desde aquella vez. Aquella única vez que fueron capaces después de su violación.

Efectivamente Tomás no la había cerrado. Se apresura por si acaso para ayudar a Nicolás y coger por un costado la caja, es enorme. El final del trayecto lo hacen entre los dos juntos. Él ha visto un rollo de papel de cartón en un costado y le ha pedido que lo extienda para no manchar nada. Puntillosidad. A ella le agradan las personas que hacen bien su trabajo hasta el final. Una vez colocado el pesado bártulo, no pueden evitar mirar ambos la foto del asiento que hay en la caja.

—Una silla sin patas.

—De tractor.

—Ah, claro.

—Sí…

—¿Te tengo que firmar algo o lo arreglas todo con Tomás?

—Con él, no se preocupe.

—Carmen, de tú, por favor.

El vendedor se ha ido hace un rato. Ella ha entrado para elegir alguno de los libros que el otro habitante de la casa le dijo que iba a dejarle sobre el sofá, son muchos. Leer. Leyó tanto tantos años. Hasta que el trabajo le echó un pulso, ellos o yo. Desde entonces relee a su madre, pero eso no cuenta, no es lo mismo que sentarse, buscar una postura cómoda sabiendo que tendrás que cambiarla y comenzar la lectura con suspicacia, a ver qué me vas a contar que sea más oscuro que la vida, o más incomprensible, o de gentes más bellacas o perdidas, o que sepan más de amor que yo. Los coge, los deja, vuelve a ver las portadas, las biografías de los autores, en uno de ellos hay una anotación hecha a mano debajo del prólogo: «Fui muy feliz», se queda con ese, o mejor él se ha quedado con ella. Es un buen tocho. Josep Plá, *El cuaderno gris*. Se pregunta si es la letra de

Tomás, si él habrá sido feliz volviendo del campo de noche y quedándose hasta la madrugada con él.

De repente deja el libro. Va a su habitación como si un espíritu burlón le hubiera agarrado un brazo y arrastrado hasta ella. El móvil está sobre la mesa. Busca a Jonás y le escribe: «Voy a estar unas semanas fuera de casa. Ve cuando prefieras. Espero que estés bien». Lo ha enviado sin darse tiempo. Si hubiera tardado más hubiera puesto «Te quiero» en forma de rúbrica. Mejor así. ¿Qué sentido hay en querer en vacío? ¿Querer haciendo doler al otro? Si ella hubiera terminado con esa declaración, hubiera sido para Jonás un escalpelo atravesándole órganos cuya pérdida no hubiera sido potencialmente mortal, pero sí injusta. Porque sabe que él la ama. La violencia venció al amor. Tan solo eso.

«Gracias, deseo que tú también Carmen, te quiero». Se agacha sobre sus rodillas al leer su respuesta, sino quizás se hubiera caído al suelo.

«¿Por qué él sí lo ha escrito?, ¿cómo te has atrevido, mi querido Jonás? No puedes decirme te quiero, no ahora, ¿qué es?, ¿un te quiero de amigo?, ¿de compañero?, ¿de pareja?, ¿de adiós?, ¿de estoy aquí?, ¿de búscame?, ¿de hasta siempre?, ¿de qué?».

El bisturí se lo han clavado a ella. Tiene lágrimas por doquier y no sabe qué hacer con tantas. Apenas son las 9.45 de la mañana. Va a la alacena. Abre un tinto de la zona que habían regalado a Tomás. «Vamos a ver si pisáis bien las uvas por aquí» No siente el sabor de la garnacha porque no bebe sino que traga el primer vaso. Se llena otro más como si se sirviera agua, echa el resto de la botella en la jarra de barro. Pasa por el sofá, coge a Plá.

—Vámonos tú y yo.

Sale al prado. Se sienta con el botijo y el libro. Busca una postura para acomodar el llanto y el vino.

* * *

Julián se ha mofado de su loca idea, alfalfa y lavanda juntas, no.

—De regar sabrás mucho, ¡pero ojo con equivocarte con lo que plantas! El viejo tenía alfalfa porque tenía un corral alquilado con animales, aquí ya solo los que tienen granjas la ponen, ¿tú sabes el agua que necesita eso?, de lavanda no sé nada, pero si tú conoces a alguien que dices que sabe…, y piénsate lo del almendro o el olivo, que eso siempre da algo. Ah, ten, estos son los que alquilan tractores, de fiar, nuevitos. Pero volviendo a lo nuestro, yo me armaría la huerta y seguiría con mi trabajo, o lo uno o lo otro. Si cultivas, olvídate de tener tiempo para otra cosa. Esto es un consejo, tú tómatelo como quieras.

—Lo pienso.

—La próxima semana, festejamos el cumple de la Chechu, pasaros por casa, digo, traete a la inquilina que mal no le va a hacer ver gente. Me dice Mari que alguna mañana la ha visto por el camino a la charca, pero la mujer, amistades no ha hecho ninguna, a ver si esta se cree que el campo es contagioso.

—Se lo digo. Cada uno hace el duelo como puede, Julián.

—Me vas a decir a mí.

—¿Se te ha muerto alguien?

—El hijo sano que no tuve nunca, Reyes.

Tomás traga sin contestar. No se meten nunca en los terrenos personales del otro. El negociante recibe el silencio, pero no se arrepiente de haber hablado demasiado.

—Que quieras mucho a un hijo, no significa que dejes de querer al que no has tenido. Veniros, anda. Estará también Lucía que ya este año es el último de eso que está estudiando que no me preguntes para qué sirve. A ver si la convences de que no se marche a la ciudad que no sé qué se le ha perdido ahí. Quince kilómetros vale, pero esta me parece a mí que quiere irse bien lejos.

—Le pregunto a Carmen.

Lo dice ya montándose en el todoterreno. Julián parece que recuerda algo.

—¡Oye!

Tomás arranca sin llegar a oírle. Si le hubiera escuchado, el padre de Lucía le hubiera contado que a su hija mayor le sonaba mucho la cara de Carmen y que cree que sabe quién es, «Tampoco es importante, en el cumpleaños».

«Vente ya mismo», le ha puesto en un mensaje. Nicolás es imperativo cuando tiene ganas. No le molesta, tampoco le suma ninguna atracción, hay hombres y mujeres que les complace recibir el mandato del otro, no es su caso, bastante tuvo, pero si a un joven que lleva más años de ficción que de matrimonio, dar órdenes le hace creer que aún hay algo de su vida que puede manejar, no será él quien proteste.

Recibe un segundo mensaje: «Tráete la silla que ha quedado en el cuarto de las herramientas». No tiene idea de qué diantres habla. Lleva más de cinco horas cavando. Puede ir ahora. Desde el fondo le parece ver a su pareja de hecho de estas semanas tirada en el suelo. De cerca también. Un libro y ella, están aplastando las margaritas, no está en la silla, sino sobre la hierba, medio incorporada de un costado, tiene las manos enlazadas y las aletea como cuando los niños hacen sombras chinescas buscando hacer figuras. Ella lo ve también, pero apenas reacciona, al contrario, sus brazos mantienen ese extraño baile, delicado a la par que enajenado, hace falta solo un instante para atisbar en sus pupilas el alcohol y el olor a vino. El botijo está tumbado junto a ella. No parecía de esas.

—¡Estás aquí!, ¡dime! ¿Qué es?, ¿qué te parece?

Tomás mira hacia el tronco y el reflejo de sus movimientos, siendo piadoso y paciente, pudiera ser la forma de una mariposa.

—¿Una mariposa?

—Caliente…no, frío, frío. Es un pájaro que come gente. Mucha gente.

Dice eso y cae agotada de borrachera y escozor. Los ojos están hinchados y rojos de haber llorado demasiado tiempo.

Carmen da un respingo de pronto, sitúa con la vista el hoyo con las hojas y las cenizas.

—Uy, perdón, no, aquí no. —Cerrando casi los ojos, mueve algo su postura y coloca su cabeza medio metro más alejada de la fosa.

Tomás ha ido a coger algo para taparla. Antes de salir ha recordado el paquete que le llegó a ella hace dos días, como quien entra a un lugar sagrado, abre la puerta de su habitación, ve en un rincón la manta de crochet. Afuera Carmen se ha quedado dormida, lejos de todo. Él retira con cuidado el botijo vacío. Usa la frazada a modo de almohada, con la otra le cubre los pies para que no le piquen bichos. No pasa nada porque duerma la borrachera a ras. Es de día. Como mucho, hormigas que le cosquilleen y despierten en un rato. Nada malo.

Le ha costado meter la caja en su camioneta. No entendía qué hacía ahí. Después ha hilado. Él habrá venido a darme una sorpresa y al estar ella, ha simulado un envío, «¡cuánto fingir, qué camino agotador!». No se habían vuelto a ver desde el supermercado. Seguramente él ya sabía que Tomás va a quedarse más tiempo del que le había dicho. Mucho más. Asumió que en su cabeza de hombre casado había sido mejor no verse este tiempo, dejar claro que no hay nada entre ellos. Un par de minutos que hubieran hablado del tema y todo zanjado, pero esa sigue siendo una charla que siempre se les escapa por los resquicios del sexo.

—Me ha dicho un pajarín que te quedas un poco más que unas semanas.

—Me quedo, sí. Vamos a ver…, ¿al dueño de la silla qué le has dicho?

—Que se me ha pinchado una rueda, que el lunes se la llevo. ¿Y ella?

—Larga historia. En un par de semanas, cuando yo firme todo, se va.

—Con mi mujer estoy muy bien —asevera relajado pero firme.

—Y espero que sigas así.

—Algún día puedo pasar de nuevo por la casa esa que va a ser tuya, ¿no?

—Podemos dejar de vernos también. Como quieras.

Es lo más íntimo que han hablado en tres años. Como todos los sábados por la tarde el langar está cerrado, están en su despacho. Nicolás le ha revelado que su mujer está pasando el fin de semana en la ciudad haciendo compras con su prima y se ha quedado en lo de sus tías, por eso pueden reposar el coito, dejar lugar para las caricias; pese a lo feroz y abrupto del sexo entre ellos, les gusta también que los minutos transcurran indolentes cuando se da la oportunidad. Han tomado un licor casero que algún cliente le ha regalado, no tiene etiqueta y ninguno de los dos tiene claro qué se ha macerado en todo ese alcohol. El sopor les da hambre, enseguida saca un par de morcones y pan de molde que siempre guarda en la pequeña nevera del despacho.

—¡Qué manjar me tenías preparado!

—De despedida.

Se conocen lo suficiente como para saber en qué se reencarnarían, a quién querrían matar, qué es lo que más lamentan haber hecho en la vida, cuándo están de broma o no. Aparentemente casi siempre. Esta vez no. Tomás no pregunta, tenía que pasar, si no es hoy, podría ser en seis días o seis meses.

—Marina está embarazada. No lo sabías, pero llevamos años intentándolo. Estaba seguro de que era culpa mía, ya sabes, mi castigo por ser un imbécil, esta vez sí, de dos meses; un garbanzo, ¡es un puto garbanzo, macho! —lo dice mientras lo escenifica con el dedo gordo e índice de la mano derecha—, pero va a ser mi hijo, no quiero cagarla más.

—No tienes que explicarme nada. ¿Quieres que me vaya ya?

Nicolás se lanza a besarlo como si el único mundo en el que es libre estuviera en la boca de Tomás y fuera a perderlo para siempre. Le ruega que lo ame y lo excite una vez más, no sabe cuándo podrá volver a sentir. Le implora que lo penetre como si el planeta fuera a desaparecer. Como en esas películas donde todo estalla al final, le ha dicho. Permanecen uno dentro del otro con toda la furia y el deseo de que son capaces

—No te corras aún, por favor, aún no —llora como el chico atado a unas riendas que es, como el hombre sin denuedo, el marido bañado en patrañas, llora porque escuece ser quien es, el vicioso, el depravado, llora porque quiere que su hijo crezca sano y buena persona y que no se parezca a él, llora porque no merece a ninguno de los dos. Reyes tiene los antebrazos húmedos de sus lágrimas.

—Quédate aquí, no te muevas.

Se viste ágil y veloz. Se acerca suave por detrás antes de irse. Le habla al oído.

—Vas a ser un buen padre.

El príncipe queda unos segundos más con su frente apoyada en la pared, ha cerrado los ojos, desde su oscuridad escucha el sonido de las pisadas de su rey al alejarse y el golpe que da la puerta lateral por donde sale siempre para que nadie lo vea. Le llega la corriente de aire que entra por la ventana del baño, se queda inmóvil unos instantes más, cuando se vuelva su amante ya no estará, pero su figura se habrá convertido en la de un hombre de provecho.

* * *

—¿Has descansado?

—Sí, dame más agua, por favor.

—Ten, si no te va a reventar la cabeza.

—Gracias —dice mientras coge de la palma de su mano un analgésico.

—Julián quiere que pasemos por su casa el próximo fin de semana, celebran el cumpleaños de Chechu.

—Chechu...

—No te sientas obligada.

—No, está bien. Así que un tractor. ¿Me vas a dejar manejarlo?

—Se equivocaron con los albaranes, no era para mí, ya lo he devuelto.

—Igual no me hubieras dejado llevarlo.

—Igual ya te hubieras ido.

—Tienes razón.

La cadencia de sus voces bajo las ramas se entremezcla con las chicharras y el silbido del céfiro.

—Tu madre no dijo tu nombre antes de morir.

—No pudo, hacía dos años que no recordaba quién era yo.

—Mi padre jamás me llamó hijo. Ni de pequeño.

—No, cuando murió tampoco, en realidad no le dio tiempo a nada —decide no contarle nada más, Reyes no pregunta tampoco.

Otro sol que se despide viéndolos juntos. Carmen está recordando el te quiero de Jonás y se compadece de su matrimonio, Reyes retiene el olor de Nicolás en su lengua y siente pena por él. Tragan sus pensamientos a un lado para arrullarse entre ellos. Hablan de la Chechu, deciden que le van a comprar juntos un flotador.

16

FÉNIX

(Ave fabulosa a la que se le atribuía que cada vez que moría resucitaba de sus cenizas)

Al despertarse no remolonea, mira hacia afuera enseguida, los últimos días ha intentado ir a la par con el sol y levantarse a la vez, por eso lo primero que hace es comprobar si lo ha conseguido. Ya ha amanecido. Otra vez será. Había recibido un mensaje de Jonás la noche anterior: «Ya está todo, he guardado las llaves donde siempre, he dejado unas a los vecinos por las plantas, no les he dado muchas explicaciones, cuando vayas, les avisas». No puso más te quieros. Ella no había contestado nunca al anterior. Había sido él quien decidió no hablar, abrir una puerta e irse solo con su dolor, un paso más que hubieran dado, un decirse cosas, pues no.

Desayunar se ha vuelto un placer. Estas semanas no se ha molestado en estar al día de nada de su trabajo. Además de obligarse a recordar, a seguir el camino de aquella imagen que seguro no volverá, el otro empeño en este alto ha sido forzarse a la holganza. A darse un tiempo sin pensar en su madre, en sus casos, en los problemas de la familia de Mario, en la jubilación de Petra, en los alumnos de Jonás, en la vecina del sexto que se ha quedado viuda y no sabe cómo cobrar su pensión, en la chica de la óptica que lleva dos meses en silla de ruedas por una mala caída, en su compañero que ha pedido tres bajas en cinco meses, en su prima que le han detectado un cáncer, en la hija de ella que ha suspendido todo y no tiene pasión por nada, en el jardinero del cementerio que si no exige sus derechos morirá de un golpe de calor, en la concejala de cuarta que ha convertido la placita donde jugaba de pequeña en cemento abrasado.

Pensar solo en ella está siendo su gran despojo, el mejor botín. La preocupación desmedida por el otro había sido su forma de desviar el trauma primero, y el duelo después. Jonás la sentó una mañana en la cocina, ella se había ido a las siete para acompañar a su vecina a hacer trámites, les habían hecho un hueco antes de abrir al público, ese mismo día llegó a las dos de la mañana por un problema con un padre en una comisaría.

—Lo que estás haciendo tiene muchos nombres, no te digo que seas consciente, pero en algún momento tendrás que parar y pensar en ti —le había interpelado.

Algún momento es ahora. Camina hacia su meta matinal: café, fruta y huevos. Ya no anda de puntillas. Tomás estará trabajando en su circuito de válvulas, mangueras y filtros, vendrá en unas horas con ganas de comerse varios lechones o dos platos de macarrones o tres montones de ensalada, todo le vale.

Cuando llega a la cocina, hay un libro abierto en una página llena de diagramas, la cabeza de Reyes descansa sobre él, Carmen se acerca despacio, está totalmente dormido. Va hacia la despensa evitando que sus pies rocen el suelo. Con mucho tiento coge el pelapatatas que él terminó comprando en contra de su voluntad, al final se arrepiente de lo que va a coger, «si como una manzana haré mucho ruido», coge un plátano, el café está hecho, «entonces, ha desayunado». Mientras ella termina de servirse su taza no puede dejar de contemplar el sueño de él, no han hablado nunca de lo que ocurrió con su padre, pero no lo siente un hombre con remordimientos cuando duerme, su cuerpo no tiene pequeñas sacudidas ni musita palabras, está relajado como un chico que se ha quedado estudiando la lección hasta muy tarde. Lo escucha respirar, prueba y se pone a inhalar acorde con él, «si yo respirara siempre a esta velocidad... es mucho mejor que la mía». Se ha sentado enfrente de él. Ahora Tomás parpadea. Suave. Abre los ojos como quien puede hacer eso o cualquier otra cosa en ese momento. No se asusta ni incomoda al ver los de ella enfrente observándole entre divertidos y saludadores. Mira primero hacia abajo, su libro, hacia los costados, la mesa de la antecocina, enfrente, ella; asiente bajando un par de veces la barbilla. Antes de hablar, ella le ha colocado un café.

—Apetece, ¿a que sí?

—Gracias.

—¿No sales hoy?

—Está el sol muy alto ahora, han dicho que iba a subir mucho la temperatura.

—Mucho mejor irnos a comprar el flotador.

—¡Dónde va a parar!

Después se quedan comiendo el plátano que ella ha dividido para los dos, trae también un par de manzanas, él la come a mordiscos, ella la pela. No hablan más de momento.

* * *

No había dormido en toda la noche. Ha escuchado en su oreja el susurro de Nicolás:

—Bujarrón, bujarrón. —Él le ha tocado sin mirarle la barbilla, los pelos están bastos y duros, no entiende si su amante es casi lampiño.

—¿Te ha crecido la barba? —Cuando termina la pregunta, se encuentra con el rostro de su progenitor.

—La polla me ha crecido, bujarrón.

—Perdona, papá —le ha contestado un niño con el pelo tosco y pardo.

214

—Bujarrón —le vuelven a decir al oído.

Es Nicolás ahora. Después de decirlo, se ríe fuerte. Tomás adulto se gira para verlo porque le gusta mucho su boca cuando ríe, en cambio al joven se le están cayendo los dientes, hay mucha sangre resbalándole por los labios.

—Mira lo que me has hecho hacer.

Y le muestra sus manos desproporcionadas llenas de colmillos. Ha intentado volver a dormir, imposible. Ha desayunado antes que ningún otro día, todavía hacía rasca. Se ha tomado el café con uno de sus libros delante. Esta vez se ha prometido terminar los estudios.

No sabe cómo ha pasado, pero ha debido dormirse de nuevo, ahora esa mujer está enfrente mirándolo. La primera décima de segundo no le viene el nombre. Carmen, la hurgadora. Ella le ha puesto un café como pipa de la paz y lo agradece. Esa sin nadie, lo conoce más que su aciago padre, más que la madre que se tiró delante de un autobús o que el amante que se avergüenza de ser él. Muerde una manzana. Todo lo calma una manzana.

Tomás va con Carmen a comprar, juntos por primera vez. Van al hipermercado, dejan la camioneta en el mismo *parking* donde él se había encontrado con Nicolás y Marina. No quiere tropezárselos de vuelta. Había pensado ir a otro lugar, pero ¿qué sentido tiene?, en algún momento se lo va a encontrar de nuevo.

* * *

La trabajadora social llevaba días sin ver personas, góndolas, productos, publicidad, reclamos. Examina todo como si hubieran pasado años. Compran en la carnicería lomo y pollo.

—Por favor, algo de pescado —ruega ella. Los dos pasan por los dulces y los refrescos como si no existieran y dudan con la verdura, deciden que al día siguiente irán a comprarla al mercado que ponen en un pueblo cercano. Llegan a la sección de hogar y juguetes, hay un espacio reservado para el verano, sobre una escalera han puesto colchonetas, manguitos y flotadores, uno de ellos es un unicornio blanco con una cresta de colores. Lo levantan al unísono.

—Estaba claro. Pues este.

—Vámonos.

—Espera, compremos alguna cosa para la hermana, ¿cómo se llama?

—Lucía.

—Para Lucía.

—No es su cumpleaños.

—Ya.

—Bueno.

A un par de metros hay unos sombreros de paja, ella se pone un par de ellos, se mira en el espejo que hay donde los cuartos de baño justo detrás.

—Este. Ahora sí.

Carmen insiste en pagar. Él la mira como si hubiera dicho algo ridículo.

—Cuando vaya a tu casa, pagas tú.

—No vas a venir nunca.

—Igual da.

* * *

Ni Tomás ni Carmen se sienten en su entorno. Van cada uno con un paquete, el de Chechu y el de su hermana. Habían pensado que iba a ser un pequeño festejo, pero nada más llegar escucharon gritos, matasuegras, música y esa costumbre de los pueblos de hablar cada vez más alto. Tomás conoce a varios de vista, Carmen a nadie. Todo el mundo es cordial, pero todo el mundo los mira. Son los forasteros. Hay comida y bebida por diferentes espacios de la casa: en la mesa central, en la cocina, en una nevera de campo, al borde de la piscina desmontable y en unas bandejas apoyadas sobre otra mesa auxiliar. Julián y su mujer habitan la clásica casa de pueblo con fondo, un patio amplio lleno de geranios, hortensias y petunias. En el centro de todo, está Chechu sin parar de salir y entrar del agua, sale con su bañador de *Superwoman*, se sube de nuevo al tobogán verde y rojo de plástico y se tira en círculo una y otra vez, chilla cada vez como si le diera mucho miedo, pero bien saben todos en la zona que Chechu no le tiene miedo a nada.

—Aquí está la pareja de vecinos que unió vuestro padrino Julián, ¿a que os estáis llevando bien?, ¿a que no se me ocurren a mí malas ideas?

El negociante lleva unos cuantos cubalibres, está exultante y divertido, al menos a su manera.

—Tú ven para aquí, que te presento a mi esposa y ella te presenta a toda la recua, que vale que no te vas a quedar, pero hay que conocer gente. Primero, ¿cómo estás?, ¿te sientes mejor?, ¿cómo te cuida mi amigo? Si no lo hace bien, tú me llamas y pongo orden, ¿estamos? Y tú, ven para aquí, que están los de la cooperativa, ya te van a contar ellos cómo anda el aceite este año.

Julián hubiera podido seguir hablando por varios lustros más, afortunadamente otros invitados y familiares que hablan incluso más que él, le han tomado el testigo. Carmen se suma al alcohol, pero despacio porque no le queda un buen recuerdo de la resaca de vino. Tomás disimula como lo hace siempre, coge una copa de vino blanco de la que apenas bebe, cada tanto se pone hielo y agua de nuevo y pareciera que sigue bebiendo, de esa forma nadie le insiste. Nadie se da cuenta. Casi nadie.

—¿Qué?, ¿no bebes?, ¿te acuerdas de mí?

En tres años solo había coincidido con ella aquel día en el *parking* y ahora se ha encontrado con Marina dos veces en unos pocos días, también es posible que en el pasado la hubiera visto, pero sin saber quién era.

—Tengo que conducir. ¿Conoces a Julián?

Ella se carcajea, con razón, es difícil que alguien en la zona no lo conozca.

—Además de que es Julián, su madre y la mía son primas. Segundas, pero ya sabes.

A la vez que habla, Tomás intenta averiguar si la pareja de Nicolás ha ido sola; se topa de bruces con la intuición de ella.

—Nico no ha venido. Estas cosas no le gustan. «Te vendría bien para el negocio», le insisto siempre.

Está intranquilo, hay algo tan dulce en la mirada de ella que le remueve.

—Bueno, creo que ya nos vamos.

—¿Carmen es tu novia?

—No, amiga.

Al parecer su compañera enseguida ha hecho migas con los invitados, en cambio él solo quiere salir de ese jardín. Decide despedirse de la peor manera.

—Por cierto, enhorabuena.

La felicitación cae como si alguien hubiera tirado una moneda en una sima profunda. Están esperando los dos a que se escuche el sonido metálico que revele que ha llegado al fondo.

—¿Lo sabes?

—Perdón, supuse que... vamos que todo el mundo lo sabe ya, ¿no?

—¿Te lo dijo él?

—Imagino que sí, no recuerdo... supongo que sí, estaba eufórico, ya sabes, los hombres, enseguida nos gusta presumir aunque hagáis vosotras todo el trabajo.

—No se lo habíamos contado a casi nadie.

Eso que era tan dulce en ella, empieza a cubrirse de una turbia madeja de estados anímicos.

—Dicen que da mal augurio contarlo antes del tercer mes. Este sábado se cumplía.

—Disculpa, ¿ha pasado algo?

—Le dije a Nico que me iba de compras, en realidad le quería dar una sorpresa, no pude dársela, el sino de mi vida, cuando llegué, alguien había llegado antes que yo. Yo pensaba que no, ¿sabes?, mi prima estaba segura de que Nico... nos queremos mucho, Nico y yo nos vamos a querer siempre, no importa cómo sea él.

—Perdona Marina, quizás no soy yo con quien quieres hablar.

—Sí, es contigo, la gente tiene miedo a usar palabras correctamente, muerte súbita me dijeron en el hospital, que pasa más de lo nos creemos, soy enfermera, lo sé, pasa, pero no tanto, por eso teníamos que haber esperado a decirlo, mi hijo ya no está, murió de tristeza el sábado, a ti te lo quería decir, iba a ir mañana a decírtelo, había averiguado cómo llegar a donde vives, pero bueno, te veo aquí y mejor, brindo por los dos, creo que ninguno va a tener lo que quiere en esta vida, brindo por nosotros, por toda la felicidad que no vamos a tener.

Tomás no puede mantener la mirada en alto, la grieta es un pozo profundo al que caer, al que tirarse, una hondonada donde arrojar ambos cuerpos, el de esa chica y el suyo. Ella continúa hablando sin apremio, sin juzgarlo, sintiendo que la vida los ha castigado a los dos sin aviso y sin remedio, a él porque seguirá escondiéndose, amando en bares de carretera o en cuartos improvisados, a ella porque ha decidido seguir amando a quien no puede desearla.

—Él va a cambiar, no seremos padres de momento o nunca, pero va a cambiar.

Reyes por respeto continúa en silencio.

—¿Te puedo pedir que, por favor, no vuelvas a verle?

En Marina no se ha desdibujado ni por un instante la quietud amable con la que le habla. Él traga ácido, por egoísta, por incluso sentirse ajeno a un drama que no va con él, por no entender si es mirada de odio o de amor lo que tiene delante, porque el niño que esa pareja quería criar juntos no debería haber muerto, porque no sabe qué parte juega él en ese póker de infames y ángeles. Quiere abrazarla como si fuera la hija que no va a tener, la hermana que jamás tuvo, la amiga que no conoció, la madre que anheló siempre.

En cambio es a él a quien abrazan. Lucía ha llegado por detrás, le ha estrechado por la cintura, lleva puesto el sombrero de paja. Su padre sabe el afecto que siempre se han tenido, por eso lo había elegido para que le diera advertencias y consejos. A Reyes la discapacidad le confunde, en realidad, el comportamiento de la gente alrededor de ella. Suele evitar estar cerca de la Chechu, le provoca ternura, pero ha preferido siempre pasar más tiempo con esa casi adolescente que un día eligió columnas romanas como bienvenida al negocio de su padre.

—¡Madre mía que mayor estás ya, cariño! Me voy a ayudar a tu madre un rato.

Y con esa frase mundana, Marina se ha despedido dejando a Tomás con la lengua avinagrada y las sienes sacudidas.

—Se supone que debo convencerte de que no vayas a la ciudad.

—Tú también no, por favor.

En ningún momento iba el adulto a decirle a la todavía niña que no huyera, que no fuera tras sus quimeras, le quedan años de equivocarse y regresar y pensar y volver y decirse. Querría prevenirle que se enamore de alguien que no finja ser otra persona, que no se deje hacer daño por hombres como él ni como Nicolás, que nadie que no vaya siempre de frente merece la pena, que yerre por amor, no por simulación. Que sea fuerte sola, pero que le guste refugiarse bajo las tormentas con quien le quiera, que cuando le lastimen, que lo harán, vuelva a su círculo y lo haga sola, que solo ahí podrá dejar de lamerse heridas y salir de nuevo al mundo. Se le cruza la imagen de la mujer de Nicolás y sus horquillas en forma de corazón. Lucía le saca de su mundo.

—Reyes, ¿podemos ir con ella?

—¿Con quién?

—¿Con quién va a ser? Con Carmen.

Tomás la busca, la divisa a lo lejos, sigue prisionera entre varias mujeres.

—¡Ven! —Tomás ha hecho un gesto ampuloso hacia su inquilina para dejarle la puerta abierta a que salga de ahí.

—¡Voy!

Ella también lo dice de forma exagerada y contundente para que la escapatoria sea digna. Va hacia el mismo espacio vacío que él ha encontrado entre el gentío. Lo ve con la hermana de la cumpleañera, cuyo nombre ha vuelto a olvidar. Cuando está a pocos pasos recibe su abrazo impetuoso e inesperado, la adolescente se le cuelga, su sombrero se ha caído del impulso, Lucía lo recoge cohibida mientras limpia sus propias lágrimas con su camiseta de rayas. Reyes no termina de entender qué ocurre, a Carmen no le da tiempo porque enseguida escucha su nombre de la boca de la hija de Julián.

—Eres Carmen Sigüenza, ¿verdad?, la otra vez en el coche de mi padre, te quería preguntar, pero me daba cosa…

* * *

Hacía mucho tiempo que el anonimato se había convertido en su gran aliado. Después del asedio de los dos primeros meses, de ese batallón de imprentas amarillas, se cortó el pelo, se lo aclaró, y solo las personas de su entorno sabían que ella era la mujer violada por una manada. Una noticia cubre a otra, mil rostros en las redes devoran a otros mil cada día. Cuando dio la rueda de prensa un año después, le había inquietado poder volver a aquello, no quería regresar al calvario de ser reconocida, pero había podido más el ansia de que los malos acudieran. Afortunadamente, esta vez usaron todos la misma foto de archivo de entonces. Estas cuatro semanas se había sentido resguardada lejos de todo aquello hasta que una adolescente emocionada en mitad de un cumpleaños había dicho su nombre en voz alta.

—Te admiro mucho Carmen, no le he dicho nada a nadie, a mi padre algo, ni a mis amigas. ¿Te puedo abrazar otra vez?

Reyes no entiende la situación, ha intentado preguntar con la mirada a Carmen, pero se ha inquietado al ver de nuevo su rostro anciano, el que vio en el retrovisor aquella noche en la carretera. Ella se está dejando estrechar y querer; la ha conocido lo suficiente estas semanas para saber que está muy lejos, que su cuerpo está ahí, pero la hija de Fernanda ha vuelto a ese universo paralelo donde algo más allá y más cruel que la muerte de una madre, la tiene inmovilizada.

* * *

—No creo que comer ciruelas de noche haya sido una buena idea.

—Mañana lo sabremos.

—¿Es verdad que cuando se ven tantas estrellas es por que va a hacer bueno?

—A veces. El viento también camina de noche y puede menear todo si se pone.

—No hay viento.

—Ahora no.

—La mañana después de morir mi madre, recordé algo estando aquí, en esta misma silla. Pensé que volvería a ocurrir. Pero no, no va a pasar. Debería volver a casa y arreglar todo lo que dejé patas arriba.

—Aquí no te echa nadie. En unos días firmo la compraventa, pero puedes quedarte un tiempo más si lo necesitas.

—Gracias.

—¿Para qué quieres recordar?

—Para seguir con mi vida.

Él no necesita espiar sus ojos. La congoja no se puede disimular en el timbre de la voz.

La luz de la luna es tan tenue que podría no estar. Tomás escupe con fuerza un hueso. A Carmen le da la risa y arroja el suyo con toda su fuerza, llega más lejos. Ellos se tronchan juntos de la pavada, la otra desde arriba sigue sin entender nada.

17

RÉMORA

(Cualquier cosa que dificulta una acción, lastre)

Tomás por fin había firmado la compraventa. Julián le había entregado una carta de Lucía para que se la diera. En una mano llevaba la carta, en la otra, helado para celebrar juntos que ya era el propietario. Carmen le había escuchado durante toda la semana mascullar de día y desvelarse de noche, más de lo que en él era habitual «espero que por fin esta noche pueda dormir». Pese a la vigilia, su ahora amigo marchaba al campo cada día al amanecer.

Ella había aprendido por fin a despertarse antes, sin relojes ni móviles, uno de sus triunfos en estas semanas; el que más hubiera deseado, no lo había obtenido. Lo que Petra le aseguró siempre era cierto: «Avanzamos mucho, pero del cerebro no sabemos nada». La trabajadora social sigue convencida de que ahí dentro tiene algo, de que vio unas manos reales en su visión. O quizá prefiere creerlo para posponer su regreso, si no vuelve a casa es como si su separación no hubiera ocurrido.

Estos últimos días se ha levantado cada mañana excitada pensando en Jonás. Comprueba primero que Tomás ha salido, va al baño sin desayunar, se acaricia con suavidad la firma que le dejaron en el hombro, después mira fijamente su reflejo para comenzar a dibujarlo, evoca aquella noche, él lamiéndola, cierra los ojos y se deja llevar, siente el vaho de la exhalación de su marido sobre el lacrado de la herida, se baja el pijama, se introduce solo dos dedos, se palpa primero y luego se aprieta fuerte contra el lavabo, recibe su cuero bruñido rodeándola toda entera, no es el cuerpo de un hombre, sino de un coloso lleno de extremidades, la sujeta por la cintura, por el cuello y entre las piernas, por las caderas, ella continúa esforzándose con su mano hasta que desiste; no es capaz, ninguna mañana ha podido terminar, el peso de la sinrazón la aplasta como a una cucaracha resistente y bruta, la paraliza, no la mata. Hace tres amaneceres sintió que por fin iba a correrse, que sus retinas estaban a punto de anubarrarse, los dedos de los pies a tensarse, pero cuando ya iba a apretar su mandíbula y gemir, un pájaro chirrió en la casa, la asustó y todo se desvaneció. Con una escoba hizo salir al zorzal como si fuera una coruja salvaje y maldita que había que exterminar para alejar el mal agüero. Ni el recuerdo ni el placer, todo le estaba vedado.

Pasaba horas caminando, había decidido no dejarse absorber todo el tiempo por esa silla junto a la atalaya. Reyes ya es el dueño de la casa, ¿cuánto más iba a quedarse ella? Pronto tendría que regresar a la ciudad, a su trabajo, a una oficina esta vez, a esforzarse como una becaria, a airear la casa, a tomar decisiones, a ser una mujer común como lo fue siempre, a mudarse como está proyectando, a tener una mascota, a volver a comer fruta sin aroma, a llamar a quienes fueron sus amigas, ¿seguirán ahí?, las había apartado de su lado, no pudo soportar tener enfrente mujeres calmadas sin ultrajes ni heridas de guerra, no era culpa de nadie, ellas hicieron todo cuanto estuvo en su mano, pero había podido más la injusta animosidad que sentía por aquellas amigas del alma cuyas vidas les pertenecían, no había querido compartir que solo simulaba, que ir al cine era un agravio, que tomar una cerveza una ofensiva, que la dejaran

225

estar y no trataran de animarla más. Por eso se había encerrado en Jonás, y él en ella, se apartaron de un mundo que no fuera trabajo, comisaría y hospital. ¿Cómo no iban a desmoronarse? ¿Qué matrimonio va a la guerra cada día?

Tiene la carta de Lucía en sus manos, no quiso leerla deprisa el día anterior, prefirió la celebración con sándwiches de helado con que le había sorprendido Tomás. Despliega el papel.

Querida Carmen, yo te quiero mucho aunque tú no lo sepas. A mí no me pasó, pero a una amiga que ya no vive aquí sí. Yo no sé bien lo que le ocurrió, pero sé que un sábado bebió mucho y tres chicos de un pueblo cercano que habían venido a divertirse, bueno, eso, la violaron; a ella le daba mucha vergüenza, yo fue la primera vez que dije «hijos de puta» en alto en mi casa y mi madre me dio un bofetón, nunca lo había hecho, luego lloró mucho y me abrazó, es que estaba muy nerviosa la pobre. Al final fue mi amiga la que se fue del pueblo porque a los padres les daba más vergüenza que a ella. Yo lloré tanto. La quiero mucho. Ahora nos escribimos, pero no es lo mismo. Hace un año me escribió, me pidió que no se lo contara a nadie; la habían tenido que meter en una residencia porque tenía muchas pesadillas… y más cosas, supongo, que no me ha dicho. Mi amiga me puso: «Quería matarme Lu, pero escuché a la mujer que la violaron entre muchos y era tan fuerte, y dijo en esa entrevista cuando le preguntaron: "Ellos son los que deberían sentir vergüenza, no yo". Yo también voy a estar bien Lu, quiero que lo sepas, te lo prometo, el verano que viene nos vamos a ver y voy a ir a la piscina en bikini». Al final no ha venido, pero ahora cuando viva en la ciudad vamos a ir juntas a bares y a bailar y a la discoteca, y eso quería decirte, que mi amiga sigue viva gracias a ti, y que te quiero mucho aunque casi no te conozca. Lucía.

Carmen está conmovida. Durante meses recibió muchas cartas, Jonás dejó de dárselas para tener derecho al olvido, todas provenían de adultos, hombres y mujeres. Las palabras de una adolescente lo cambian todo.

«¿Cómo es posible?, ¿cómo una niña desanda el rumbo de su vida por humillación y no por dolor, por vergüenza más que daño?; dos bárbaros contra quien batirse, los que violan y los que juzgan».

Una compasión irrefrenable la desborda por todo el cuerpo, quiere ir a abrazarla, su sangre ha mudado en aire incapaz de sujetarla, le caen las mismas lágrimas que le salían a esa chiquilla sola en su habitación con miedo a que la señalaran; abandonó sus caminos, los campos de trigo, los recentales berreando a la noche, los altramuces junto a las acequias, sus amigas, dejó todo lo que conocía para que no le marcaran con un hierro como a una oveja.

«¿Quién soy yo para quejarme, para andar con lamentos?, yo con casi cincuenta años, una pareja noble, un inspector que se preocupó por mí desde el principio, amigas dispuestas a escucharme, ¿quién soy para no seguir adelante cuando una chiquilla ha podido resistir?, ¿qué más necesito recordar?».

Ya está, eso ya pasó, le ocurrió a una mujer a la que su madre creyó muralla cuando apenas levantaba una duna de arena. Abraza a la carta porque no las puede abrazar a ellas. Es hora de regresar. Se acurruca en una de las camas que no usa, desde ahí divisa con más dificultad el cielo afuera, siguen llegando los perfumes de ese verano dichoso, el azul no es claro ni oscuro, es el intermedio, significa que su compañero llegará pronto de colocar sus tuberías, entrará lleno de hambre y tierra. Cae en la cuenta de que tiene ganas de verlo. Hoy lamenta ese código que han creado de entenderse, respetarse, pero no preguntar ni inmiscuirse en los asuntos del otro. No sabe apenas quién es, pero le confiaría su vida. El papel cae al relajar su mano. Una vez más sus ojos, tanto rato sumergidos, desfallecen de cansancio.

Al haberse dormido tan temprano su cuerpo quiere levantarse. Mira el teléfono. Cuatro y cuarenta de la mañana. La serpiente se ha ido, pero sus pies continúan con el arrumaco de la manta, le viene un escalofrío, hace fresco, cierra los postigos. Recuerda la carta, recuerda su decisión: comenzar de nuevo. Le parece que Tomás tocó la puerta durante la noche. Piensa primero en llamar a Lucía por la mañana, no, debe respetar su elección para comunicarse, le va a escribir otra carta. Trajo ordenador y tiene libros, pero no papel y boli. Recorre la casa como un espectro con latido y sin pisadas, él suele dejar sus apuntes y libros sobre regadíos en la mesa de la cocina por la noche. Habían comprado un pequeño flexo porque él no se sentía bien dando la luz tan tarde y llenando todo de mosquitos. Efectivamente, tiene lo suficiente en ese escritorio improvisado. Va a la última página para arrancarla cuando termine. Es consciente entonces de toda la responsabilidad que implica esa contestación, decide no escribir acelerada y llenar todo de tachones.

—Perdona, no era mi intención.

La voz le hace dejar el bolígrafo. Apenas había escrito «Querida Lucía» cuando Tomás había aparecido en la cocina, no pensaba que lo hubiera despertado, no entiende por qué le ha pedido perdón si quien está en vela deambulando por la casa a las cinco de la mañana es ella.

—Estaba contestando a Lucía. ¿Perdón?, ¿por qué?

Él repara en la mesa donde están sus libros, la pluma que ella le había regalado para el día de su firma y su cuaderno, lo abre por la primera página donde guardó las dos hojas impresas dobladas y se las muestra, Carmen no necesita leerlas, sabe qué reportajes son, reconoce su foto con su cabello más largo y oscuro.

—Creí que las habías visto.

—Fui a la última página, no quería estropearte el cuaderno.

—Siento haberme metido en tu vida, aquel día en la fiesta… no entendí por qué Lucía sabía quién eras ni por qué se emocionó tanto al verte. Tenía que haberte preguntado.

—Tomás, has hecho lo normal, sé más de ti que de mi propio hermano, pero convengamos que no sé nada. ¿Por qué no ibas a querer saber a quién tienes metida en tu casa? No importa, de verdad, además, hoy me he dado cuenta de que toca volver a casa.

—Te dije que no necesitas irte hasta que tú no quieras.

—Has sido el mejor compañero, Tomás. En unas horas hablamos, quiero intentar dormir algo.

A Carmen no le ha incomodado su curiosidad, es un descanso que él sepa su vida sin tener que contársela, sin precisar horas de charla, berrinches o explicaciones. En este tiempo juntos han conversado de clases de árboles, de en qué dirección va a poner los aspersores y por qué, de cómo se quema más monte porque las ovejas ya no limpian el pasto, de por qué su madre llamaba colibrí a su hermano, del tipo de pintura que va a poner en la casa, de si dejar o no la diligencia fabricada con pinzas en lo alto, de qué ocurre cuando llueve en mal momento; de lo importante han hablado, así cada día que ha pasado ella ha sido capaz de sentirse más lejos de su muerte en vida. Dos recortes de prensa y una carta han removido todo.

Sabe que no va a conciliar el sueño. Coge dos mantas y se va a su árbol, en la cocina sigue la luz encendida. La carta a Lucía la escribirá mañana, se la dará en mano antes de irse al autobús.

* * *

Lo que va a hacer no está bien y lo sabe. Lucía había pronunciado el nombre de Carmen Sigüenza como si fuera una mujer conocida, alguien por quien llorar y a quien dar las gracias. Las adolescentes son muy impresionables, pero esa chica había crecido entre tres titanes, Julián, Mari y la Chechu. No era melindrosa ni caprichosa.

Cuando llega a la biblioteca, sigue al pie del cañón su bibliotecaria favorita. Ha decidido utilizar el libro de la Malinche como excusa. Ludovica enseguida le saluda sin dejar que arranque a hablar:

—Me equivoqué, ¡te llevaste la obra de teatro! Total que el que te quería dar se lo llevó la del invernadero.

—Me gustó mucho, ten, te lo devuelvo. ¿Podría buscar un nombre en el ordenador?

—Ay, claro, no sé si te acuerdas, ponlo entre comillas y así es más rápido. ¿Te ayudo?

—No, creo que... que puedo, sí.

—Ven, siéntate, dime el nombre.

—Carmen Sigüenza. No me acuerdo qué más.

—Aldecoa creo, espera, te confirmo.

—¿Tú sabes quién es?

—¿Tú no?

Es evidente que no. Al ver los primeros reportajes que salen en los motores de búsqueda, Ludovica intuye que Reyes va a necesitar quedarse a solas esta vez, «siempre la intriga con este señor», quiere preguntarle qué pasó con su mamá, pero ahora se muere por saber por qué pregunta por Carmen Sigüenza Aldecoa, «qué lejos de todo debe vivir para no saber quién es». Se queda cerca, hace que ordena libros de parvulario en la estantería de la C por si el hombre callado de nuevo la necesitara.

Tomás comienza a leer, se le revuelve el estómago. Siente en la nuca a su asistente aunque se haya quedado a unos metros, esta vez le incomoda tenerla tan cerca, como si los dos estuvieran husmeando y vigilando la vida de una mujer que no les pertenece. No soporta las palabras escritas: órganos, sodomía, cuchillos, droga, sumisión, manada, terapia, alzheimer, bazo, agresores, investigación, vagina, como si todas ellas formaran parte de un dictamen de sentencia de muerte, el de Carmen, los agresores no parecieron importarle a nadie. Le sigue molestando Ludovica, no es justo un corro de cotilleo alrededor de una noticia así, ni siquiera el de dos personas, prefiere que se las imprima, le pide el favor. Las guarda dentro de su cuaderno de química. No es capaz de leerlas ahora. Quiere ir y abrazar a su desconocida. Qué pena que en todo este tiempo juntos, no haya estado permitido hablar de ellos mismos. Cuando regresa a casa no se atreve a decirle nada, tampoco a mirarla, espera a que llegue la noche para poder estar con ella tranquilamente, siente un infinito dolor y náusea, ella desde su silla no puede verlo.

—Hoy tenemos «cachos de tortilla a su libre albedrío», se me ha roto toda.

Mientras bromea, coloca dos platos en la mesa. Hace más de dos semanas que cenan juntos.

—Firmo por fin mañana.

Tomás percibe cómo ella toma aire como un pajarillo, luego bebe agua, siempre lo hace cuando algo la pone nerviosa.

—No significa nada. Que me toca pagar impuestos, solo eso. Sabes que te puedes quedar el tiempo que tengas ganas.

La nueva mujer de campo lo mira agradecida. Le coloca delante un plato con un estropicio de huevos y patata. Bebe otro vaso de agua.

Tomás se ha puesto unos pantalones chinos que compraron en el supermercado, a punto estuvo Carmen de plancharle la camisa, pero a tiempo estuvo de quitársela.

La noche que ella le regaló la pluma fue incapaz de decir nada, gracias a la luna nueva no tuvieron que verse las caras. No se lo dijo a ella, pero era la primera vez que alguien le hacía un obsequio. Antes de coger la camioneta, la ha probado sobre un papel en la guantera. Nunca había usado una.

La semana previa había sido muy complicada. La sobrina y su pareja habían tenido una crisis y la ocurrencia que ella tuvo para sobrellevar la separación, había sido retomar su sueño rural; esa postal que se había adueñado de su cabeza al recordar aquellos fines de semana idílicos en la casa de su tío. Con Julián no habían hecho las cosas como en la ciudad. Allí, la agente inmobiliaria, que jamás le había echado en cara su rechazo, fue siempre diligente, los papeles, la burocracia, el salvoconducto de las arras, todo había sido cuidado. Aquí fue un acuerdo por teléfono a través del comerciante, aunque él era el comprador había accedido a que fueran a un notario elegido por ellos, la señal sí, pero de arras nada, total que si ahora la joven se echaba para atrás, ¿a quién iba a quejarse?, ¿a Julián por no ser precavido? Solo le quedaba sacar un látigo, una vez más, y flagelarse cada día al salir de casa y al volver, no habría más responsable que él por haber sido un primerizo en lo que a inmuebles y bancos se refería.

Tomás no lo supo hasta después, pero la sobrina había estado en lo de Julián, en su casa directamente, no en la nave de las columnas. La que sabía de números era Mari, la mujer de Julián, le mostró a la chica los precios de la uva, del aceite, los costos, le sacó varias carpetas de los archivadores, en una estaban todos los seguros, en otra los contratos, en otra los números, se las puso todas delante sobre la mesa de la cocina, se ofreció a ayudarle los tres primeros meses. La sobrina le dijo que quería plantar viñedos y que le dieran uvas para después hacer vino ecológico, la mujer mayor preguntó a la joven si tenía papel para la vid o si pensaba hacerlo sin denominación de origen. La sobrina había heredado una particularidad de su tío, los ronchones rojos que se le plantaban en la cara, a él por el sol, a ella por el susto, respondió a todo con el mismo monosílabo: «No».

Julián se había servido un pacharán en el salón mientras le llegaba el runruneo de la charla de las dos mujeres.

—Va a meter la quinta en el camino de vuelta y ni para vacaciones la vamos a ver más —sentenció el hombre mientras giraba el alcohol en la mano como si estuviera tomando coñac francés.

—Mañana llevas tú a Lu y a las amigas a la discoteca, ¡hala!, te ha tocao, por meterme en estos berenjenales.

La mujer de Julián, aun ocupándose de casi todo, pasaba tan desapercibida, tan por una ama de su casa, que si hubiera nacido en otra época hubiera sido reina, dueña y bruja.

La sobrina nieta está sentada enfrente de Reyes. Ella da las gracias porque por fin se termina todo, porque su novio está de vuelta y porque en su alféizar puede poner plantas de albahaca y perejil para cocinar. Tomás asiente de forma continua a todo, cuando saca la pluma que le regaló Carmen, los demás dejan de mirarlo como si fuera un cabestro, además, en un momento, el secretario ha leído algo de una servidumbre de paso y el casi propietario había tenido que corregir la cifra, efectivamente, un número había bailado y era un cero menos, casi nada, de dejar tres a treinta metros de paso te puedes quedar sin *sembrao*. El notario le entrega una de sus tarjetas al terminar; esta gente de campo enseguida compra y vende tierras y este bruto no es.

Le quedan pocos kilómetros para llegar. Ha pasado por lo de Julián, el padre le ha dado una carta para su compañera de parte de Lucía. Luego ha comprado sándwiches de helado de nata con galleta, Carmen le contó una noche que los domingos por la tarde, antes de que su madre enfermara, ellas dos y su marido iban a la misma heladería para disfrutar juntos del postre favorito de Fernanda. Se toca el bolsillo de la camisa, la pluma sigue ahí. Espera que la caminata de ella hoy haya sido más corta y encontrársela a su regreso. Siguen sin hablar de sus vidas, ella se irá en unos días, va a extrañarla, va a lamentar no haberse atrevido a contarle que sabe su historia, lo que padeció, lo que le hicieron, que no puede ayudarla en nada, pero que está ahí. Carmen sabe que es un día importante para él, lo que no se esperaba es que también iba a haber un regalo para ella. Devoran el helado mientras se les derrite entre los dedos, se limpian con servilletas de papel que Carmen había conseguido comprar.

En esa zona pega más el sol, algunas mañanas como esta, cuando el dueño de la fonda echa la comida a los perros, se ven los milanos más cerca. Se queda admirando cómo avizoran en círculo. El campo comienza a estar silueteado, es hora de empezar la tarea, pero al echar la mano al bolsillo, se da cuenta de que se ha dejado el sacabocados, lo había tenido en el baño porque estaba obstruido, había soplado y desatascado y luego no se lo había metido de vuelta como siempre. Tiene un buen trecho hasta la casa, pero es prioridad que se saque de encima ese cuadrante, así que regresa a por él. Cuando entra va directo hacia el servicio, se queda quieto porque ha oído a Carmen dentro, comprende enseguida que está en algo íntimo y no debería escuchar, los sonidos de su deseo le llegan mitigados, quiere irse, pero ese suave gemido lo tiene subyugado, la excitación de ella va a más, su éxtasis lo ha anclado a la puerta de entrada, tiene que salir de ahí, no está bien, un pájaro le sobrevuela y pasa por encima de su cabeza, entra al salón, se asusta y sale corriendo como si fuera el chiquillo que ha visto a su padre besarle el pubis a su madre por primera vez y creyera que su casa es una cueva de hechiceros. Mejor no terminar esa parte del riego hoy. Rehace el camino andado. Siente un consuelo inmenso al descubrir que el placer sigue ahí para ella.

En la madrugada una mujer le está quemando las plantas de los pies. Su larga melena arde debido a las llamas que ella misma ha provocado. La mujer no se asusta, gira la cabeza de un lado a otro con muchísima fuerza, el mismo aire que ella provoca apaga el fuego. Por detrás está Nicolás, la coge por la cintura, pero las manos no la rodean, sino que se le meten dentro, como si fuera una masa fermentando donde meter sus dedos, después, un mastodonte aparece y rodea a los dos, al macho y a la hembra, va a apretar sus dos tripas que ahora son una, pero justo gira de golpe y agarra los pies de Tomás. Él brinca, está transpirado. Desde el día de la fiesta en que Marina se le acercó, sus pesadillas de siempre han invadido su noche, los momentos con el arado, la traílla y la siembra le dan el cansancio; los momentos con Carmen le permiten la normalidad, sobre todo la alegría. Hace tres días su inquilina y él se habían ido juntos a una celebración en el pueblo, la bacanal y la religión, tan de la mano, tan necesarios. Apenas estuvieron dos horas, si no puedes con el enemigo, únete a él, es cierto, pero ellos en cambio habían decidido beberse solos mano a mano el orujo bajo la acacia y las estrellas.

Este último delirio nocturno le ha hecho levantarse como si se hubiera despertado en mitad de un desierto o de un incendio, necesita agua, va a la cocina. Carmen está despierta también, otra sonámbula, ve que está usando su cuaderno de química. Ha tenido que ver las páginas que Ludovica le imprimió en la biblioteca con las noticias que hablaban de su violación.

—Perdón, no tenía que haberte espiado.

—¿Perdón?, ¿por qué?

Carmen no las había visto, igual ya no sirve callarse. Abre el cuaderno, le muestra las dos páginas con los artículos de prensa y su cara en el centro. Carmen las desdobla, apenas las mira.

—Me había ido al final del cuaderno para no estropeártelo.

—Lo siento, me quedé con tu nombre el día que estuviste con Lucía.

—Es solo curiosidad, Tomás, es normal, no pasa nada. No tiene nada que ver con esto, de verdad, hoy he tomado la decisión de irme, tengo que volver a mi trabajo, a mi vida. Has sido muy generoso y paciente. Voy a dormir un rato más.

«No puedes irte», suplica Tomás sin atreverse a decírselo.

«Los dos necesitamos tiempo. Tiempo propio, tiempo egoísta, tiempo para dejar atrás todo, para que empiece a crecer la lavanda, para comprobar que el agua gotea lentamente por los surcos, para que se purifiquen las cenizas que he plantado, para llamar hogar a ese territorio, para ser uno más y no el hijo de dos monstruos, para ser tu amigo Carmen».

La ve salir de nuevo de su habitación, y cruzar la entrada hasta la puerta, sale, por lo visto ha cambiado de idea, ¿quién puede dormir en una noche así? Tomás coge un cazo del armario y calienta despacio dos pocillos de leche, con cuidado, a ella no le gusta que queme.

—Ten.

Él no necesita mantas, pero se ha puesto un jersey de lana. Le pasa una taza de café con leche y se sienta en la segunda silla.

—En un rato vamos a ver amanecer.

—No te vayas todavía.

Carmen no quiere responder a eso, su cerebro y razón son un manojo de debilidades, si contesta, la arrastrarán.

—Mi padre fue un animal conmigo, también su madre, y la mía. No soportaban que fuera homosexual; cuanto más débil me veían, más me pegaban. Me puse a trabajar y dejé los estudios para irme de ahí. Me enamoré del chico que podaba los árboles para el ayuntamiento, Javier, los dos nos enamoramos en secreto. Se lo dijeron. Vino a nuestro encuentro a la salida del antro donde solíamos jugar al billar. Después de golpearme a mí en el vientre y en las costillas hasta partirlas, fue a por él, cogí el taco y me lancé contra mi padre, empuñé de un costado y comencé a darle sin orden ni fortaleza, él se reía mientras se seguía levantando, entonces cogí impulso con el taco y lo lancé hacia atrás con todas mis fuerzas, en ese momento escuché un sonido seco, con el otro extremo le había golpeado a él; del impacto su cabeza chocó contra el borde de la mesa, no hubo tiempo para nada, Javier murió ahí en mis brazos. «Ni matar sabes hacerlo bien», fue lo que vomitó mi padre antes de desaparecer. No volví a verlo hasta que pasaron más de treinta años. Me enteré de su condición y su deterioro por conocidos. Solo lo cuidaba para que no se muriera, ¿y si se arrepiente de todo un día?, ¿y si lo hago sufrir y que se joda? La visita a su casa cada dos domingos me mantuvo vivo, desde la noche en que maté a Javier, muchas ganas de vivir no había tenido. Yo tendría que haber muerto hace mucho tiempo.

Carmen está reteniendo cada palabra. Se acuerda de aquella reunión entre él y sus compañeros de los servicios sociales. Todo lo que supusieron sobre Tomás Reyes Mazón y cómo había dejado enfermar a su propio padre, Tomás Reyes Barrachina. La gangrena. Si no sabes qué la origina y solo cortas un brazo, tendrás que mutilar el cuerpo entero. Bebe a sorbos chiquitos hasta que termina su leche. Apoya la taza en el suelo. Estira su mano del otro lado, la junta con la de Tomás, él se la coge con fuerza, quedan sus manos entrelazadas.

—Los dos deberíamos haber muerto hace mucho tiempo, si el azar nos trajo aquí, bienvenido sea.

—No te vayas mañana.

—Pasado.

Los rayos que unen la tierra con el sol y la luna están a noventa grados, se dice que cada cuarto menguante propone un fin de ciclo. El satélite, más confundido que nunca, aprovecha que ellos solo pueden ver una parte de él para observarlos más de cerca. Está seguro de que ha visto dos manos unidas batir las alas con el brío de un colibrí. O el de una triste mariposa, esas que una vez que han sido encerradas, aunque las liberen, ya no podrán sobrevivir. Su aleteo no se sentirá en ningún lugar del mundo, solo ellas sabrán que estuvieron ahí.

18

HANZO

(Alegría, placer)

Tras intercambiar dos cartas más con Lucía, un día la no tan niña la llamó desde el móvil con una petición. Durante meses profesoras o directoras de colegios que no conocía, le propusieron ir a hablar con alumnos, lo llaman charla inspiradora, siempre se negó, ¿en qué podía ayudar ella? Las palabras de la amiga de Lucía habían cambiado todo. La adolescente y su maestra la estaban esperando en la puerta del colegio, en la clase había unos veinte alumnos, ha pasado la mañana con ellos.

Al terminar, Julián la ha acercado a la casa. Prácticamente no le ha mirado a la cara en todo el camino, tampoco ha escuchado ninguna de sus bromas, conoce ese retraimiento, cuando salió del hospital, todos los compañeros la trataban así, y su marido durante meses.

—Julián, no me digas que no me has traído ningún regalo hoy. —Carmen rompe un silencio que el hombre no va a ser capaz.

—Mecachis, iba a traerte unas uvas que ya están para cogerse y me las he dejado en el almacén.

—Me las debes. Gracias por traerme.

—Las veces que hagan falta.

Tomás se ha lavado tres veces las manos. Sigue con tierra entre los dedos. Está nervioso. Escucha un coche. Sale enseguida. Julián le saluda desde el coche mientras se aleja.

—Tiene que ir corriendo a por Chechu, por eso no se queda a saludar. ¡Qué raro tú aquí a estas horas!

—Tenía hambre. Hice una cosa italiana que me enseñó un cliente napolitano —pronuncia el toponimio con acento ridículo y forzado.

Es la primera vez que Carmen lo escucha bromear.

—Para eso era esa harina de maíz granulada.

—Se dice *polenta*.

—Polenta —le corrige sumándole más pompa italiana.

Entran en la casa agradeciendo la frescura, hablan del día caluroso, del tomate como ingrediente, de la guindilla como improvisación perfecta del cocinero, no se menciona para nada la charla con los chicos y chicas, después comen con apetito; la cabezota ya ha aprendido a beber del botijo casi con maestría.

—Pica que se mata, pero riquísima.

—A mí me parece engrudo.

Entre la risa y la aseveración, a Carmen se le termina escapando la cuestión de la que no se habla.

—Lo voy a intentar de nuevo.

—Deja, ya se lo comerán los pájaros. No te preocupes.

—Me refiero a lo de hablar con adolescentes.

Se ha abierto la veda para preguntar.

—¿Han sido amables contigo?

—Sí, muy buenos chicos.

Recogen la mesa y dan por zanjado el tema que lo tañe todo, han pactado que esté ahí sin dañar más. Apilan todo junto al fregadero, apenas un par de platos, Tomás, al contrario que ella, limpia mientras prepara la comida, eso ayuda.

—Deja, me toca fregar.

—Pues no te diré que no.

—Están más perdidos que yo, Tomás —lo dice sin dejar de pasar el estropajo por los platos; le vienen los gestos perturbados, aburridos, fardones, incrédulos y amables de esa clase. Recuerda la última pregunta de una niña:

—Si pudieras recordar una única cosa de ese día, ¿qué sería?, ¿sus caras?

—No, la mía —había contestado Carmen, sin pensar ni saber por qué.

* * *

Durante toda la semana, Tomás ha recibido llamadas desde el mismo número de teléfono. Llaman, al contestar esperan unos segundos, escucha respirar y cuelgan. No es Nicolás, no es su número.

Ha estado regando. Termina la labor y se tumba en la tierra que es un barrizal, no le importa, no va a perderse ese placer por una camisa sucia. Gira la cabeza para que le alcancen los últimos rayos de sol y al menos le avahen el lado izquierdo de la cara. Si el mundo hubiera conocido el goce del aislamiento no existirían las ciudades, afortunadamente para él, quedan guaridas. Podría continuar tendido minutos o años. El torso de Nicolás se le cruza entre los rayos, pudiera ser de otro, en su imaginación recorre las clavículas con su barbilla, le ha venido una acucia descontrolada de penetrarlo, a él o a cualquiera de los hombres con los que ha estado o estará, se lleva la mano al pantalón para aflojárselo, se arrepiente. La carretera no pasa tan lejos, algún vecino lo puede ver, se le va la ansiedad, pero no el deseo. Decide regresar. Carmen le iba a echar la revancha a la polenta, él está seguro de que es un brebaje endiablado creado por nigromantes en el medievo con la esperanza de que el mundo perecería siglos después alimentándose con ella.

Una vez más, dos llamadas perdidas del mismo número.

* * *

Durante años buscó acumular datos, leer y retener, aprender todo lo posible sin importar la disciplina. Ella, la hija pequeña, había sido la que no servía para nada en concreto, la que no era un pájaro alegre, tampoco inteligente. Llenarse de datos era lo único que le permitía no parecer tan tonta delante de su madre, ni tan ingenua delante de su padre, ni tan aburrida delante de su hermano. Era en esos momentos, en los que que mencionaba una palabra nueva o dejaba caer un acontecimiento de dos siglos atrás, en los que su madre la subestimaba una mijita menos y su hermano la retaba convencido de que mentía o exageraba. Su padre le tenía pillada la jugada, pero no decía nada. Desde que su madre enfermó se dejó ser tonta de nuevo.

En cambio, este mundo rural la estimulaba. Lo aprendido, la naturaleza o el agricultor, lo ponían en práctica; no eran cifras o fechas, eran hechos ciertos, podía tocarlos. El día del cumpleaños de Chechu escuchó a otro agricultor decir a Reyes que le había tocado un viñedo de una tía mayor:

—Lleva años descuidado, no sé si seré capaz de recuperarlo, pero igualmente voy a limpiar la viña de hierba, podarla bien, quitarle los *americanos*, como tiene muchas faltas, voy a intentar arreglarlas con injertos o mugrones, al menos voy a ver si puedo hacer un buen vino para tomar con los amigos en la bodega.

Ella había quedado fascinada, no había entendido una sola palabra, intentó que su cerebro volviera a retenerlas para que, una vez en casa, el eterno estudiante de agronomía le explicara la lección.

Así lo hizo, Tomás le había aclarado que se decía que una viña tenía faltas cuando se formaba un hueco en una hilera de vides. Ahora que va paseando entre viñas decide comprobar si ha sido buena alumna. Se sienta sobre el lomo de tierra pedregosa para ver una falta de cerca. A una cepa le han enterrado uno de sus sarmientos para que arraigue. Su maestro le había dicho que a eso le llamaban mugrón; al acercarse más, ha visto que, efectivamente, de la rama sepultada comenzaban a crecer tallos verdes.

—Este es tu descendiente —le comunica Carmen a la planta como si pudiera escucharla, y después la reconforta—, te entierran un hijo y tienes fuerzas para que de él nazca otro.

* * *

Le agradó recibir la llamada de Manuel, había disfrutado mucho aquella tarde junto a la piscina. Le había comentado que un cliente acababa de mandarle unas cajas de vino dulce, no era el que más le gustaba, pero este tenía algo de aguja y era peculiar, quería regalarle unas botellas para agradecerle el detalle del libro. Decidió acercarse esa misma tarde cuando cayera el sol, esos días había bochorno, mejor no pasar antes. Cuando llegó, el otro tenía media caja preparada, en el hueco había puesto queso del que la otra vez le había gustado y unos tarros de fritada. Quedó algo decepcionado, el dueño le saludó amable sin ofrecerle esta vez que entrara dentro. Cuando abrió el maletero para meter el presente, escuchó la pregunta, su cuerpo se las apañó para que solo su sangre cediera al crispamiento.

—Oye, Tomás, perdona que te pregunte esto, pero me han dicho que te gustan los hombres, no pasa nada, ya no estamos en el medievo, pero si a ti no te importa me gustaría saber si es verdad, supongo que lo entiendes.

Tomás resbaló la caja hacia el fondo y cerró de una vez para que todo fuera rápido y menos violento. Algo se dibujó en su cara, no acertó a ser una sonrisa.

—Sí, Manuel, soy homosexual. Nos vemos pronto.

La caja golpeaba de un lado al otro del maletero por no haberla sujetado, cada impacto resonaba dentro de su cabeza, se le había formado un amasijo de contricción, corteza y lodo.

«¿Por qué quise asentarme?, ¿qué necesidad tenía de crear un hogar?».

* * *

Carmen se sentó en una banqueta junto a la chimenea vacía. Había colocado el teléfono sobre sus muslos, por mucho que hubiera pospuesto su regreso, su marcha estaba cada vez más cercana y debía afrontar algunas llamadas. Comenzó con el inspector, al contrario de lo que ella pensaba, él la reprendió por no haberle comentado antes lo de esas imágenes, aunque bien era cierto que no creía que significara nada.

—Siempre creí que lo que viniera de mi cabeza no sería de ningún provecho —eso se lo estaba contando a Mario, su segunda llamada—, aunque la verdad, dudan que nos lleve a ningún lado.

No lo ha llamado por ese motivo, lo que quiere es saber como está su sobrina, Petra le había ido con el cuento, es una cría, pero había comenzado con la metadona. Al enterarse, a Carmen se le había anudado el estómago. Toda su carrera tuvo la duda de si la decisión que había tomado cuando comenzó en su puesto había sido la correcta. Su jefe le había dado la palmada en la espalda: esa madre drogadicta iba a terminar haciendo mucho daño a sus hijos, hizo bien en separarla de ellos. Poco después la madre entró en la cárcel por primera vez y desde entonces salía y entraba como si fuera su segundo hogar. Han pasado los años y la hija de aquella mujer, siendo aún una cría, ha seguido la senda marcada por su progenitora, ¿de qué sirvió entonces? Lamenta que su instinto no la guiara en la dirección contraria. Conocer a Mario fue un respiro, el propio tío le aseguraba siempre que la trabajadora social había tomado la mejor decisión para sus sobrinos. Eso había contenido su intranquilidad todos estos años. Cuando Petra le dio la noticia la tarde anterior, todo el lastre soltado regresó a su cuerpo.

—Me ha dicho Petra lo de tu sobrina.

—Ya es mayorcita.

—¿Con esa edad?, ¿quieres que se lo diga a Beatriz? Seguro que puede hacer algo.

—No. Hablemos de ti. Tienes que parar todo eso, Carmen, me da miedo que sigas diciendo por ahí que te acuerdas de lo que pasó. Es peligroso.

—No he dicho que me acuerdo, es otra cosa.

—Parecido. Por favor, olvídate de todo, vuelve al trabajo y vente a echarnos una mano en cuanto se calme todo.

—Tu mantita igual se la regalo a mi casero.

—Casero. Ahora se dice así.

—Es gay y a mí solo me pone mi marido, así que cállate.

—¿No habéis vuelto a hablar?

—No. Te dejo, quiero hablar con Beatriz.

—Cuídate.

—Piensa lo de tu sobrina.

—Déjate de recuerdos, por favor, Carmen.

No se animó a llamar a Beatriz, seguía con la tripa revuelta. Volver al trabajo donde ni siquiera actuando de buena fe ayudas, ¿tenía sentido? Gira la banqueta, ya no ve la ventana. Levanta la barbilla y ve la diligencia, se deja llevar, ve a Jonás montado en un caballo blanco, los dos cabalgan en la misma grupa, es ella quien lleva las riendas, él la sujeta fuerte por la cintura, pone su mano derecha sobre la de él y aprieta con más fuerza. Huyen. Corren por una llanura saturada de racimos de uva, por donde cabalgan queda marcada una senda de uvas machacadas, hollejos y pruina, un rastro de sangre que se pierde a lo lejos. El golpe de la contrapuerta y su sobresalto hacen caer el móvil al suelo. La lluvia ha sacudido la ventana con fuerza. Recoge su teléfono y se levanta a cerrarla.

—No, déjala abierta —Tomás asusta a Carmen sin querer, se la había encontrado en su mundo al llegar y se sentó sin hacer ruido en el sofá esperando a que el bochorno reventara y comenzara la tormenta.

—¿Una cerveza?

—Hoy sí.

Cada relámpago alumbra la sala, han apagado la luz para que solo el cielo los ilumine. Han bebido un par de cervezas cada uno, no es habitual. Comienzan a contar en voz bajita los segundos después de cada trueno.

—Uno, dos, tres, cuatro, cinco.

—Uno, dos, tres, cuatro —se está acercando, asevera el conocedor del campo.

—Uno, dos, tres. ¿Estás bien?

A él, estas preguntas lo desconciertan por estar desacostumbrado a que se las hagan.

—No, hoy solo más o menos.

Carmen levanta el botellín. Reyes se deja brindar.

—Por la desdicha.

—Brindo por ella.

Han dejado la puerta abierta de par en par para que el petricor se aloje por la casa. Se han quedado en el dintel esta vez, el agua ya no cae a mares, pero continúa salpicando suave y desaliñada. Carmen, con las piernas cruzadas y la nuca apoyada sobre la pared, tararea una melodía; a su lado Tomás, sentado con las rodillas dobladas, comienza a silbarla.

—¡Qué bien silbas!, pero no era esa.

—Qué culpa tengo de que afines tan mal.

—Caradura.

Carmen saca de su bolsillo el móvil, busca y lo coloca junto a él, se escucha «Heroes», él la reconoce y comienza a silbarla al toque.

—Me ganaste. ¿La última?

Él sin mirarla asiente abstraído en Bowie.

—Traigo pan y queso, me ha dado hambre.

Cuatro cervezas no la han emborrachado, aun así Carmen está tumbada boca arriba junto a las amapolas cubierta del barro que dejó la lluvia. Desde ahí ve caer gotas tardías que resbalan de la copa del árbol, trata de cazarlas con la boca abierta antes de que caigan a la tierra.

* * *

Tomás ha juntado los cascos de las cervezas y ahora está barriendo las migas que dejaron por todo el zaguán. Se divierte contemplando a su compadre cazando como una rana las sobras de la tormenta. Justo cuando se agacha para coger el recogedor escucha el grito.

Carmen está conmocionada, tirita. Sus brazos se han ramificado. Reyes la tiene asida con toda su corpulencia, pero el abrazo de un coloso no calma el temblor del trigo.

Le preocupa que pueda enfermar, desmayarse, perder el conocimiento, la última vez que acogió a alguien en sus brazos de esa manera la sangre de él cubrió sus hombros y su pecho. Sobre la sombra que proyectan hay un corro de flores que la tormenta arrancó. Toman aire juntos, él y ella, para que el néctar y la tierra no los abandone.

—Había una mujer riéndose. Con ellos había una mujer, Tomás.

Reyes se ha quedado esperando en el marco de la puerta del baño, antes ha dejado que el agua corra para que el cuerpo de ella entre en calor. No pierde la preocupación. Permanece cerca por si se desmaya, se marea, pide auxilio, llora, quiere matarse, irse. No va a apartarse de la mujer herida. Vigila como un animal a su cría, la deja libre, pero al acecho de los depredadores. Ella ha cerrado el grifo.

—¿Estás bien?, ¿necesitas algo?

—Nada, ya salgo.

Tomás le tiene preparada una sopa rápida, apenas unos ajos y pan duro. Sus extremidades han dejado de temblar. Su visión había regresado debajo del árbol. Las manos y los pantalones, pero además esta vez escuchó claramente la risa de una mujer —casi gritos, casi aullidos—, festejaba cada penetración en su cuerpo como un ritual, ella no sentía, no sufría, solo era piel inerte recibiendo pulsiones de caras tapadas con jerseys oscuros de lana, podían ser cuatro. No acierta a distinguir, su cerebro guardó más sonidos que imágenes, los berridos de una manada arengados por la alegría de una hembra.

—Mejor lo llamo mañana.

—Un policía siempre está trabajando, llámalo ahora para que puedas dormir.

Busca la mancha en el techo de su primera noche. Quiere darle forma, cincelar a Jonás, moldear al hombre que hoy debería haberla estrechado fuerte. Después ella le hubiera soplado el aliento de la vida, el barro hubiera tomado su forma, luego lo hubiera sentado, le hubiera coaccionado como en un interrogatorio, le hubiera intimado y exigido: «Ya basta, te obligo a que no les permitas que me sigan violando, haz lo que te dé la gana, pero ahora mismo, vamos a hacer el amor, tú y yo, no te permito que huyas más». Si se hubiera atrevido meses atrás, ahora no estaría en la casa de un desconocido que ha mudado en su mejor amigo, padre, hermano y protector. No se hubiera empeñado en buscar dentro de su cabeza, en sacar a su madre de la residencia; si su matrimonio hubiera sobrevivido, ella también. El techo sigue cuarteado en el mismo lugar, le parece que está más grisáceo y oscuro en esa zona, quizás habría que revisar el tejado.

* * *

Tomás intenta leer, no es posible. No está seguro, siente que han golpeado a la puerta de su habitación.

—¿Sí?

—¿Puedo pasar?

No contesta, sino que abre. Esta noche Carmen es un pequeño gorrión a quien hay que darle comida en el pico para salvarle la vida.

—¿Te importa que duerma aquí?

—¿Te preparo un vaso de leche caliente?

—Gracias, sí.

Tomás y Carmen duermen juntos. Juntos han confundido al desvelo y a la ansiedad. Permanecen abrazados para vencer la vigilia. El letargo los ha ido acercando más, extrañan a sus amantes, pero más su piel. Carmen entreabre los ojos, no concebía que pudiera volver a sentir tanta ternura por otro hombre, pone la mano en su pecho, le sigue asombrando lo profundo y tranquilo que le entra el aire, vuelve a intentar seguir su ritmo como aquella vez en la cocina, con esa cadencia imitada vuelve a cerrar los ojos y a dormirse.

Su sueño ha transfomado esa mano de mujer en la de Manuel, le sorprendió y arrebató sentirla sobre él. Están los dos cerca de su piscina, no hay trampolín ni escaleras, el agua les cubre hasta el cuello, no les ahoga, les evita la turbación de verse desnudos, no entiende bien qué le está contando, pero no para de reírse, le ha sacado la lengua para burlarse, después le ha chupado el borde de la barbilla.

Carmen siente la erección de Tomás, sabe que no va con ella, delicadamente se aparta unos centímetros para dejarle soñar tranquilo con el apolíneo que su deseo esté imaginando. Le excita la cercanía de un celo tan arrimado a ella. Se toca con mucho cuidado para no despertarle. Quizás sea mejor regresar a su dormitorio. No es la única que se ha desvelado.

—¿Estás despierta?

—Sí, mejor te dejo dormir.

—Disculpa, estaba soñando.

—Los dos soñábamos.

Permanecen en silencio, excesiva prudencia, demasiado decoro. Es Carmen la que acerca su mano a él sin atreverse a mirar, es la tercera mano de mujer que ha tratado de tocarlo estos meses, esta vez no la aparta. Después ella coge suavemente la de él y se la desliza a su clítoris.

—¿Te molesta?

—No. Pero eres la primera mujer con la que estoy.

—Yo te guío.

Se acarician y palpan sin mirarse. En ocasiones ella lo encamina en ritmo y lugar, él también, se lo susurran al oído para evitar encontrarse, cada uno tiene ansia de un amante que no está en esa cama, pero son ellos dos los que pueden ampararse en ese espacio tiempo, los que merecen arder, los que llevan guardando furia y sexo durante días, semanas, meses, años, los que se escarban por momentos y solo se rozan otros, los que están otorgándose placer por necesidad, por deseo, se toman el relevo el uno al otro. Carmen le ha pedido terminar antes ella, ha dejado de masturbarle para colocar sus dedos medio e índice en sí misma y ayudarse, Reyes solo no va a poder conseguir que ella pueda acabar, no esta primera vez, él queda entre alumno y mediador del orgasmo de su acompañante, le excita el placer de ella, siente su propio arrebato dentro, aprieta con sus manos las nalgas de ella sin atreverse a más. Una vez más es ella.

—Si quieres penetrarme, podemos.

Ella cierra los ojos para sentir a Jonás comenzando a entrar. Tomás se estremece al adentrarse en una cavidad más húmeda y laxa, comienzan moviéndose armónicamente, ahora se buscan para sujetarse y mantener el mismo ritmo, cuando ella aprieta sus músculos y los contrae, arranca la exaltación y la borrachera. Los tres hombres y la mujer que yacen en esa cama están cabalgando juntos. Carmen aprieta la palma de Tomás con fuerza, es el aviso que da siempre a su marido para decirle que está a punto de correrse, el suplantador lo ha entendido, necesita acelerar y llegar a tiempo. Han permanecido tumbados, ella ladeada hacia la puerta, él por detrás pegado a su silueta, así no coincidían sus ojos. Ahora él la aprieta con más fuerza y velocidad, ella sigue haciendo girar sus dedos sobre su vulva, no puede más, vuelve a sentir que toda la sangre le nubla, la tensa, la recorre toda entera, él deja libre a su orgasmo y tiembla. No pueden soltarse aún. Se aprisionan.

19

SALVEDAD

*(Condición, distinción, distingo,
excepción, reserva, reserva
mental, restricción)*

Antes de que el alba irrumpiera, Carmen había decidido regresar a su habitación. No volvió la vista, prefirió ignorar si él estaba despierto o no, mejor eso que convertirse en estatua de sal. Se había puesto solo su camiseta de algodón violeta, el resto quedó por los suelos, no le preocupaba, cuando él se marchara al campo, recogería todo. Intenta volver a dormirse. Tras su última visión bajo el árbol, todo en ella se había quedado dolorido, la tensión hizo que su estómago y cervicales quedaran contracturados, el sexo había sido su calmante natural, merecía el letargo ahora, merecía también una ducha, pero prefería no encontrarse con Tomás. Una suave descarga le atraviesa el pecho ahora, ha empezado a sentir escalofríos, todo el placer que había acumulado su cuerpo en aquella cama, parecía querer evaporarse rápidamente. Cuando escucha tocar su puerta le tienta no contestar, bien por ese cansancio repentino, bien porque solo podía ser él.

—¡Pasa!

Se ha animado a relajar todo, se medio sienta en la cama y lo espera.

Reyes entra tranquilo, en una mano tiene su ropa hecha un revoltijo, aun así se la coloca con cuidado sobre la segunda cama, sin pedir permiso hace un hueco junto a ella y se acomoda.

—No va a ser incómodo, ¿verdad?

—Para mí no, pero los dos sabemos que yo soy la adulta.

Tomás suelta una risotada.

—Es cierto, yo soy el que leo libros para adolescentes.

—Sabía que me la tenías jurada.

—Tengo que ir a la cooperativa. ¿Te dejo algo preparado?

—Cinco paracetamoles con café, ¿es posible?

—No me digas que estás cansada.

—No, creo que he cogido frío.

Tomás enseguida le pone su mano en la frente, está ardiendo.

—Tienes fiebre.

—Eso sospechaba.

—Lo primero que tienes que hacer es darte una buena ducha.

—¿De verdad crees que eso me la va a bajar?

—No por eso, apestas a semen.

La carcajada de los dos rebota en esas cuatro paredes. Él se levanta enérgico, con el mismo vigor abre el ropero, del fondo saca una toalla y se la tira. Se va, la puerta queda abierta, por eso cuando va hacia la cocina a prepararle algo caliente la puede oír vociferar.

—¡Los dos sabemos que cuando llegué a esta casa, tú no tenías sentido del humor!, ¡espero que me lo agradezcas algún día!

Lo que más le ha relajado es que él la haya vuelto a tratar como a una hermana pequeña y ella a obedecer como tantas veces, que cuando le ha tomado la temperatura no han desviado ninguno de los dos la mirada, que cuando lo ha visto irse de espaldas, no lo ha fisgoneado con ninguna atracción, que su historia es la de un incesto de dos hermanos, sin romanticismos, sin confusión.

Carmen ha conversado más de una hora con el inspector. Se ha tomado en serio de nuevo su recuerdo o lo que sea que está pasando por su mente. El dato de la mujer, en caso de ser cierto, podía ayudar a revisar todos los testigos y vecinos con los que hablaron durante la investigación; el foco siempre había estado en que los agresores eran únicamente un grupo de varones, no perdían nada por revisar. Había decidido quedar con una periodista. Antes le pidió consejo al funcionario y, como era habitual, recibió órdenes.

—Bajo ningún concepto le vayas con el cuento de lo que te está pasando, nada de que estás recordando, por favor te lo pido.

Esta vez iba a obedecer sin dudar.

La reportera había conseguido su teléfono a través de Lucía, como hacen los buenos periodistas, amablemente dicen ser alguien que no son sin llegar a mentir mucho. Tras ver sus seis llamadas perdidas, había decidido llamarla; por lo visto la sobrina de su cuñada iba a la clase donde Carmen había dado la charla, el rastreo de ahí a la hija de Julián no le había resultado difícil.

Durante un año había dicho que no a entrevistas, únicamente había dado las dos ruedas de prensa, la primera tras salir del hospital, ya para entonces un medio había publicado sus datos, si no tenía derecho a ser anónima, ¿qué sentido había en callarse? El trato recibido esos meses, los inquisidores, lo escarbado, todo había sido desmesurado y humillante para Jonás y para ella, la segunda fue su frustrado intento de que ellos acudieran, después se había jurado que nunca más; en cambio ahí estaba, diciendo que sí a una entrevista.

Carmen no había olvidado la sensibilidad de Concha, contra el viento y la marea de sus colegas, se había resistido al sensacionalismo.

Lo primero que le ha llamado la atención es que de nuevo haya venido solo con un cuaderno y sin grabadora, pero sobre todo que aquella periodista continuara con aquel estridente anillo puesto. La fijación por la sortija no pasa desapercibida para Concha. Desde que se sentaron en el bar, las dos mujeres se habían estado examinando mutuamente. Carmen había seguido el otro mandato del policía, no habían quedado en la casa de Reyes, sino que la había citado en uno de los bares de la plaza del pueblo más cercano. Pasado el mediodía, cuando las mujeres del pueblo han tomado el café y se van a preparar la comida, esos lugares quedan vacíos prácticamente hasta la hora de la partida de la tarde.

—Mi hijo me lo regaló, no puedo decir que tenga buen gusto la criatura, pero buena intención sí.

—¿Solo tienes uno?

—Tres, otra época. Carmen, antes de nada, gracias, y perdona la forma poco ortodoxa de llegar aquí, cuando escuché a mi cuñada hablar de la charla en el colegio, por lo que había pasado la víctima que habló a los alumnos, supuse enseguida que eras tú, llevo un año queriendo quedar contigo. Yo te puedo decir lo que te proponemos, tú dime que querrías y tratamos de llegar a un acuerdo.

—¿Por qué piensas que quiero algo?

—Estás aquí. ¿Para qué sino? Curiosidad por conocer a una vieja periodista de un medio de provincia, no creo. Lo que queríamos era hablar contigo las veces que me permitas y poder publicar nuestra charla a modo de fascículos durante todo un mes. Pensábamos como fecha el mes de marzo, por motivos obvios. No voy a hacerte más prolegómenos, sabes cuánto podría ayudar un caso de resiliencia como el tuyo.

—No uses esa palabra conmigo, te pido antes de nada. Solo una entrevista, nada de fascículos, y para ya, para ahora.

—Lo entiendo.

—Necesito pasar página, Concha.

—Te comprendo perfectamente, no me puedo poner en tu lugar, pero es más que entendible, supongo que haber comenzado a recordar, no está siendo sencillo.

—¿Por qué lo sabes?

—En la rueda de prensa lo diste a entender, estamos aquí, lejos de todo, no estás trabajando… ¿me equivoco?

—No. Aún no sé bien lo que me ocurre, pero sí, estoy teniendo flashes, imágenes de ese día.

—No te haces una idea de cuánto me gustaría que se pudiese dar con todos ellos.

—Y con ella, me temo que también había una mujer.

Es lo que sucede con los buenos periodistas, no son agresivos ni soberbios, te abren las puertas de su cordialidad y el respeto, te dejan hablar, se emocionan, te seducen, te complacen, te sugieren, no lo hacen para que muerdas el anzuelo, ese es su trabajo, la información; en el mismo momento que ha salido de ella esa frase, se ha arrepentido y recordado la advertencia del policía.

—Por favor, te lo ruego, esto no lo puedes publicar, en estos momentos podría ser peligroso.

—Publicaré solo lo que tú estés de acuerdo en que salga.

Llevaba semanas rodeada de energía masculina, hablar con una mujer calmada y confiada le estaba agradando, no sentía siquiera la fiebre, le ha contado lo poco que sabe de las imágenes y le ha explicado lo de la mujer, los pantalones vaqueros y el árbol. Han decidido juntas qué es mejor no contar y qué sí. La periodista ha querido saber de Jonás, Carmen se ha emocionado recordando su separación, Concha también, se han agarrado las manos. Una vez más, accede a eliminar las partes que la víctima prefiere que no estén por respeto a él. Donde más se han centrado ha sido en los adolescentes, durante más de cuarenta minutos le ha contado las cuestiones que le plantearon los alumnos, las dudas, la armadura de varios de los chicos, en masculino y femenino, la impertinencia de dos de ellos, sobre todo le habló de la ignorancia, de lo desorientados que están, de que no parece que en el colegio, ni en sus familias o con los amigos importe demasiado la educación sexual. Ha recordado la última pregunta de una de las chicas, de qué querría acordarse si solo pudiera recordar una cosa, y cómo ella había contestado que su propia cara, no la de ellos.

—No lo entiendo, ¿por qué?

—No sé explicarlo, querría ver que mi cara era la de una persona drogada, que es verdad que no sufrí mientras me violaban, otras veces, en cambio quisiera recordarme peleando una y otra vez, gritándoles, insultándoles, verme sabiendo que hice todo lo que pude…, querría haber sido mi propio testigo.

—Tanto si alguna vez te acuerdas de lo que pasó, como si no, podrías ayudar a mucha gente. ¿No lo has pensado?

—¿A qué te refieres?

—Esto puede sonar agresivo, pero en ti confluyen dos aspectos, el de la víctima, lo cual está ahí, nos guste o no, y además, me dices que ahora llevas dos meses de baja, que quizás tres, pero eres trabajadora social, ¿no has pensado reconducir tu trabajo?…, lo que hiciste con esos chicos… a mi hijo le hubiera ayudado mucho escuchar tu relato.

El silencio queda sobre la mesa y entre los cafés, Carmen no está segura de cómo seguir después de esa frase. «¿Está esperando a que le pregunte yo ahora?». La otra es la experta en entrevistas. Cansada como está la periodista de lugares comunes, de pelearse con un jefe treinta años más joven que ella, de que le reclamen que se abra un instagram, de tachar con una cruz roja en un calendario los días que le quedan para la jubilación, de un exmarido recriminándole cada día que todo fue culpa suya, es ella la que contesta a su propio interrogatorio.

—Mi hijo fue acusado de abuso hace años.

—¿Lo hizo?

—Era menor cuando ocurrió todo, no pudieron juzgarle.

—No te he preguntado eso.

Concha no usa palabras para contestar. Se ha corrido su máscara de pestañas y se levanta al baño para arreglarse. Carmen recoge todo el silencio con la servilleta, junta los envoltorios de las galletitas de mantequilla que les pusieron con los dos cortados. A cada acción le añade parsimonia, está dándole tiempo a ella y a sí misma. Escucha la bocina de Julián, su chófer particular la va a llevar de vuelta a donde Reyes, le hace un gesto con la mano derecha a través del vidrio de la ventana de que le dé cinco minutos más, mira por dónde salió la periodista, la espera para despedirse de ella.

La periodista se ha quitado todo el maquillaje en vez de recomponerlo, se ha echado agua una y otra vez en la cara. El olor a fritanga que entra por el ventanuco no le molesta. Con papel higiénico se seca y barre los pegotes negros del rimel que aún le quedan. Lo hace con tanta fuerza que se hace daño y el papel se deshace. Coge más. Ralentiza y suaviza, termina con pequeños golpecitos de su mano, se ve el anillo en el dedo. Se lo quita despacio, lo arroja al inodoro y tira de la cadena. La peste a aceite le provoca náuseas.

*   *   *

En la espera, revive lo que pasó anoche en su cama, el placer que le supuso estar con una mujer por primera vez, su mente rechaza contar como tal la mañana que su padre le forzó a penetrar a la hija del veterinario. Mientras mordía una pera en el desayuno, trató de rearmar su rompecabezas, podía admirar y hasta desconcertarse por la belleza de una mujer, pero nunca había sentido atracción. La necesidad urdió todo, la piel reclama piel, solo eso; le tranquiliza que lo que ha ocurrido entre ambos, no va a mudar a nada, que conocerse como hermanos les ha facilitado no darle un lugar al sexo más allá del placer. Que haber cohabitado con monstruos, permite esquivar la sacralización o el apego. Que solo el goce les está permitido. Ellos que vienen de la podredumbre, de lo más sucio, se han ganado el derecho a guarecerse y dejarse llevar cuando lo necesiten. Aunque ella se irá pronto. Echará de menos a la amiga, a la hermana que la ventura le ha entregado. Si no hubiera estado Carmen, hubiera podido enterrar a su padre y luego a él en el mismo hoyo. Lo piensa sin aspavientos, ni pensamiento trágico, hubiera sido un desenlace casi previsible para su vida. La bella Fernanda y la bestia de Tomás alteraron todo. Ahora sus hijos han dejado que el instinto, los fluidos y el delirio los asista. Que así sea.

La espera no ha sido en vano. El centro de salud tiene ese movimiento despacioso y continuo de los pueblos. No han parado de entrar y salir ancianos, esa ringlera de gentes que posiblemente serán los últimos en morir ahí. Marina los pincha, miente, cobija y atiende cuando llegan. En algún momento tenía que salir a tomar aire, aunque solo sea para irse a casa. Al verla, Tomás marca el teléfono que no ha dejado de llamar estos últimos días. Ella lleva el pelo con una coleta tirante, nada de pinzas en forma de corazón, está hablando con un señor mayor, también con bata blanca, seguramente el médico rural. Cuando el teléfono le vibra, se disculpa con el gesto de atender, lo saca del bolsillo de su guardapolvo, al ver el número se desasosiega, corta rápido. «Estoy hasta las mismísimas de las compañías de teléfono», se queja para no dar más explicaciones. Tomás ya tiene la información que quería, cruza a su camioneta, la había dejado en la esquina de enfrente. Marina solo acierta a escuchar el ruido de motor, no necesita ni ver la matrícula, sabe que el amante de su marido la conduce.

Le remueve los hígados recordar que el día que Nicolás se lo presentó en el supermercado le había parecido muy atractivo, «las hormonas de las embarazadas», se burló de sí misma. Su prima siempre se cachondeaba de ella, le aseguraba que Nico era gay, que Marina era la tapadera ideal, la más dulce y la más linda de la comarca, cuando bebían mucho tinto de verano mezclado con tequila, se ponía desagradable. «¿A ti te folla bien?». A veces se ponía tan impertinente que no se hablaban durante días. Marina no sabía si la follaba bien, ese era el problema, no había seguido la estela de sus amigas, disfrutando desde los dieciséis a los veinticinco de sexo, drogas y *rock and roll*, no podía compararlo con el primer novio que solo le tocó los pechos y le metió algún dedo, ni siquiera el segundo con el que terminaba decepcionada siempre porque únicamente hacían el amor de pie y a toda prisa, así que Nicolás fue su amante y novio ideal, mal o bien, no importaba, el yerno que todo lo puso fácil, el marido que nunca le mostraba su frustración cada mes que ella sangraba; cuando por fin se quedó embarazada, estaba feliz no solo por ella, sobre todo porque ese niño iba a tener un padre como Nico, presente.

Se había olvidado de las bromas de su prima hasta ese sábado que los sorprendió juntos. Ni siquiera la sintieron. En el mundo de esos dos cuerpos, no había lugar para nada más, ni frío, ni calor, ni otros humanos. No había reconocido los rasgos de su marido, desencajado, extasiado, casi enfermo, a punto de culminar y sucumbir al clímax. No se fue corriendo, su cuerpo fue alejándose despacio, torturándose con los sonidos, las convulsiones, los espasmos finales que parecían decirle: «Eso a ti no te va a pasar nunca». Cuando llegó a casa, se metió a sufrir sola en el cuarto de baño, lloró por ser tonta, por ser un caramelo, un alma cándida, ciega y no tener ojos, tanto fue el baño de lágrimas que a su bebé lo arrastró una corriente salvaje de sangre, penitencia y lucidez.

Aún no había llegado al stop que hay a la salida norte del pueblo cuando sonó el teléfono de nuevo. Sabía que era ella, también que no iba a dejarlo en paz.

—¿Qué quieres, Marina?

—Nicolás está destruido.

Ese tono de firmeza y ruego lo desconcertó.

—Ya no estamos juntos, te dije que no es conmigo con quien tienes que hablar.

—Sí, es contigo, no puede perder a su hijo y a ti el mismo día. Yo seré feliz cuando sea mamá y él siga conmigo, pero si es un desgraciado, nada de eso va a pasar.

Reyes intentaba descifrar sus palabras, tener una respuesta, el control de la situación era de ella. Apenas acertó a repetirse.

—Habla con él, no conmigo.

—Va a estar hoy en el Inmortal por la noche, hay una fiesta de mucha gente, se casa un cliente. Yo voy a salir con mis primas.

—Marina…

No siguió, ella cortó antes. No perder el amor, no perder la posición, no perder la maternidad, no perder su lugar en el mundo, no perder lo conocido, no perder conlleva un sacrificio a cada paso. Entonces se vio a sí mismo como una ficha de dominó, como un prostituto a quien pagar sexo y, a cambio, te dejamos en paz, como un desclasado al que poder usar para el amor y el despiece.

En la cooperativa apenas hay labradores a esta hora. Le tienen preparados unos folios sobre subvenciones y datos sobre la comunidad de regantes de la zona.

Tiene que acostumbrarse. Al estar en un infierno chico, las caras y lugares se repiten. Manuel justo viene por el mismo pasillo de salida. Vuelve a ser el conmovido lector dueño de un trampolín.

—¿No aprovechas la tregua del calor que ha traído la tormenta?

—Llevaba días necesitando pasar.

—Yo vengo a ver, estoy pensando en poner girasoles en un par de fanegas que he barbechado, no lo tengo claro.

Tomás decide no ocultarle su desasosiego.

—Ya me contarás cómo te va, marcho, voy a hacer alguna compra.

—Escucha, te iba a llamar, pero ya que te veo aquí aprovecho. Hoy el Basilio hace una fiesta, se casa, con cuarenta y cinco años, ya le ha costado, aunque mira quién te lo dice —continúa hablando mientras le tienta—, pásate, no sé si conoces el sitio, el Inmortal, estaremos algunos amigos, ya sabes quiénes.

Tomás embosca a su presa. No hay nadie más en ese pasillo. Sin mucha fuerza, pero con violencia, lo acorrala en la pared.

—Dejadme solo Manuel, yo no molesto a nadie.

Cuando Tomás se aleja, Manuel Hernán se arruga. Baja el rostro acomplejado. Reyes había sido su errante valedor, lo apoyó frente a su codiciosa familia y es la única persona en su vida que le ha regalado un libro. En apenas unos días, le hizo un examen a destiempo, un triste favor a una amiga y lo ha expulsado de su entorno. Va a poder seguir pasando desapercibido, va a evitar la mofa de algunos paisanos: «Mucho te arrimas tú al maricón, a ver si en un descuido te enchufa por atrás», pero cada vez que retome las páginas sobre Caridad Mercader, revisará la primera página en blanco donde hubiera deseado que Reyes le hubiera escrito una dedicatoria, o recordará el susto que se dio cuando se tiró desde el trampolín y cómo le gustó verlo luego sacudirse el agua como los perros.

Carmen lo había vuelto a amenazar con cocinar, fuera de la tortilla no hay muchos platos que se le den bien, afortunadamente les dejaron una caja de tomates y con poco más se habrá apañado. Cuando llega, no hay nada hecho. Ha recordado su fiebre, al ver la puerta entreabierta, se asoma a su habitación, mejor la deja seguir durmiendo hasta que se le pase el mal que sea. Corta los tomates con el mismo afán con el que podría cortar a una persona, va a preparar salsa, tiene tiempo y un cuchillo en la mano siempre relaja.

Reconstruye el día, aprovecha, reconstruye además su vida, «¿Cómo he llegado a ese lugar?». Ha tomado una decisión, va a hacer caso a Julián, seguirá viajando con sus instalaciones y riegos, se pondrá una gran huerta, algún frutal para uso propio y poco más. Regalará calabacines y acelgas a los vecinos, pero no va a plantar nada que lo retenga ahí. Labrar te asienta, el campo apuntala a las personas como si fueran árboles. Un hogar no es un pueblo. El olor a huerta le hace olvidarse de Manuel, Marina y Nicolás, esa recua de impostores y buena gente que seguirá encontrándose. Tiene ganas de abrazarlos a todos ellos, de asirse muy fuerte a ellos juntos en un círculo, como si regresaran al partido después de la prórroga, fueran perdiendo y él creyera que alentarlos y animarlos desterrará la derrota para siempre.

* * *

Está a la sombra de una vid descomunal y desproporcionada, una mujer parecida a ella está echando tierra encima de una de sus ramas, en realidad es un brazo que trata una y otra vez de tomar aire y salirse, el empeño de la mujer puede más, termina extenuada y con las uñas quebradas. Roza un pequeño brote que ha comenzado a salir del brazo hundido, da por concluido su trabajo, agotada se tumba sobre el hoyo, mira hacia arriba, la vid le canta una nana: «Duerme, duerme, ya la hemos enterrado, duerme, duerme, ya puede nacer de nuevo». Mira hacia el costado, su serpiente ha vuelto, está mudando de piel. La muda ha quedado a sus pies. Al tocarla con los dedos se deshace. Su nueva amiga tiene los ojos de su madre y la voz de Reyes:

—Si te animas, me ha quedado una salsa muy rica, puedo partir un par de huevitos ahí y con eso cenamos.

Está tan amodarrada que se toma un tiempo en contestar, lo hace desperezándose:

—Venga sí, creo que se fue la fiebre.

Han traído cada uno la silla que tenían junto a la albizia y se han sentado en el porche, desde ahí la pueden ver. Comen ensimismados en sus resoluciones y la mutación de su epidermis. El aire es agradable, como si quisiera acompañar sus nuevos rumbos.

—Aún no sé cómo, pero no voy a volver a mi trabajo —le revela a su hermano.

—Yo regreso al mío.

—¿Te vas de aquí?

—No, pero seguiré yendo a trabajar fuera, lejos o cerca, no importa.

—Me parece bien.

—¿Y a qué te vas a dedicar?

—La periodista me ha dado una pista. Es lo mismo, pero dirigido diferente. Si puedo. He hablado esta tarde con algunos contactos, con mi superior, no quiero darle ya más vueltas a mi memoria, *caput*, se acabó, voy a intentar trabajar con adolescentes, aún tengo que organizarlo pero, eso, hacia adelante.

—Adelante suena bien. Vamos por ello.

—Gracias por todo. Mi madre se murió en los mejores brazos, Tomás.

Queda el nudo en las dos gargantas, vuelven a asirse las manos sin mirarse. Arriba la luna había llamado a toda la hueste estrellada porque no los encontraba. No estaban tan lejos, apenas unos pasos más atrás. Distingue sus manos volviendo a formar un pájaro, si lo mira bien es en realidad un velero, uno de esos que una tormenta puede azotar hasta hacerlo desaparecer. La calma chicha todavía los acompaña.

—Por cierto, no te ofendas, es innegable que, claramente eres homosexual, por cositas, no sé cómo decirte, nada, cositas, pero para ser la primera vez que estabas con una mujer, nada mal, quería que lo supieras.

—Pues ya sabes, cuando tengas ganas, aquí me tienes.

—Maricón.

—También.

—Tú también me tienes, te haré visitas, y si te veo mustio y arisco, me ofreceré para animarte.

—¿Cuándo te vas?

—He metido casi todo en la maletita, aunque encontrarme la casa sin Jonás…

—No hay prisa, ya sabes.

—Hoy me ha dejado un mensaje. Él también ha mudado la piel.

—Volverá el amor.

—A ti también.

Los dos sonríen como si hubieran dicho la más grande de las tonterías, por ridículo, por innecesario.

—Te mentí, estuve con una mujer, cuando cumplí los dieciséis.

—Y no te gustó.

—Mi padre me forzó a ello.

Tomás se ha ido a ese espacio oscuro del que Carmen lo sacó estas semanas, pero es el santuario que adora, es el penitente que dejó de creer y necesita seguir suplicando clemencia. La trabajadora ha visto regresar los ojos heridos con los que se cruzó en la residencia cuando lo conoció por primera vez.

—Lo siento.

—No recuerdo mucho, solo él detrás de mí forzándome a penetrarla, pensaba que así dejarían de atraerme los hombres.

—¿Y ella?

—Me dijo que no me preocupara.

—¿Alguna prostituta a la que tu padre había pagado?

—No. La hija del veterinario.

La saliva se le queda ácida en la garganta. No quiere hacer la pregunta, pero no puede dar marcha atrás.

—¿Qué edad tenía?

—Catorce calculo, quizás alguno menos.

La sangre desaparece. Sus hombros quieren tirarse al suelo. Los tobillos apenas la sujetan, pero logra mantenerse en pie. Mira a Tomás y ve los ojos de Tomás padre.

Reyes está asustado. Ella ha salido corriendo hacia su habitación. No reconoce el pánico de perder a alguien. El espanto de que su única amiga en el mundo lo expulse del paraíso construido. Tarda en entender lo sucedido. Tiene que detenerla.

La maleta está sobre la cama, cerrada. Carmen tiembla, está metiendo en una bolsa una camisa y sus zapatillas. Ha cogido la bola de cristal de Fernanda. Se va a ir.

—Viene Julián a por mí, le he dicho que es una urgencia de mis primas.

—Carmen, yo era un chaval, mi padre me obligó.

—¡Violaste a una niña!

—Por favor, no digas eso, no soy un monstruo.

—El mismo monstruo que era él.

—Escucha, por favor. Espera.

Tomás intenta acercarse a ella. Al grito de «¡no me toques!» ha lanzado la bola contra su cara, no ha manejado el peso, y ha quedado lejos de él, ha golpeado el suelo sin romperse. Carmen se asusta de su propia violencia. Coge su mochila y la maleta, por un momento parece que va a agacharse a por la bola, pero prefiere irse ya.

—Déjame salir, por favor.

Asolado se aparta, la ve irse. Unos minutos más tarde escucha la furgoneta de Julián. Con toda su fuerza revienta la bola contra la puerta. Esta vez los vidrios quedan por todo el suelo. Las estrellas azules del Principito le recuerdan aquella noche con Fernanda. «El mar», le susurró ella, «tienes razón, ese es un buen lugar para empezar y terminar». Al caminar se corta la planta de los pies sin preocuparle, no siente, pequeños hilos de sangre lo manchan todo.

20

REATO

(Obligación que queda a la pena
correspondiente al pecado,
aun después de perdonado)

Una hora más tarde, el teléfono sonó dos veces, era Manuel. Qué lejos quedaban todos ellos. En sesenta minutos había dejado por escrito una petición y un adiós, lo había colocado a la vista para que en cuanto entrara alguien viera el papel. Había barrido toda la casa, incluidos los vidrios. Fue al campo y dejó todo regado, después puso el temporizador, cada cuatro días, un par de horas, intensidad al mínimo, a las nueve de la noche. Se sentó debajo del árbol, se bebió media botella de vino, con la otra mitad regó el pozo de su padre. Se duchó rápido, cogió dinero y se montó en su Land Rover, le quedaba todavía un buen trecho.

* * *

Había mentido a Julián, le dijo que sus primas pasaban a buscarla por un hostal cercano. Recordaba que ahí estaba el taxista. Se despidieron con un «Hasta dentro de poco, que no sea nada», no le aclaró que no pensaba volver. El chófer accedió. Era muy tarde, pero la temporada no estaba siendo tan buena como esperaban y le venía bien un viaje tan largo aunque fuera para esa misma noche. Agradeció que aquella señora tan alterada cuando llegó, quedara callada en el momento que se instaló en el asiento de atrás; había sospechado que iba a ser una pesadilla. Solo cuando se bajó en su casa, musitó un gracias.

* * *

Era de madrugada, conocía al menos dos hoteles donde podía alojarse a esas horas y que estaban no muy lejos de la playa ni de la zona de bares. Había descubierto que llevar la tarjeta con él abría todas las puertas. Tenían garage, mejor. Preguntó por un veinticuatro horas cercano, también tuvo suerte con eso. Compró varias botellas de tequila reposado y muchas cosas de picoteo, mezcló sabores y tipos, patatas, nachos, palomitas, ganchitos, varios de ellos no los había probado nunca. Era la ocasión. El recepcionista estaba atendiendo a otros intempestivos, dos parejas que venían de lejos a juzgar por las caras, mejor para Reyes, así no advertiría que él regresaba a su cuarto cargado de alcohol y aperitivos.

* * *

El apartamento se había impregnado de ese olor a cerrado. Carmen se molestó, realmente a quien olía era a Jonás, al parecer su propia ropa, calzado y libros no eran suficiente para dejar rastro. Necesitaba romperse, llevaba más de dos horas apretando sus vísceras para no hacerlo con ese taxista observándola desde el retrovisor. Había sobrevivido a una violación, pero en ese momento, en el presente, perder a su amigo era desolador, injusto, abrumador. Más que a su marido. Presintió el adiós de Jonás durante meses, cada día pensaba «puede ser hoy», Tomás se ha ido en una exhalación, en lo que se tarda en decir su nombre. No estaba preparada para decir adiós al hermano con quien yació, creció y sobrevivió por deseo, alegría y amor. Y en cambio no había otra salida. Una mujer violada no puede estar cerca de un violador. Fin del amor.

* * *

No quiere beber sin parar, quiere hacerlo despacio, no es un acto de huida, es un adiós que solo va a doler a una persona. El resto, quizás lo recuerden un par de días, no ha dejado más huella en nadie. Afortunadamente. Se lo ha escrito, no es por su culpa, no quiere que Carmen piense que nada de esto tiene que ver con ella ni con la despedida que tuvieron. Estaba destinado. Desde que esos padres parieron un hijo que no debería haber nacido nunca.

—Me pediste que no me preocupara. ¿Por qué no me dijiste «mátalo»? —En su embriaguez, Reyes está implorando a la hija del veterinario. La casi niña con rostro de Catrina está delante de él disfrazada de virgen, escucha al arrepentido, pero con tantos mocos y lloriqueos se está quedando dormida.

—De verdad, déjalo ya, no me acuerdo quién eres, o quizás sí, fueron tantos.

—El hijo de Barrachina, el hijo del cerdo Barrachina, te tienes que acordar.

—Creo recordar algo, pero no fuiste tú, fuimos nosotros, a nosotros nos violaron, ¿te acuerdas?

—Yo creía que sí… —continúa el ritual e hinca las rodillas mirando hacia donde está implorando—, creía que sí… me dijiste que no me preocupara.

Babea mientras se desmaya, quería matarse esa misma noche, pero tendrá que esperar a despertarse.

* * *

Ha estado horas repasando papeles, haciendo llamadas, revisando correspondencia, tirando sobres al contenedor de reciclado, sacándose a Reyes de la cabeza, arrancándoselo. No le ha dicho a nadie que ha vuelto, solo a Beatriz, le ha planteado su decisión, su adiós. Ella le ha rogado que lo piense, han decidido verse al día siguiente. Solas. Ha rebuscado ansiolíticos por toda la casa, los ha encontrado en un neceser perdido de un viaje de fin de semana a los cuatro meses de pasar todo, «¿cómo creímos que tres días de sol y mar podían borrar todo aquel semen?», no sirvió entonces, pero sí ahora. Deja que le hagan efecto, no ha comido nada desde los huevos con salsa de tomate y va a seguir así. La bruma le permite hablar con su madre en sueños, decirle que la echa de menos, que se ha hecho amiga de la serpiente del pequeño príncipe, le ha preguntado cómo se encuentra. Se despierta con un deseo, ir al cementerio a visitarla. No lo piensa, busca los horarios y ve que llega. Necesita consuelo y solo una muerta puede dárselo.

* * *

Son las seis de la mañana, no quiere ir al mar con la luz del día. Llama a recepción, pide que le carguen otro día, que no le moleste nadie. El alcohol debilita, pero no mata. Abre otra botella, suma una ebriedad a otra.

—Nos vemos pronto, amigo.

Brinda en alto con un Javier pálido. El asesinado no tiene marcas del golpe en la cabeza con el que lo mató. Sujeta unas tijeras de podar en la mano.

—Han dejado morir los olmos, mira que es difícil, se secó el río y después se han secado los olmos, nadie ha hecho nada, no tiene sentido que siga intentándolo. —Se injerta las tijeras despacio en el vientre—. ¿Ves?, no me has matado tú, son los olmos.

Tomás se amarra al cuerpo desvanecido de su novio que muere por segunda vez en su vida.

* * *

Se ha ido con una botella de yogur líquido con sabor a plátano y ha comprado unas margaritas en la floristería enfrente del cementerio.

«No habrás llegado hasta que todo lo hayas perdido. Ve, camina… Es el camino de la muerte. Es el camino de la vida».

Había pedido que pusieran en la lápida de su madre esos versos de Machado. Fernanda leía continuamente a los dos hermanos Machado. «Me pasa como con vosotros —les confesaba mientras achuchaba y besuqueaba a su hermano y a ella—, no sé a cuál elegir».

—Hemos dejado a un hombre solo, mamá.

En las horas que han transcurrido, ha empujado a la compasión a entrar dentro de ella, ha apretado con todas sus fuerzas para dejarla meterse en cada uno de sus órganos. Tiene a su madre enfrente y el retrato de un hombre abrazándola mientras moría. Lo intenta, pero no puede perdonar la aberración. Se aprieta el pecho con ambas manos, lo comprime para tomar aire con mucha fuerza y no ahogarse.

—No solo me he hecho amiga de la serpiente, Fernanda. Ahora soy como ella.

* * *

Camina en línea recta, no importa cuánto alcohol ha bebido, tanto arar, roturar, cavar, le han proporcionado la fuerza de un titán, va a tener que doblegarlo antes para derribarlo. Sabe dónde tiene que ir, va a llenarse de sexo y drogas, a cruzarse con todas las vesanias posibles esa última noche.

Está detrás de varios contenedores de reciclaje. Un hombre pelirrojo está terminando de masturbarle, se apoyan al terminar sobre la tapa, el plástico sigue caliente por la temperatura que ha hecho durante el día. Tomás le da dos billetes.

—Diles a tus amigos que tengo mucho dinero y drogas.

Hay una cocacola apoyada en el suelo, el otro contempla cómo se sube la bragueta mientras se la bebe a sorbos.

—Ten cuidado con lo que vas diciendo por ahí.

* * *

Jonás y ella habían arreglado la casa, reformado el baño, solucionado el tema de las humedades, reparado las persianas del dormitorio principal de sus padres, quitado el papel de la pared y pintado entera de blanco. Casi un mes. Ella había prometido venderla o alquilarla al terminar. Pero pasaban las semanas y aparcaba todo.

—Es como si mi madre ya se hubiera muerto.

—Alquílala de momento —le contestaba su marido.

Nunca pudo. Lo único que hizo fue meter todo en cajas. Decidieron no pagar un trastero hasta que ella tuviera claro qué iba a hacer. De momento dormir ahí esta noche. No quería quedarse en su casa con todo aquel tufo a su marido escurriéndose por los rincones. Estaba segura de haber rotulado una caja con «ropa de cama», tras más de media hora la encontró. Con un par de sábanas serviría. Tenía otras dos botellas de yogur. Sabor a fresa esta vez. Podía sobrevivir al menos hasta el día siguiente. La caja de al lado la había etiquetado con: «Nosotros». «¿Quienes éramos nosotros?». Eran sus padres, su hermano y ella. Muchas fotos. Los yoyós, varios discos, la mitad la ocupaban sus patines de ruedas con bota, los de Gerardo de color butano, los de ella, rojos. Esa había sido su vida. No quedaba nada. Qué ridículo guardar tu niñez en cajas. O la tienes presente y te la plantas delante cada día o mejor deshazte de ella. Gerardo y ella se parecían mucho a esa edad, Fernanda los vestía muy parejos para que fuera más evidente. En esa foto están junto a un carrusel, los dos con un vaquero blanco corto y camisa de paño. «¡Qué mezcla, mamá!», él acababa de cumplir los dieciséis, se acuerda porque se había armado un cirio tremendo en casa un par de semanas antes, su hermano había decidido pasar su cumpleaños con su primera novieta y no quería celebrarlo con sus padres y su hermana. La pobre chica terminó yendo a su casa a tomar una tarta de galletas con doce capas de chocolate por lo menos. Se debió asustar mucho porque, tres semanas más tarde, Carmen niña pilló a su hermano llorando en el cuarto, su corazón roto le cerró la puerta en las narices. La niña nunca volvió y el pobre Gerardo estuvo semanas compungido pensando que nunca más iba a conocer a una chica como ella.

—¡Qué niño eras, hermanito!

Esa edad. Tomás también tenía esa edad. Ve a Reyes con los pantalones cortos y la camisa de paño, no es el hombre que conoce, es el chico al que su padre aprieta y fuerza contra otra niña. Tiembla. Recuerda los últimos minutos en la residencia de aquel animal. Sus brincos en la cama, la corpulencia y ferocidad del moribundo, el terror que sintió ante el hombre a punto de morir, pero todavía bestia. Imagina de nuevo a su amigo adolescente.

—Pobrecito.

La compasión le llega tarde. No pudo antes. No entendió antes.

* * *

No sabe cuánto rato ha estado ahí tumbado. Tiene sal o sangre en la boca. Apenas puede levantarse. Lo han dejado tirado en un rincón y tapado con cajas de cartón. Al pasar solo parece un borracho más. Entre botellones, música y latas tiradas, a nadie le parece molestar a un hombre con la camisa manchada de sangre que camina dando tumbos. Comprueba los bolsillos, no queda nada de dinero, se mira el interno del pantalón, afortunadamente sigue ahí la tarjeta del hotel, era lo que quería. Se aleja de las luces de los bulevares, camina un poco más hasta sentarse en la arena. Quedan algunos jóvenes bebiendo. Escupe sangre. Se toca el lado derecho, el más dolorido, pronto pasará. Cierra los ojos para evocar de nuevo a Javier, para ser jóvenes de nuevo juntos, pasa los días con él, pasan los años y conocen juntos a Carmen, la invitan a su casa, se hacen amigos los tres, Javier y ella se hubieran llevado muy bien. Mira al mar con ese pensamiento feliz a cuestas. Algunos chicos comienzan a irse. No sabe qué hora es, dejó el móvil en la habitación para facilitar todo, pero la luna lo mira con demasiada suspicacia y luz todavía, debería esperar un par de horas.

* * *

No tiene ni idea de qué hacer con tanta hambre, lamenta haber pensado que el yogur era suficiente. Bebe un vaso de agua tras otro, no hay absolutamente nada y a esas horas es imposible llamar a ningún lugar. Las sábanas apestan a cerrado. Acaba de recordar que se dejó la manta de Mario en la casa. No va a dormir en toda la noche. Oye todos los ruidos posibles. Coches, vecinos, frenazos, ambulancias a lo lejos, televisiones de vecinos. «¿A estas horas?, ¿están locos?». Se levanta, rebusca entre las cajas, de la que pone «oficina» consigue papel y bolígrafo, ninguno pinta, coge un lapicero y comienza a hacerse un esquema para la reunión del día siguiente. Quiere poner en orden sus ideas. Escucha un mensaje, le sorprende por lo tarde, es Jonás: «Me han llamado los vecinos preocupados porque vieron ayer luz en casa, ¿has vuelto?, si no llamo a la policía, ¿te parece?». Por un momento creyó que era Tomás, no sabe qué hubiera hecho. Con Jonás es todo más sencillo: «Sí, disculpa que no te avisé, diles que mañana paso a por las llaves que les dejaste, que estoy de vuelta». Comienza a sacar punta al lápiz, de nuevo una notificación de él: «¿Cómo te encuentras?, si quieres que hablemos algún día, dime». Carmen lo lee con lo que podría haber sido una sonrisa, con cierto pesar también, cuando todo es tar-

273

de, cuando no encuentras sentido en despedirte bien. «¿Para qué?, ¿para que de aquí a un tiempo podamos recordar que nos dijimos adiós llenos de educación y cariño?», quiere decirle que no, que sigue enamorada y es demasiado doloroso, que mejor huyan el uno del otro, que lo querrá siempre, pero que adiós, para siempre adiós. «Claro, hablamos en unos días».

* * *

Reyes se mete en el agua hasta la zona que cubre, se ha bebido también el alcohol que había quedado en los restos de botellas que ha dejado el grupo de jóvenes. Se le está pasando el efecto de la adrenalina, echa mucha más sangre por la boca, comienza a doler mucho más todo el cuerpo. Había aprendido a nadar en el reformatorio, en una alberca les daban clases y hacían carreras, para evitar que el instinto de supervivencia le complicara todo se ha amarrado las manos con el alambre plastificado que se había atado en un tobillo antes de salir del hotel. Sigue adentrándose hasta que ya no hace pie.

* * *

Queda satisfecha de la planificación que ha redactado. Por si acaso quiere, que la que de momento sigue siendo su superior, sienta que puede confiar en ella, no sabe todavía si lo va a hacer a través de los servicios sociales del ayuntamiento o va a comenzar sola de cero. Si tiene muy claro los pasos, va a empeñarse pueblo a pueblo en hacerles llegar una charla con ella, se va a usar de anzuelo, «¿quién no querría una visita al colegio de la mujer que fue víctima de una manada?», cuando salga el artículo publicado lo adjuntará al dosier que va a elaborar. Se lo va a plantear directamente. Soy la carnaza para que los ayuntamientos digan que sí, pero con eso solo no es suficiente. Su cabeza hierve. Clases, psicólogos por supuesto, coloquios, ¿qué más?,

¿qué me dejo? Un nuevo mensaje. No lo puede creer, necesita que Jonás pare. «Perdón por la hora, en dos días sale el artículo, acabo de dejarlo en edición, gracias de nuevo Carmen, P.D.: a doble cara, :) Concha».

* * *

Sus facciones se han hinchado, está amoratado, sus pulmones se han llenado de agua. No queda mucho. No queda nada. Desde arriba la luna llena lo mira entre molesta y confundida, ni esclareciendo todos los rincones antes y delante de las olas va a ser capaz de salvarlo. Una parejita se había apartado detrás de un muro justamente para que no hubiera tanta luz y meterse mano sin ser vistos. Están tan a lo suyo que es imposible que vean el cuerpo de Reyes alejándose de la costa.

Cuando una medusa escarlata está a punto de morir, se va al fondo del mar y regresa en forma de pólipo. «Hasta en mi muerte vienes a asediarme, padre», delira el ahogado. La medusa que ha rozado a Reyes es común, el hormigueo no ha sido suficiente para alejarlo de la muerte, pero su inmovilidad provoca que además de pasar cerca, los tentáculos se apoyen en su pierna, el ardor llega, el veneno entra en la piel, y segundos después la quemazón del aguijón. El reflejo mueve su cuerpo involuntariamente. Sus piernas siguen atadas.

* * *

Apenas ha dormido dos horas, puede que menos. A las siete abren la cafetería de la esquina, ha bajado con el azúcar y la presión por los suelos. Ha pedido huevos, café, zumo y bizcocho. El camarero se la queda mirando, esa mujer le suena de la tele. Ella no piensa, no va a hacerlo hasta alimentarse. En una televisión ponen jugadas de goles magistrales de los últimos cincuenta años. Se engancha a ellos. Suena el teléfono. Es Tomás. No se

atreve a atender. Vuelve a sonar. Lo pone en silencio, no es la
única persona desayunando. Se queda con la vista fija en la pantalla, entra otra llamada. Se decide y le manda un mensaje, muy
de cobarde, muy de Jonás: «Lo siento, no puedo». Al momento
entra una llamada de un desconocido. Esta vez atiende.

—¿Es usted familiar de Tomás Reyes Mazón?

El camarero se asusta al escuchar el sobresalto de la mujer
que le suena de la tele.

—No, una amiga, ¿está bien?

—No le puedo decir, todavía están operándolo. ¿Conoce
algún familiar?

—Su familia soy yo. Dígame dónde tengo que ir.

Desde la barra el mozo la ve apuntar la dirección en una
servilleta, algo muy grave ha ocurrido. La mujer que le suena
de la tele no para de llorar.

—Váyase —le ha dicho—, ya me pagará otro día.

Pese a la insistencia, le ha dejado un billete de veinte.

* * *

La operación había sido por la hemorragia interna, no por
ahogarse o por la paliza que quiso recibir. Le indujeron al coma
durante veinticuatro horas para estabilizarlo. La pierna está
vendada por la quemadura de la medusa. Los médicos le han
dicho que creen que está fuera de peligro, aunque los pulmones
siguen débiles. Además deberá cumplir un protocolo psicoló-
gico. «Por lo demás. En unos días es posible que pueda irse».

Carmen se ha quedado dormida con la cabeza apoyada en
una esquina de la cama, evitando tocarlo a él. Siente las cosquillas en el cuello. Lo mueve un poquito. Ahora la mano de él está
acariciando la suya. Cuando levanta la vista se encuentra con
un adulto atormentado y avergonzado. No se atreve a cogerle
la suya, tiene varios catéteres, solo acierta a preguntarle.

—¿Nos vamos a casa?

21

HOMINICACOS

*(Hombre insignificante,
moral o físicamente)*

El manto negro de Carmen había quedado enganchado con la puerta del taxi. No le importa. Contempla por la ventanilla cómo se desfiguran los letreros y señales de la carretera. Ni el taxista ni Tomás han hablado en todo el viaje. Ella únicamente para pedirle que bajara un poco el aire acondicionado. En el dorso de la mano de él hay tres moratones debido a las vías. Tiene el impulso de pasarle sus dedos por encima, pero no lo hace, decide mantenerla apoyada sobre el periódico local con la fecha de hace tres días y la imagen de su cara en primera página. El coche huele a limón, esos ambientadores eficaces y nada amigables. Cuando cierra los ojos, su madre se le aparece preparando un mejunje para la garganta de su hija siempre enclenque y quejica, su padre tararea la «Primavera» de Vivaldi al fondo, su hermano tiene la cara pegada al cristal, Fernanda golpea la mesa con el vaso: «¡Hala, tómatelo!». Él se gira corriendo para ver cómo su hermana se lo traga y reírse de ella. Con la risa su madre y su hermano enseñan los dientes, pero no los escucha. Suena más fuerte el silbido de su padre, ahora desafina mucho, por momentos es muy agudo. «¡Fernanda, me parece que me estoy enfermando!», grita su padre. «¿Y qué quieres que haga yo?». Gerardo abre más la boca para reírse, tanto la abre que se estira y estira hasta convertirse en un pico afilado y largo. Carmen niña traga el limón con el jugo de la cebolla, le produce náuseas. Su hermano sale volando en forma de colibrí. «Mamá, mira, se va». «¿Y qué quieres que haga yo?». Su padre ha caído de bruces encima de la mesa, al menos todo el brebaje ha quedado desparramado por el suelo, su blusa y la silla y no va a tener que beber más. «Y ahora, ¿qué hago yo sin tu hermano? Vete tú también si quieres». «Mamá, yo me quedo».

Acarician su mano.

—¿Estás bien?

—Sí, ¿y tú?, ¿dolores?

—Estoy bien.

* * *

No es azul, es solo un pozo oscuro, quedarse ciego debe ser algo similar. No tiene temor a morir, no está siendo tan difícil, pasado su instinto de pelea por respirar los primeros momentos, la gravedad de sus piernas le está ayudando a hundirse, empieza a sentirse aturdido, es su desasosiego por la oscuridad lo que mantiene sus signos vitales alerta, abre los ojos de nuevo, el mar sigue opaco, su cuerpo quiere abandonarle por fin, pero el pánico a quedarse a oscuras lo atiesa y encrespa, aletea fuerte para salir de ahí. Es muy tarde, no le queda aire. Oscurece muy rápido. Patea contra la penumbra, no contra la muerte. Su hombro derecho es golpeado por algo sólido, un metal, deben ser los restos de un naufragio.

—¿Estás bien?

—Sí. ¿Queda mucho?

—No tanto.

* * *

El conductor solo presta atención a su móvil, está esperando la llamada de su hija que le va a avisar cuando haya aterrizado en Londres, es su primer viaje sola en avión. Nada de lo que ocurre en la parte trasera de su taxi le preocupa mucho. Agradece que no haya mucho tráfico y lleguen antes de que atardezca, de noche estará de vuelta. Le han dicho que la cara magullada del hombre es por un accidente de tráfico. A él no le da esa impresión, pero tampoco le han parecido peligrosos.

—¿Necesitan algo más?, ¿agua?

—Está perfecto así, gracias. —Por si acaso ella comprueba—. ¿Tú quieres?

Él se medio ríe.

—Vale, no es la mejor pregunta. Por cierto, tenemos que comprar otro flotador para Chechu.

—¿Ya lo ha perdido?

—Ayer hubo un temporal tremendo, me dice Julián que ha salido volando la piscina.

—El flotador habrá volado.

—Más que eso parece, cayó mucho granizo también.

—Acababa de plantar los frutales. A ver qué ha quedado.

—Ten.

* * *

Carmen le da su móvil, cuando llegó al hospital, un policía se lo había entregado a ella. Su gesto transporta a Reyes al hospital, al suicidio, al mar, al hotel. Se encorva. Se pone a mirar los mensajes y llamadas para salir de ese recuerdo. Hay dos que no lee de Manuel, de la misma noche del Inmortal, el otro es de ella: «Lo siento, no puedo». Se acerca, aunque el taxista no está pendiente de ellos, busca el susurro y la cercanía.

—Carmen, ¿te molesta si te pido que no hablemos de todo esto?

—Sí, lo prefiero —le contesta también ella casi en su oído.

—No tienes que quedarte a cuidarme, puedes regresar mañana si quieres.

—O pasado.

—Pasado también.

Tomás apoya su cabeza sobre el respaldo y se relaja por primera vez en días. ¿Qué habrá sido del membrillero y los perales que plantó? Están muy jóvenes aún, dos años, duda que hayan aguantado el granizo, tenía que haberlos cubierto.

* * *

El taxi entra por el camino que le marca Reyes, está farragoso por la lluvia del día anterior, lamenta que va a tener que frotar mucho la carrocería cuando llegue a su casa. Carmen no lleva su pequeña maleta esta vez, solo su mochila.

—Voy primero a ver cómo están los frutales, te veo en un rato.

—Preparo algo de cena.

—Si no tienes mucha hambre, espérame y hago yo algo.

—No sabes cómo decirme lo mal que cocino.

—Mira, nuestra amiga sigue en pie.

Ahí sigue la albizia, ya no le queda ninguna flor, están todas desparramadas sobre los restos de su padre, tan juntas y pegadas, que no pasa desapercibido para ninguno de los dos. Se quedan por un segundo mirando hacia la tierra, como si la fiera hubiera sido amansada finalmente.

—Marcha ya, que tengo hambre.

Tomás va hacia el cuarto de las herramientas, coge la pala, un viejo hocino, ve el rollo de malla negra, se la lleva también por si acaso.

* * *

Carmen siente lástima por el porche, sus dos sillas han sido lanzadas contra la pared, las mira, no están rotas, solo embarradas. Las deja a un costado, se da cuenta de que Tomás, en su huida hacia la muerte, había dejado la puerta abierta.

Cuando entra, le sorprende ver la diligencia encima de la mesa de madera. Parece más grande viéndola tan cerca y no colgada.

—Uy, ¿y tú qué haces aquí? —Se sonríe viendo el armatoste y tratando de imaginar cómo fueron las últimas horas de Reyes antes de montarse en su camioneta para matarse, si le había dado por bajar el carruaje del techo, o que otras incoherencias pudo haber hecho en ese rato.

—¿Y tú?, ¿por qué has tardado tanto? —La pregunta se la hace una niña de unos catorce años, ha salido de dentro de la cocina y la observa desde el escalón que las separa. Carmen no sabe quién es. Lleva unas bermudas azules de algodón y un jersey blanco de ochos. Su niñez quiere tranquilizarla, pero su tono avieso y que haya entrado sin permiso no le cuadra.

—¿Nos conocemos?, ¿sabes que esta es la casa de Tomás?

—He venido a jugar.

—¿Tus padres están aquí?, ¿quieres llevarte la diligencia para jugar? Se la podemos pedir a él, seguro que no le importa.

—No, hemos venido a jugar contigo.

No le da tiempo a sobrecogerse, dos manos la han sujetado por detrás con violencia, le han metido una tela en la boca, se la incrustan hasta que le vienen las arcadas y justo después le cubren la cara con un jersey de lana. No puede gritar, pero se remueve, agita y zarandea con toda su rabia hasta que siente un estallido en su cabeza, intenta seguir en pie, cae.

—¿Dónde está el hombre?

Carmen los escucha murmurar sin reconocer sus voces.

—Llévala a la cocina y nosotros dos lo esperamos aquí.

—Quiero mirar.

La voz de la niña es lo último que escucha, otro golpe la deja inconsciente.

* * *

Ha habido suerte. Han sufrido, pero Tomás está seguro de que los tenaces frutales van a recuperarse. Corta un poco de malla para asegurarse de que quedan de nuevo protegidos. Se da cuenta de que hay un viejo Citroën aparcado donde el paso de servidumbre. Menos mal que le advirtió al notario aquel día, si en vez de tres metros, hubieran dejado treinta, adiós perales ahora mismo. No conoce el coche, no le suena de ningún vecino. Cazadores furtivos no son, suelen meterse más adentro, luego desaparecen por el camino de la ladera. Se acerca por si tuvieran una rueda pinchada o precisaran ayuda, ese lugar es de paso, no para aparcar. No hay nadie. Mira a través de las ventanillas para ver si se han dejado las llaves puestas. En ese momento ve el periódico con la foto de Carmen en la portada. Junto a su cara alguien ha pintado dos cuernos de color rojo y garabateado un círculo rabioso encima. Aparta su instinto que le pide echarse a correr. Marca antes a Manuel, Julián nunca atiende a la primera.

—Llama a la guardia civil, que vengan a mi casa, armados, ya.

Tira el teléfono, sale corriendo hacia los membrillos, coge el hocino, se enrolla la cuerda y va hacia la casa corriendo, sabe cómo no ser visible de lejos, va hacia el viejo palomar, desde ahí no pueden divisarlo, cuando está a diez metros ralentiza, ya no está en su punto de mira. Alcanza la parte trasera de la casa. No oye nada. Recuerda que la ventana del gallinero da a su habitación. Gira alrededor de la casa agachándose, las costillas le latigan, la adrenalina vuelve a sedar el dolor, pisa con mucho cuidado, no recordaba haber cerrado los postigos, se ayuda de la punta de la pequeña hoz y con tiento, milímetro a milímetro levanta el travesaño de hierro. Se abre, espera unos segundos, no oye nada, entra a su habitación como el animal que fue. Gatea hasta donde guarda sus navajas. Se acerca a la puerta, afortunadamente está un palmo entreabierta. Ve a dos hombres junto a la puerta. Llevan machetes. Le sorprende una cría, está sacando con una mano las pinzas de madera de la diligencia, las lanza contra ellos a modo de gracia. Ellos ni se inmutan, solo están pendientes de la puerta de entrada y de la ventana. Está en minoría, no importa, es el único camino. Abre la puerta a la vez que se lanza a por la niña y la sujeta por el brazo con fuerza, aunque les ha pillado desprevenidos se han abalanzado hacia él rápidamente, Tomás les amenaza colocando la hoja curva de hierro alrededor del cuello de la niña, los dos hombres han frenado de golpe, ella ha mordido con fuerza su brazo, él aguanta el dolor y en apenas un instante, la golpea fuerte con el mango y la sujeta con más fuerza.

—Se desangrará en segundos, ¿eso queréis?

—Si la dejas, nos vamos.

—No, ella se queda, ¿dónde está Carmen?

—No vas a matar a una niña.

—Sí, si no me decís dónde está.

—En la cocina.

—¿Sola?

—No hay nadie más.

A medida que va hablando, va acercándose a ellos.

—Dejad los machetes.

Se miran. Dudan. Tomás aprieta, la niña está medio atontada. Le obedecen.

—Vais a dejar aquí las llaves del Citroën. Vais a salir y cerrar la puerta por fuera. Hasta que no escuche el cerrojo, no la voy a soltar.

—¿Qué le vas a hacer?

—Aún no lo sé. Vamos.

Tomás es consciente de que en la cocina alguien está escuchando todo, si hubiera más de una persona ya hubieran intentado atacarle, pero no la han dejado sola, eso seguro. Por eso ha mantenido su posición sin dar la espalda en esa dirección. En su mano gotea sangre de la nuca de la chica, no le importa, la sabandija a la que está ahogando con el brazo le clavaría uno de esos cuchillos si tuviera oportunidad. Despacio, aceptan el trato, siguen acechándose mutuamente, Tomás con cuidado ha ido hacia la ventana del salón, con una mano la ha tranqueado, uno de ellos sale primero, el otro no acepta la situación y arde por tirarse encima de Reyes, sin embargo tiene la certeza de que rajaría el cuello de su sobrina sin miramientos. En ese momento se escucha un disparo afuera. El agresor aprovecha el desconcierto para arrojarse a por su rival. Tomás lanza lejos la hoz para defenderse, la niña cae al suelo como un costal de trigo, forcejean, consigue rodear el cuello del invasor con la soga como cuando trababa las patas de las cabras con el ramal, tira de ambos lados, los dos baten sus cuerpos como jabalíes heridos en una cacería. Al final la falta de aire vence al asaltante. La puerta se abre de golpe. El delincuente aprovecha, se afloja la cuerda como puede.

—¡Mata a esa hija de puta!

Es lo último que grita antes de recibir un culetazo de la escopeta de caza de Manuel. Tomás sale corriendo hacia la cocina. La niña se remueve aturdida. Manuel carga la escopeta y muy calmado la apunta.

* * *

Intenta abrir los ojos aunque los tenga cubiertos, la quemazón del golpe no se lo permite. La lana le pica cada vez más. Lo que le han introducido en la boca está comenzado a asfixiarla. Escucha ruidos y voces afuera, su cerebro amortigua los sonidos y no distingue. Siente la pierna derecha y las caderas amoratadas. No sabe si ha perdido el conocimiento en algún momento. Se queda atenta. Escucha una respiración, hay alguien junto a ella. Quiere que su cuerpo reaccione, pero es incapaz. Esa voz es de Tomás, le perfora el dolor, «lo están matando por mi culpa, están aquí por mí», los había hecho salir de su madriguera, pero se olvidó de esconderse primero. Quien está con ella, está muy nervioso, no le habla, no le dice nada, pero va y viene. Lo oye revolver en la cocina, ha cogido algo, cuando él se pega a ella y siente el cuchillo, se mea encima. El latido del otro está muy acelerado. La excitación de su asaltante va a terminar con su vida y lo sabe, está tomando aire cada vez con más fuerza, las voces de fuera van a más, el sonido de la hiperventilación del otro le llega a través del jersey de la cabeza, oye un disparo, su atacante se agita más, se da cuenta de que sus manos están atadas por delante. Suena la puerta del porche, alguien acaba de entrar. Su raptor coloca el cuchillo cerca de sus costillas, nota como caen en su estómago las gotas del sudor de las manos de él. Entonces escucha el grito.

—¡Mata a esa hija de puta!

La hoja del arma duda, pero termina entrando en su estómago, sus manos atadas la han frenado algo, tratan de retenerla, no va a soportar mucho más, el filo avanza abriendo una hendidura cada vez mayor en las manos de Carmen. La vacilación de su atacante le ayuda, pero va a ceder, no aguanta más.

—Lo siento, Carmen.

* * *

Ha arrastrado a su compañera como ha podido, en el escalón se ha agachado para coger impulso y levantarla. Sus hermanos están junto a la ventana acechando a la presa. La déspota de su sobrina está deshaciendo el extraño carruaje de madera que les hizo descolgar. Lo único que les había exigido era hacerlo rápido, no causar más dolor a Carmen. Esa cocina le recuerda a la de sus abuelos, hubo un tiempo que solo eran eso, unos padres con muchas criaturas, con abuelos, con amigos, con maestros, primero fue su hermano mayor, afortunadamente la droga lo devoró pronto, el siguiente en cambio, fue más despacio, enseguida quedaron solo un padre con varios vástagos, a su madre el cansancio y la pena se la habían llevado también, entonces fue su hermana, la que menos esperaba él que pudiera complicarse la vida, la más alegre, la que más propósitos se había hecho, ser madre, lo fue, ser enfermera, lo fue, tener casa propia, la tuvo, hasta que un día comenzó a verse con un amigo de su adorado hermano mayor, le avisaron varias veces, la droga o los hijos, para cuando se los quitaron ya no eran una familia, el progenitor llevaba dos años sin aparecer por casa, sus hermanos pequeños solo parecían disfrutar robando.

—No tenéis huevos para follaros a esa hija de puta que me ha sacado a los hijos.

Así comenzó todo, no recuerda cuánto se habían metido esa tarde, él había estudiado lo mismo que su admirada hermana, así eran las cadenas en esa prole, se imitaban unos a otros en lo bueno y en lo malo. Mario estaba harto de viejos y enfermos. Había tomado todo tipo de opiáceos ese día. Había empezado en la residencia, la anciana en silla de ruedas que siempre se le hacía pis encima, se le transformó en una hiena gigante, él se reía del animal y su pestilencia mientras la colocaba en el ascensor para llevarla a cambiar. «¿Nos estamos tirando pedos, eh, bonita mía?, ¿qué hacemos con ese olor, eh?». No recuerda cómo fue capaz de llegar en moto al apartamento donde vivían, su hermana le apretaba la goma en el brazo mientras insistía: «Tú sí, ¿a que sí, mi chiquitín? Tú seguro que te atreves a follártela», cuando le decía eso él la veía con tres caras y seis manos y le daba la risa tonta solo con mirarla. Era como decir sí. «Mira lo que he traído…», eso lo dijo canturreando, eran más frascos de drogas. La casa de sus abuelos estaba libre, los otros dos hermanos irían a cazarla, «después la drogamos y ya está, os divertís todos un poquito, se le van a quitar las ganas a esa de quitarle los hijos a nadie».

No recuerda mucho más. Con el tiempo sospechó que el resto del clan no iba tan drogado, se había dado cuenta de que tenían todo bien organizado, la casa, la limpieza, las huellas, los tiempos, y la servil alimaña que era él. Apenas recuerda cómo fue todo después, se dejó llevar por el éxtasis, la lujuria, el talión, la violencia y la depravación. Sangre pide sangre. Hubo un destello en el que sintió la mirada confundida y suplicante de Carmen. La ve desde aquel día cada noche. Cada vez al levantarse por la mañana. Cada mezquino amanecer. No es el remordimiento, no tiene derecho a él, es el pánico de que ella lo reconozca, le ha rogado, le pidió que no siga más con eso, que no intente recordar, que es peligroso, que abandone, y no, terminó dando entrevistas. Todo se está complicando ahí afuera. El hombre que está con ella es una fiera.

—¡Mata a esa hija de puta! —oye gritar a su hermano.

Mario tiene la destreza del buen sanitario, solo le falta la sangre fría de un criminal. Sujeta a su amiga con fuerza, no hay marcha atrás, matarla es la única salida para que no hable. Comienza a hincarle el cuchillo, recuerda a Fernanda, las tardes de Carmen con su madre, todas aquellas horas en vela. Su amiga se está agarrando al acero con toda su fuerza para frenarlo, no esperaba menos de ella, él titubea, luego hiende más el cuchillo, cuanto más se resiste ella, más sangre destilan sus manos.

—Lo siento, Carmen.

* * *

La conmoción de su voz es un seísmo dentro de Carmen.

—¿Mario…?

Un infrasonido se le cuela en los tímpanos, una hoja de acero rasgando piel. Cuando te apuñalan no duele hasta que la herida comienza a llamearte por dentro. No sabe si en pocos minutos perderá litros de sangre y después su vida. La única sensación de seguir viva, son sus manos agarrotadas.

—Ya está.

Tomás le ha quitado con cuidado el jersey de lana con que la habían cubierto, le saca el trapo que la estaba ahogando, le sujeta las manos para que no rocen siquiera el aire. Están en carne viva. Carmen no está ahí, no siente nada.

En el suelo hay mucha sangre junto al cuerpo de Mario. Escucha voces de mando. Ella sigue sin sentido. Un guardia civil los apunta un instante, ve el cuerpo y el hocino lleno de sangre.

—Necesitamos un médico —pide mientras con su propia camisa trata de parar la sangre de Carmen.

El guardia rápidamente lo solicita por radio, comprueba la muerte de Mario sin dejar de controlarles. Tomás ha rodeado a Carmen, en cualquier momento puede perder el conocimiento. No se hablan. Solo permanecen abrazados. Llega Manuel con el otro guardia civil. Se echa las manos a la cabeza. Por si quedara alguna duda.

—El asaltante es el que ha muerto.

* * *

Llega una ambulancia de la capital, pero el vendaje lo ha realizado Marina, habían llamado al servicio de urgencias más cercano. Lo ha hecho con muchísima delicadeza, sin parar de llorar, y sin parar de preguntar: «Por favor, dime si te hago daño». No se ha atrevido a mirar a Tomás antes de irse. Han llegado más patrullas, dos ambulancias. La declaración de Carmen Sigüenza la van a tomar al día siguiente, han tenido que inyectarle un calmante, había sufrido un ataque de nervios cuando intentaron trasladarla al hospital. Manuel se ha quedado tres horas más. Para entonces había llegado también la familia de Julián. Están todos alrededor de la chimenea, Mari ha hecho algo de lumbre para templar la casa. Chechu está tirando al fuego las pinzas de madera de la diligencia, con mucho cariño un guardia se la ha quitado de las manos, tienen que guardar todo lo que está en la casa, le explican. Lucía llora desconsolada agarrada de la cintura de Carmen, ella dormita. Julián va y viene diciendo *mecaguen* Dios, a veces se detiene para hablar con Manuel sin que nadie les escuche. A Tomás le están interrogando afuera, les muestra el recorrido de sus acciones. Han llamado al inspector que se encarga del caso de su agresión desde hace más de un año, viene de camino. Mari sale con un enorme perolo de caldo. Lo va sirviendo.

Carmen se ha despertado, hay una tremenda luna al otro lado de la ventana despidiéndose, toca amanecer. La familia y Manuel se han ido. Tomás vigila cada uno de sus gestos por si necesita ayuda. Los guardias están afuera, esperan al policía. Una ambulancia sigue aparcada.

—He pensado que podemos plantar aliso donde tu padre.

—Mañana traigo semillas.

—O pasado.

Carmen está sentada sobre el oscuro manto que nadie ve, mueve con ligereza un extremo para arropar también a Tomás y protegerse los dos. Dormitan juntos.

En sus sueños, el manto de Carmen cubre todo, desde la cocina hasta el salón, encima ha arrojado el cuerpo de Mario, Tomás se hace a un lado para que ella pueda arrastrarlo y hacer un rebujo con él. Todo el odio de la familia lo ha metido dentro, toda la cobardía del enfermero. Su hermano de vida sigue convencido de que su padre es un animal milenario, que seguirá regresando a su vida, como una medusa gigante que se regenera y vuelve, sin cerebro ni corazón, al tocar ella el centro del manto, sus manos se impregnan de un líquido gelatinoso y pegajoso.

—Tomás, lo voy a dejar dentro también, ya te salvó en el mar, es hora de que se vaya.

Comienza a enrollar su mantón alquitranado por los costados, cada vez es más pesado, en el centro está todo el daño mezclado con su sangre

—Ayúdame a anudarlo.

Tomás y Carmen tiran con todas sus fuerzas de las cuatro esquinas como si fuera un macuto. Encierran lo que ya no tiene nada que ver con ellos. Es todo un ovillo enmarañado, enorme, ruidoso, de él surgen aullidos, alguien ha llegado al purgatorio.

Tomás y Carmen se miran. Se agarran juntos las manos para no perder el equilibrio, con toda su fuerza, lo patean y empujan para que ruede y llegue al mar. No se despiden. Solo se alejan.

* * *

Han pasado más de diez horas desde que la familia de Mario Míguez Galindo irrumpiera en la finca de Tomás y Carmen. Han declarado durante horas, han llamado a la pareja de ella para contarle la situación y tranquilizarlo. Un guardia civil les ha preguntado por una carta que han hallado, es una declaración por la cual si Tomás Reyes muere, todo pasa a Carmen Sigüenza, Reyes afirma que es suya. Se la entrega a ella. El inspector de la violación de hace un año ha llegado de madrugada, cada tanto se acerca a la víctima y le atusa el pelo, la ha convencido para ir al hospital. Hay un muerto, dos heridos y una menor. Hay una luna nueva que se había puesto de su lado. Durante el ultraje, cubrió el campo de toda la oscuridad que le fue posible para que él no fuera visto. Hay un olor a almizcle debajo de una acacia de flores sedosas.

22

ULTÍLOGO

*(Consideraciones puestas
como epílogo en un libro)*

Otra vez diciéndote adiós. Mira que me lo prometí. Si algo sé es que los muertos no habláis. Ya te abracé, mamá, tampoco es que me quisieras tanto, más quisiste al cobardica de mi hermano, qué pena no poder elegir a quien amamos; estoy bien. Me hubiera gustado hacerme vieja contigo y pelearnos más. No pudo ser.

* * *

Jode que huela siempre rico en esta zona. No es por ti, padre, le hice caso a Carmen y planté aliso. Las abejas vienen a menudo, el olor a miel las atrae. Estoy más maricón que nunca, vas a tener que aguantarte, porque no quiero asustarlo a él, si no vendríamos juntos a bailar alrededor de tu fosa. Estoy aprendiendo más de los libros que de ti, más del campo que de ti. Me hiciste nómada, pero aquí sigo.

* * *

Los tres están cenando una gran tortilla, la cena favorita de ella, en realidad, la única que se le da bien. Cada vez que Manuel intenta hablar de política, Carmen y Tomás roncan al unísono.

—Mensaje recibido.

Se queda hasta la madrugada, aunque casi siempre regresa para dormir a su casa con piscina porque antes de desayunar le gustar hacerse varios largos. Les repetirá que cuando bebe mucho, se tira por el trampolín, después lloriquea. «Y si me pasa algo, ¿qué?, ya sé que nadie me va a echar de menos».Tomás cabecea y le tira un trozo de pan a la cabeza. Carmen se inventa algo y sale afuera. No se van a besar ni despedir estando ella delante. Manuel saluda al irse.

—¡Prométeme que no te vas a ahogar hoy! —le grita ella.

Se escucha el motor alejarse. Tomás ha acercado la silla. Se quedan solos debajo de su albizia.

—Hoy, ni ningún día.

—A mí él me encanta.

—Menos cuando no calla con Troski.

—Puede ser.

—¿Te quedas hasta mañana?

—O hasta pasado.

—¿Cómo está Jonás?

—Apenas lo veo.

—¿Habéis vuelto o no?

—Él ha vuelto de volver, yo lo que quiero es follar.

Esa risa que solo ella sabe sacarle de sopetón.

—Quédate unos días.

—Ahora que comienzan las vacaciones en los colegios, estaría bien.

Tomás le coge la mano. Les quedaron marcas de todo aquello. Quedan marcas de todo. No es mucho más lo que van a decirse. «No me dejes solo», podría ser lo que él dijera. «No me dejes sola», tiene ganas de decirle ella. En cambio quedan solo amarrados con sus manos izquierda y derecha. La luna acepta. Otra vez van a transformarse en pájaro. A saber si huyen de nuevo, a saber si tan solo buscan regresar.

AGRADECIMIENTOS

Gracias a quien emprende viaje conmigo, fueron muchos los que me avisaron que me calzara botas, buzo, armadura, escudo y que me arremangara, que me esperaba un largo periplo de meses sino años hasta que mi primera novela cayera en manos amigas. No solo no fue así, sino que esta mi nueva casa me abrió su puerta desde la primera vez que llamé a ella. Gracias a La Esfera de los Libros por la confianza, por cuidarme y por todo lo sencillo que me estáis haciendo el camino.

Gracias a Alfredo Abascal por decirle a esa niña que no parara de escribir nunca.

Gracias a Almudena y a Federico porque seguís siendo la tierra que piso cada día para tomar impulso.

Gracias a Carlos y a Roberto por ser mis primeros lectores. Con nuestras charlas pude pensar en voz alta, replantearme caminos y conocer recovecos que ni yo misma había visto de Carmen y de Reyes.

Gracias a mis padres. Toda la fuerza y el «adelante» de mis personajes tienen que ver con vosotros.

Gracias a Miguel Ángel Poveda Criado, a Carlos Mestanza y a Nicolás Contreras. Fue tanto lo que me enseñasteis de cobardía y traición, que algunos de los personajes que aparecen aquí aprendieron a respirar gracias a vosotros.

En esta novela que para mí es un canto a la amistad, doy gracias a «mi tribu» porque entendisteis que esa que no se levanta ya con una sonrisa, esa que tira la toalla, esa que no contesta whatsapps, que huye de las fiestas, esa a la que llenaron de miedo, esa, también es vuestra amiga.

ÍNDICE

PRIMERA PARTE

SEGUNDA PARTE

TERCERA PARTE